Ernst Hinterberger

Zahltag in Kaisermühlen

Ein Wiener Kriminalroman

Deuticke

Handlung und handelnde Personen sind frei erfunden. Jede Übereinstimmung mit der Wirklichkeit ist rein zufällig.

Wiener Dialektausdrücke und Begriffe aus dem Polizeijargon sind im Text kursiv gesetzt und werden am Ende des Buches erläutert.

Deuticke

Alle Rechte vorbehalten.
Fotomechanische Wiedergabe bzw. Vervielfältigung, Abdruck, Verbreitung durch Funk, Film oder Fernsehen sowie Speicherung auf Ton- oder Datenträger, auch auszugsweise, nur mit Genehmigung des Verlags.

© Franz Deuticke Verlagsgesellschaft mbH, Wien 1997

Cover-Design: Robert Hollinger, Wien, unter Verwendung eines Fotos von Günter Menzl
Autorenfoto auf dem Schutzumschlag: Nathalie Schüller, Wien

Druck: Wiener Verlag, Himberg bei Wien
Printed in Austria

ISBN 3-216-30247-4

1

Es war kurz nach 18.00 Uhr und einer jener Augusttage, die wie Blei über der Großstadt liegen.

Im Großraum Wien hatte es seit Wochen nicht mehr geregnet, obgleich sich ab und zu Wolken, die Abkühlung versprachen, über der Stadt ballten. Aber sie verzogen sich, ehe sie barsten, nach Niederösterreich oder in die Steiermark, wo sie Gewitterschäden in Millionenhöhe verursachten.

Schon gingen die Wasservorräte Wiens zur Neige, und es gab täglich Aufrufe, Wasser zu sparen. Alle paar Tage wurde Smog-Voralarm gegeben, gleichzeitig appellierten die Rundfunkanstalten an die Bevölkerung, man möge alle nicht unbedingt nötigen Autofahrten unterlassen.

Die Straßen und Gassen waren verstopft mit Autos, und die laufenden Motoren verströmten alles andere als Tannennadelduft. Tagsüber stieg die Temperatur bis zur Unerträglichkeit, und auch nachts kühlte es kaum ab. Offiziell wurden die Wetterwerte zwar mit 28 Grad Celsius angegeben, aber in der Tat stieg die Quecksilbersäule auf über 45 Grad.

In dieser Atmosphäre stöhnten nicht nur die Menschen vor Hitze, auch der Straßenbelag und die Häuser schienen bereits aus allen Poren zu schwitzen. Das Wasser der Neuen und Alten Donau war auch wieder einmal vor dem Umkippen und brachte den Badenden kaum Erfrischung.

Auch im riesigen Block des Sicherheitsbüros auf der Rossauer Lände waren die Mauern von der wochenlangen Gluthitze so aufgeheizt, daß sie wie ein Kachelofen Wärme abstrahlten.

Im Dienstzimmer der Mordgruppe 2 lehnten Karl

Wasenegger und »Burli« Berger IV. rauchend beim Fenster und schauten auf den Megastau, der sich, wie immer zur Stoßzeit, am anderen Ufer des Donaukanals breitmachte.

»Man sollte das ganze Autofahren verbieten – die Scheißautofahrer bringen uns noch alle um«, sagte Wasenegger. Er machte noch einen Zug von der Zigarette und warf dann die Kippe aus dem Fenster.

Berger IV., der wegen der Hitze sogar seine riesige Commander aus dem Halfter gezogen hatte und in der Tischlade verwahrte, nickte. »Verboten gehört eigentlich alles. Aber meistens wird immer das Falsche verboten und dafür jeder Scheiß erlaubt.«

Daß Berger IV. seine Waffe abgelegt hatte, zeigte, daß ihm die Hitze besonders arg zusetzte. Denn sonst trug er seine geliebte fünfzehnschüssige Commander immer bei sich, sogar, wenn er aufs WC ging oder zum Essen in die Kantine. Böse Zungen behaupteten, daß er sich nicht einmal im Bett von ihr trennte.

Berger war sauer, weil er seit Wochen nicht mehr zum Baden an der Alten Donau, einem der schönsten Erholungsgebiete Wiens, gekommen war. Er hatte sich dieses Jahr erstmals eine Saisonkabine im Polizeibad genommen, konnte sie aber nicht benützen, weil die Mordgruppe 2 Unmengen von Überstunden machen mußte. Denn die Hitze steigerte die Brutalität, und es gab mehr Mordfälle als in der kühlen Jahreszeit.

Die junge Bezirksinspektorin Monika Suttner saß an der Bildschirmschreibmaschine und tippte eben die letzten Sätze des Berichtes über den neuesten Pumpgunmord ein.

Der freie Ankauf von Pumpguns war vor Monaten endlich verboten worden, aber das nützte kaum etwas, weil sich alle Schießwütigen längst mit solchen Waffen

versorgt hatten. Es gab schätzungsweise fünfzigtausend Pumpguns in Österreich, allein in den Monaten vor dem Verbot waren noch mehr als zehntausend über die Ladentische gegangen – und ein paar davon würden noch verwendet werden.

Eine davon, eine Winchester, hatte der sechsundzwanzigjährige Robert Wendlinger gegen seine um zehn Jahre ältere Lebensgefährtin Manuela Stippschitz gerichtet und diese mit drei Schrotpatronen aus nächster Nähe fast in Teile geschossen. Es hatte keine zwei Stunden gedauert, bis die *MG 2* den Täter ausgeforscht hatte.

Wendlinger hatte sich widerstandslos festnehmen lassen. Bei der Einvernahme hatte er Motiv und Ablauf der Tat emotionslos geschildert und am Schluß gemeint: »Was weg gehört, gehört weg. Der Robert ist keiner, den ein Weib ununterbrochen betrügt.« Wendlinger saß jetzt in dem nicht weit entfernten Polizeigefangenenhaus und wartete auf die Überstellung in das Landesgericht.

Der alte, viel zu schwere und fast quadratisch wirkende Gruppeninspektor Otto Hotwagner stand rauchend hinter Monika Suttner und schaute zu, wie ihre Finger über das Keyboard glitten.

Er selbst war mit seinen Wurstfingern immer ein schlechter Maschinenschreiber gewesen, und mit der elektronischen Bildschirmschreibmaschine, die sie seit mehr als einem Jahr im Dienstzimmer hatten, konnte er genauso wenig anfangen wie mit dem PC, der auf dem Schreibtisch des Gruppenführers, Oberstleutnants Ewald Stern, stand. Aber darauf kam es, wie er glaubte, nicht an. Wenn jemand mühelos mit diesem Scheißcomputer umgehen konnte, war er noch lange nicht ein guter Polizist.

Er, Hotwagner, war ein erfolgreicher Polizist und der älteste Hund im ganzen Sicherheitsbüro. Daß er trotzdem nur als lausiger Gruppeninspektor in Pension gehen würde, lag daran, daß er kein Arschkriecher war. Von Subordination hatte er noch nie viel gehalten – das brauchte ein *Kiberer* nicht. Für ihn war die Hauptsache, daß er im Urin spürte, wer *unfrank* war.

Hotwagner war ohne Ehrgeiz: Mochten andere Abteilungsinspektor oder sogar Offizier werden, was interessierte das ihn. Solange er nicht in Pension zu gehen brauchte und genug zum Essen, Trinken und Rauchen hatte, fühlte er sich rundum wohl – abgesehen von den irreparablen Gesundheitsschäden, wie kaputte Bronchien und Venen und einem manchmal verrückt spielenden Herzen. Seit ihm die Ehefrau davongelaufen war, lebte er allein, und seine Beziehungen zu Frauen bestanden nur mehr in der Erinnerung an längst Vergangenes. Allerdings empfand er für die junge Kriminalbeamtin Monika Suttner, die seit einiger Zeit bei der Gruppe war, eine fast väterliche Zuneigung.

Hotwagner zog ein zerknülltes, nasses Taschentuch hervor und fuhr sich damit über Stirn und Nacken. Sein Gesicht war fast dunkelrot, auf seinem Hemd zeichneten sich im Bereich von Brust, Rücken und unter den Armen große Schweißflecken ab.

Als das Telefon auf Sterns Schreibtisch läutete, drückte Hotwagner die Zigarette aus, ging langsam die paar Meter hinüber, hob den Hörer ab und meldete sich.

Während er dem Anrufer zuhörte, kam der Gruppenführer, Oberstleutnant Ewald Stern, ins Zimmer. Hotwagner brummte ein »Moment« ins Telefon und hielt Stern den Hörer hin. Er verdeckte die Muschel

mit der Hand: »Für dich, Waldi. Der *Schwammerlbrokker* will was von dir.«

Der *Schwammerlbrocker* – das war Hofrat August Tamandl, der Leiter sämtlicher Mordgruppen. Sein mit Grünpflanzen überfülltes Büro lag am selben Gang, und Hotwagner nannte die Blumen *Beserlpark* oder *Krauthäupln*. Der kleine, glatzköpfige und kugelrunde Mann, dessen Gemütsverfassung zwischen aufbrausendem Zorn und begeisterter Zustimmung schwankte, wurde hinterrücks als *Schwammerlbrocker* bezeichnet, weil er harmlos wie ein Pilzesammler war.

Stern sagte: »Von dem komm' ich ja gerade. Was will er denn jetzt schon wieder?« Er nahm den Hörer, meldete sich und hörte auf die vor Aufregung leicht quiekende Stimme Tamandls.

Dann antwortete er: »Ja, wird gemacht, Herr Hofrat.« Und nach einer Hörpause: »Jawohl. Noch heute. In der Sekunde, Herr Hofrat.«

Stern legte auf und schaute in die Runde. Dann fixierte er den Blick auf Hotwagner. »Du stehst eh wie ein Tiger auf dem Sprung da, Otto. Fahr in die Gerichtsmedizin.«

Hotwagner zündete sich die bereits sechsundfünfzigste *Boro* des Tages an und hustete krachend. »Okay, Waldi. Und – was soll ich dort?«

»Na, vielleicht wollen s' dich zum Probeliegen«, grinste »Burli« Berger. »Leg dich doch ins Kühlfach – du schwitzt ja eh wie ein Tanzbär ...«

»Vor ein paar Tagen«, sagte Stern, »ist der Schlossermeister Rudolf Doppler an einem Gehirnschlag gestorben.«

»Das wird mir auch passieren«, brummte Hotwagner. »Aber warum soll ich deswegen in die Gerichtsmedizin?«

»Dich umhören – weil der Schlosser in Wirklichkeit an einem Blutgerinnsel im Gehirn gestorben ist, verursacht durch Einführung eines dünnen Gegenstandes in die Schädeldecke.«

»Wieso wissen s' das erst jetzt?« fragte Wasenegger lustlos. »Wenn er sich schon vor ein paar Tagen *die Schleife gegeben hat?*«

»Weil s' eben Nieten sind«, sagte Berger IV.

Stern schaute ihn an. »Die sind schon in Ordnung, ›Burli‹. Der Polizeiarzt war eine Niete. Der hat den Gehirnschlag festgestellt. Aber ...«

»Ist ja wurscht«, unterbrach ihn Hotwagner brummend. »Fahr' ich halt hin.« Er wischte sich den Schweiß von Gesicht, Hals und Unterarmen, tappte zu seinem Schreibtisch, zog die Lade auf, nahm seine alte Walther 7,65 heraus und schob sie in den Hosenbund. Dann schlüpfte er ächzend in sein zerknittertes Leinensakko, das einmal hell gewesen war, jetzt aber bereits einen Stich ins Anthrazitfarbene hatte. Er wuchtete sich mit seinen dreißig Kilo Übergewicht zur Tür, drehte sich noch einmal um und fragte in den Raum: »Angenommen, es dauert länger: Wird einer von euch noch dasein?«

»Ja, Otto«, sagte Stern. »Ich auf alle Fälle. Aber ruf mich an, sobald du etwas über die Geschichte weißt.«

»Mach' ich«, brummte Hotwagner. Dann schob er die Walther zurecht, schaute auf seine zerkratzte stählerne Rolex und verließ das Dienstzimmer.

2

Hotwagner kam ziemlich spät in die Sensengasse, weil er noch auf einen Sprung in der Kantine des Sicherheitsbüros gewesen war und sich zwei Paar Würstel, zwei Semmeln und eine Flasche Bier gegönnt hatte. Er hielt nichts davon, einen neuen Fall mit leerem Magen in Angriff zu nehmen. Übereifer brachte einem *Kiberer* nichts. Außerdem gab es sowieso immer wieder Situationen, in denen man blitzschnell reagieren mußte. Da konnte man sich bei der Besichtigung eines Schlossermeisters, der schon ein paar Tage im Kühlfach lag, ruhig Zeit lassen.

Als Hotwagner um 19.15 Uhr in einem Obduktionsraum dem jungen Gerichtsmediziner Dr. Fritz Danzer gegenüberstand, brummte er beim Händeschütteln »Servus, du« und zündete sich eine *Boro* an. »Also, wie schauen wir aus?«

Dr. Danzer deutete auf einen der fahrbaren Stahltische, auf dem die Leiche eines etwa fünfzig Jahre alten und 1,70 Meter großen Mannes lag.

Die Leiche trug an der rechten großen Zehe das übliche Schildchen mit Daten. Die im Nacken losgelöste Kopfhaut war samt dem Haar bis zu den Augen herabgezogen und bildete dort einen grauweißgelblichen Wulst. Der Schädel war bereits halbiert. Die Schädeldecke lag neben der Leiche. Desgleichen das mehrfach zerschnittene Gehirn des Mannes.

»Wir schauen recht gut aus«, sagte der Arzt. »Komm mit hinüber.« Er schaltete die starke Mehrfachleuchte über dem Tisch ein und begann zu erklären. »Dieser Mann wurde, soviel ich weiß, etwa einen Tag nach dem Tod in seiner Wohnung aufgefunden. Der Polizeiarzt Dr. Kammerer war wie üblich alkoholisiert. Er

hat die typischen Merkmale eines Gehirnschlages gesehen – sofortige Verhärtung der Gesichtsmuskulatur, besonders der Kiefermuskulatur, sowie die krampfartig verzogenen Lippen – und daraus auf die Todesursache geschlossen. Schau übrigens selber ...«

Hotwagner setzte seine Lesebrille auf, beugte sich zu der Leiche und sah, daß der Doktor recht hatte. Er richtete sich auf und schaute auf Dr. Danzer. »Und? Was war weiter?«

»Vorläufig nichts«, sagte Dr. Danzer und rückte die dickglasige Brille, die seine Augen stark vergrößerte, zurecht. »Die Leiche wurde, wie bei jedem plötzlichen Todesfall, zu uns überstellt und ist ein paar Tage liegengeblieben. Die Todesursache war ja soweit klar und die Obduktion nur Formsache. Deshalb hab' ich sie mir erst heute angesehen und bin dabei draufgekommen, daß es kein Gehirnschlag war, sondern ein Mord.« Dr. Danzer zeigte auf einen blutunterlaufenen verfärbten Gehirnteil. »Wohl haben die Merkmale im Gehirn, wie du siehst, auf einen exorbitanten Gehirnschlag hingewiesen, aber dann habe ich in der Schädeldecke ein winziges Loch entdeckt, dessen Herkunft frisch ist.« Er hielt den Gehirnteil gegen die Schädeldecke. »Die Einstichstelle paßt ziemlich genau auf die zerstörte Stelle. Außerdem habe ich an den zerstörten Gehirnteilen Spuren der durchstoßenen Schädeldecke und des Cortex verifiziert.«

Er zeigte auf ein durchsichtiges Plastiksäckchen, in dem für Hotwagner schwer auszunehmende Knochenteilchen lagen, und setzte fort: »Dieser Mann wurde durch einen Stich mit einem dünnen, aber äußerst harten Gegenstand getötet, der zuerst die Schädeldekke, dann den Cortex durchdrungen hat und im Großhirn gelandet ist. Ungefähre Ausmaße: mindestens

70 mm lang, denn so tief ist er eingedrungen, Durchmesser etwa 2,5 mm. Zylindrisch, ohne Spitze, aber mit einer Innenausnehmung, ähnlich der eines Flachkopfgeschoßes. Weil, meiner Ansicht nach, dieser Gegenstand erst einige Zeit nach dem eingetretenen Tod entfernt wurde, gab es auf der Kopfhaut so gut wie keinen Blutaustritt. Aus diesem Grund – und weil der Mann zudem, wie du siehst, dichtes, volles Haar hat – ist es zu der Fehldiagnose von Dr. Kammerer gekommen.«

Hotwagner ging zu den großen und sehr groben Füßen der Leiche und schaute auf den Datenzettel: DOPPLER, RUDOLF. 54. EX. 16. 8. 1995. OBD. ...

»Das mit dem Stich und so weiter ist sicher?« fragte Hotwagner. »Irrst du dich nicht, Doktor?«

»Ich bin mir absolut sicher und hab' das auch in den Obduktionsbericht geschrieben«, sagte Dr. Danzer und fügte ansatzlos hinzu: »Magst einen Kaffee?«

»Immer«, brummte Hotwagner. »Aber keinen aus eurem Automaten. Einen für Erwachsene.«

Die beiden gingen in Dr. Danzers Büro, wo es eine kleine private Espressomaschine gab. Während Dr. Danzer den Kaffee zubereitete, schaute sich Hotwagner auf dem Schreibtisch um. Er überflog den darauf liegenden Obduktionsbericht, legte ihn zur Seite und sah sich das daneben liegende Einlieferungsprotokoll an.

Demnach war der vierundfünfzigjährige Schlossermeister und Geschäftsinhaber Rudolf Doppler am 17. 8. 1995 um etwa 10.00 Uhr in seiner Wohnung im zweiten Bezirk, Pazmanitengasse 14, im Speisezimmer von seiner Gattin tot aufgefunden worden. Das Kommissariat Leopoldstadt hatte die Amtshandlung übernommen. Der Polizeiarzt Dr. Johann Kammerer hatte zweifelsfrei als Todesursache einen Gehirnschlag fest-

gestellt. Diese Diagnose war durch Angaben der Gattin, Irene Doppler, achtundfünfzig, erhärtet worden. Rudolf Doppler hatte seit Jahren unter Bluthochdruck gelitten und deswegen Medikamente genommen. Er hatte ab und zu Schwindelanfälle gehabt, war aber trotz Anratens seiner Gattin viel zu selten zum Arzt gegangen. Medikamente gegen Bluthochdruck waren in seiner Rocktasche sowie im Badezimmer der Wohnung aufgefunden worden. Weil der Polizeiarzt einen natürlichen Tod diagnostiziert hatte, hatten es die Beamten des *Koats Leopoldstadt* verabsäumt, die Spuren zu sichern.

Dr. Danzer servierte den Espresso und fragte: »*Mit Auffrischung?*« Er wartete Hotwagners Antwort nicht ab, sondern goß einen tüchtigen Schuß achtzigprozentigen Rum in die Tasse. Schließlich kannte er den alten Kriminalbeamten und wußte, daß dieser kein Kostverächter war.

Hotwagner grinste schwach, brummte etwas wie »Dank dir schön, Doktor«, nahm einen Schluck, verbrannte sich die Zunge, trank aber trotzdem weiter. »Heiß, aber gut. Medizin für einen alten *Kiberer.* Du bist halt doch der Beste.« Er schnalzte genüßlich mit der Zunge und brummte: »Gut wär', wenn wir den genauen Todeszeitpunkt wüßten, Doktor. Wie schauen wir da aus?«

»Schlecht«, sagte Dr. Danzer. »Es ist schlampig gearbeitet worden. Alles, was ich dir sagen kann, ist, daß Doppler am Siebzehnten gegen zehn Uhr aufgefunden wurde und keine Rektaltemperatur abgenommen worden ist. Der Kollege Kammerer hat angenommen, daß der Tod etwa einen Tag vorher, beiläufig am früheren Nachmittag, eingetreten sein muß.«

Hotwagner nickte verbittert. Der ständig besoffene

Dr. Kammerer *gehörte in die Würst'*. »Etwa einen Tag vorher. – Beiläufig am frühen Nachmittag.« Diese blöde, versoffene Sau! Was sollte ein *Kiberer* mit derart vagen Angaben anfangen?

Während Hotwagner zum Telefon griff, sagte er mürrisch: »Keiner bleibt übrig, Doktor. Nicht einmal wir zwei. Hin wird jeder. Entweder durch einen Gehirnschlag oder durch einen Stahlstichel oder sonstwas. Nur der Kammerer lebt ewig. *Und dreht so lange einen Fisch nach dem anderen,* bis er uns alle unter der Erde hat.«

Dann wählte er die Nummer des Sicherheitsbüros und die *Klappe* der *MG 2.* Als sich Stern meldete, erklärte er ihm kurz den Sachverhalt und fragte, ob noch wer von der Gruppe im Sicherheitsbüro sei.

»Die Monika und ich«, sagte Stern. »Der ›Burli‹ und der Wasenegger sind schon weg. Die wollen mit ihren Frauen nach Klosterneuburg fahren, weil die dort im Stift ein gutes Essen haben und es in Donaunähe kühler als in der Stadt ist.«

»Okay, Waldi«, brummte Hotwagner. »Dann geh auch du mit deiner Familie irgendwohin ins Freie. Aber sag der Moni, sie soll ins *Koat Leopoldstadt* fahren und dort bei den *Kiberern* auf mich warten. Ich komm' auch hin, und es wird wahrscheinlich gescheiter sein, wenn wir vorläufig zu zweit anfangen. Bis morgen.«

Er legte auf und fragte den Gerichtsmediziner: »Hast du schon das *Koat* verständigt? Und den Dr. Kammerer?«

»Nein«, sagte Dr. Danzer. »Magst noch einen Kaffee?«

Hotwagner nickte und blätterte in seinem Faltkalender. Dann griff er zum Telefon und rief seinen

Freund Josef Kamplmüller an, der Kripochef der Leopoldstadt, des zweiten Bezirks, war. Er mußte ziemlich lange warten, bis er ihn ans Telefon bekam.

»Ich weiß, daß ich stör', Pepi«, sagte er gemütlich. »Du bist vielleicht gerade beim Essen oder bei deiner Frau am Werk, weil du so lang nicht abgehoben hast. Ist aber wurscht. Ich brauch' dich umgehend im *Koat*, weil ...« Hotwagner hielt den Hörer etwas vom Ohr weg, damit die wütende Stimme des Obersten nicht gar so laut gegen das Trommelfell dröhnte, wartete den ersten Sturm ab und brummte: »Nicht aufregen, Pepi! Sonst kriegst mir noch einen Gehirnschlag.« Und nach einer Pause: »So wie der Schlossermeister aus der Pazmanitengasse vor ein paar Tagen.« Er grinste: »Wegen dem muß ich dich jetzt mobilisieren. Weil der nicht von alleine gestorben ist, sondern *gemacht worden ist.* In der Gerichtsmedizin sind sie draufgekommen – es war Mord.«

Er wartete die lautstarke Antwort Kamplmüllers ab und sagte beruhigend: »Ja. Ist okay, Pepi. Ich weiß schon, daß du ausgezeichnete und erfahrene Beamte hast. Lauter Kanonen. Aber ich brauch' dich trotzdem. Also, bis dann. Beeil dich, aber tu dich nicht hetzen. Servus.«

Dann trank er den zweiten *Espresso mit Auffrischung* aus, zündete sich eine weitere *Boro* an, verabschiedete sich und verließ die angenehm kühle Gerichtsmedizin.

Gerichtsmediziner hätte er werden sollen. Gerichtsmediziner – das waren Herren. Hatten eine Klimaanlage und kümmerten sich einen Scheißdreck um Hitzewellen. Ja, Gerichtsmediziner hätte er werden sollen. Andererseits waren seine schulischen Leistungen nicht ausreichend gewesen. Mit seinem Abgangszeugnis hätte er höchstens Prosekturdiener werden können.

Hotwagner streifte das durchschwitzte Sakko ab und warf es zusammengeknüllt auf den Rücksitz seines Autos. Die ebenfalls unbequeme Walther 7,65 ließ er im Hosenbund stecken, obwohl sie stark gegen seinen überquellenden Bauch drückte. Denn jeder *Kiberer* wußte, daß er die *Puffen* vielleicht doch irgendwann einmal brauchte.

Vor knapp einem Jahr hatte der Schmidinger Poldi vor dem Tor des Schlosses Schönbrunn ins Gras gebissen, weil er die seine nicht bei der Hand gehabt hatte.

Auch der Nußgruber Hansi hatte die *Puffen* in der Schreibtischlade liegenlassen. Das mußte schon gute zehn Jahre her sein. Er war wegen einer Lenkererhebung unterwegs gewesen und zufällig auf Robert Meislinger, genannt *der G'schwinde,* gestoßen. Der hatte geglaubt, er sollte *müllisiert* werden, und das traurige Ende der Geschichte war bekannt: Der Meislinger hatte den Hansi mit einem Herzstich erledigt.

Aber er, der alte Hotwagner, den ein Rotzbub wie »Burli« Berger schon zum Probeliegen schicken wollte, hatte keine drei Wochen später, als er einen Verdacht auf *den G'schwinden* gehabt hatte, seine Walther gezogen und dem Sauhund in der nächtlichen und menschenleeren Schrottgießergasse ohne viel Theater beide Kniescheiben zerschossen. Damit *der G'schwinde* sah, wer im zweiten Bezirk der Herr war.

Damals war der Pepi Kamplmüller noch Major gewesen und manchmal mit ihm auf Streife gegangen. Jetzt war der Pepi Oberst und er ein alter und übergewichtiger Gruppeninspektor. Aber das war auch wurscht. Jetzt hatte er an den *gemachten* Schlossermeister zu denken.

Hotwagner zwängte sich ins vor Hitze kochende Auto und sah nur einen Steinwurf entfernt das Schild

eines Chinarestaurants. Er kannte das Lokal. Dort wurde man schnell bedient, und eine süß-saure Suppe, ein bißchen Bratnudeln und ein großes dunkles Bier konnte er schon vertragen. Wer wußte, wie lange der Dienst dauern würde. Außerdem würden der Pepi und die Moni ins *Koat Leopoldstadt* ja auch nicht fliegen.

3

Eine gute Stunde später saßen Hotwagner und Monika Suttner im Kommissariat Leopoldstadt dem Oberst Kamplmüller gegenüber. Hotwagner rauchte, Monika Suttner lutschte eine Pfefferminzpastille. Auch die Beamten Richard Hammerschmid und Alois Dörfler waren da, und weil sie ebenfalls rauchten, wedelte der Oberst mit beiden Händen und hüstelte gekünstelt. »*Pofelts mich nicht so an!* Ich bin ja kein Rauchverzehrer!«

Dann berichtete er, was im *Koat* über den Tod des Schlossermeisters Doppler auflag. »Unser Wachzimmer ist am Siebzehnten von der Gattin Dopplers telefonisch informiert worden, daß sie ihren Mann in der Stadtwohnung tot aufgefunden hat. Die Dopplers wohnen während der heißen Jahreszeit in einem Haus an der Alten Donau. Jedenfalls ist der Dörfler daraufhin in die Pazmanitengasse gefahren und hat sich den Toten angeschaut.«

Dörfler, der fast genauso dick wie Hotwagner war und von zu vielem Rauchen ebenfalls kaputte Bronchien hatte, nickte. »Ja. Und ich hab' keinen Verdacht auf nichts gehabt. Der Doppler ist vor einer großen Anrichte auf dem Boden gelegen. Sein Gesicht hat mir nach einem Gehirnschlag ausgeschaut. Kampfspuren oder so etwas hat's keine gegeben.«

»Wie hat die Frau auf dich gewirkt?« fragte Monika Suttner.

»Ganz ruhig war sie. Oder«, verbesserte sich Dörfler, »sie hat ruhig gewirkt. Aber als ich mich mit dem Polizeiarzt unterhalten hab', hat sie durchgedreht und wollt' aus dem Fenster springen. Ein Uniformierter konnte sie gerade noch zurückhalten.«

»Aha«, brummte Hotwagner. »Grad noch.« Er zündete sich an der alten *Boro* eine neue an. »Du glaubst nicht, daß das vielleicht nur eine Inszenierung war?«

Dörfler schüttelte den Kopf, und Kamplmüller sagte: »Nein, Otto. Der Selbstmordversuch der Frau war echt. Der Uniformierte hat die Frau im letzten Moment bei den Füßen erwischt.«

»Weiß man, warum die Frau Doppler einen Tag später in die Wohnung gekommen ist?« fragte Monika Suttner. »Ich meine, weil sie doch während der warmen Jahreszeit im Sommerhaus ...«

»Ja, weiß man«, unterbrach sie Kamplmüller. »An dem Tag, an dem Doppler gestorben ist, war die Frau mit anderen Leuten in ihrem Sommerhaus an der Alten Donau. Dort hätte am Abend eine Grillparty stattfinden sollen ...«

»... und sie hat auch stattgefunden«, ergänzte Dörfler. »Etwa ein Dutzend Leute sind dort gewesen.«

»Wir haben das verifiziert«, sagte Hammerschmid. »Es stimmt: Die Party hat stattgefunden. Daß Doppler nicht dabei war, hat niemanden aufgeregt. Er war kein Gesellschaftsmensch und fehlte oft, wenn seine Frau etwas veranstaltet hat.« Er schaute Hotwagner voll an. »Übrigens: Die Frau Doppler hat ausgesagt, daß die Wohnung versperrt war. Sie hat aufsperren müssen. Auf einer Ablage im Vorzimmer ist die Schlüsseltasche ihres Mannes gelegen. Auch das Handy. Und drinnen, im Zimmer, ihr Mann. Auf dem Boden. Vor der Anrichte.«

»Und das ist mehr oder weniger alles, was ihr habt«, stellte Monika Suttner fest.

Kamplmüller nickte. »Ja.« Er lief rosa an und sagte ein bißchen zu laut: »Ist das dem Sicherheitsbüro nicht genug? Die Schlüssel waren in der Wohnung. Und die

war versperrt. Nirgends Kampfspuren. Nichts hat gefehlt. Und die Todesursache war für uns Gehirnschlag. Wir haben uns an die Diagnose des Amtsarztes gehalten. Meine Leute sind keine Trotteln.«

»Sagt ja auch keiner, Pepi«, brummte Hotwagner begütigend. »Die Moni hat ja nur gefragt. Flieg sie nicht an. Scheißts euch doch nicht wegen jedem Wort gleich in die Hose.« Er zerdrückte seine *Boro*, schaute vor sich hin und fragte: »Habts ihr die Namen von den Leuten, die auf der Grillparty waren? Wißts ihr was über die Doppler? Haben die gut miteinander gelebt? Oder waren s' wie Hund und Katz? Haben s' Kinder?«

»Kinder sind keine da – das wissen wir«, knurrte Kamplmüller. »Alles andere nicht. Das ist uns zum Zeitpunkt der Leichenauffindung auch nichts angegangen. Die Todesursache vom Doppler war ja klar. Fremdverschulden schien nicht vorzuliegen. Daß er ermordet worden ist, wissen wir ja überhaupt erst, seit du mich angerufen hast. Jetzt seids ihr da, und der Fall gehört sowieso dem Sicherheitsbüro.«

Hotwagner nickte. »Ja. Der gehört uns, Pepi. Also reg dich wieder ab. Wir werden das schon machen. Ich ruf' gleich meinen Chef an, damit er dir offiziell sagt, daß das *SB* den Fall übernimmt.« Er hob den Telefonhörer ab, wählte aber nicht, sondern fragte Dörfler: »Gewohnt hat der Doppler in der Pazmanitengasse. Auf Nummer 14.« Und als Dörfler nickte:« Wißts ihr, wo er sein Geschäft hat? Und wo sein Sommerhaus?«

Dörfler zog sein Notizbuch aus der Tasche und schaute hinein. »Das Geschäft, eine Bau- und Portalschlosserei, ist da im Bezirk, Novaragasse 27, im Hof. Das Sommerhaus ist im 22. Bezirk. Am Fischerstrand. Nummer weiß ich nicht.« Er klappte das Notizbuch

zu. »Übrigens: Die Frau Doppler ist nach ihrem Selbstmordversuch von der Rettung abgeholt worden. Sie liegt im Psychiatrischen Krankenhaus am Steinhof.«

Hotwagner wählte und brummte dann in den Hörer: »Ich bin's, Waldi. Ich ruf' vom *Koat Leopoldstadt* aus an. Sei so gut und sag dem Kamplmüller, daß wir offiziell die weitere Amtshandlung übernehmen. Und jetzt mach dir einen schönen Abend. Wir reden morgen über die Geschichte. Heute ist's schon zu spät. Also, servus.«

Er gab den Hörer an den Oberst weiter und arbeitete sich schnaufend aus dem engen Sessel hoch. Dabei fragte er sich, warum Frau Doppler am Tag nach der Party in die Wohnung gefahren war. Obwohl das Ehepaar während der warmen Jahreszeit im Sommerhaus am Fischerstrand wohnte. Darauf hatten die Leute vom *Koat* eigentlich keine Antwort gegeben. Irgendwie war diese Frage Monika Suttners untergegangen.

4

Am nächsten Tag besuchte Tamandl die *MG 2* in deren Dienstzimmer. Die Fenster waren geöffnet, auf einem Kasten klebte ein *Ohne Rauch geht's auch*-Aufkleber, und doch hingen im Raum Schwaden von Zigarettenrauch in der Luft. Es roch nach frischem Kaffee, und auf den Tischen lagen Tageszeitungen und eine Partie Leberkäsesemmeln. Die Gruppe machte überhaupt nicht den Eindruck fieberhaft ermittelnder Kriminalbeamter.

Der kleine Tamandl reckte sich so weit wie möglich hoch, grüßte kühl und fragte maliziös: »Darf man schon stören?«

»Aber Herr Hofrat stören nie«, sagte Berger IV. um eine Spur zu lässig.

Wasenegger lächelte: »Wenn S' eine Leberkäsesemmel wollen, Herr Hofrat – wir haben immer eine übrig. Oder wollen S' nur einen Schluck Kaffee?«

Tamandl bemühte sich, stechend zu schauen. »Ich esse nicht während der Dienstzeit. Aber einen Kaffee könnte man ja trinken.«

Während Monika Suttner für Tamandl einen Kaffee ohne Zucker, aber mit viel Obers zusammengoß, brummte Hotwagner kauend: »Wer nicht ißt und trinkt, lebt nicht, Hofrat. So schaut's aus. Sind wir uns doch ehrlich ...« Er schluckte den letzten Bissen hinunter, fegte sich die Brösel vom bereits wieder durchschwitzten Hemd, zündete sich behaglich eine Zigarette an und wirkte rundum zufrieden.

Tamandl nippte vom Kaffee und fragte Stern, was die Gruppe an diesem Tag zu tun gedenke.

»Wir werden versuchen, uns ein Bild vom Toten und seinem Umfeld zu machen.« Stern umriß, was die

Gruppe bis jetzt wußte, und setzte dann hinzu: »Nach der uns bekannten Sachlage glauben wir, daß der Täter mit dem Opfer gut bekannt war. Wir nehmen an, daß Doppler dem Täter geöffnet hat und dann niedergestochen wurde. Es kann aber auch sein, daß der Täter einen Nachschlüssel verwendet und dann auf Doppler gewartet hat. Jedenfalls muß er Doppler überrascht haben. Es hat, sagen die Kollegen vom *Koat Leopoldstadt*, in der Wohnung keine Kampfspuren gegeben.«

Tamandl legte den Kopf in den Nacken und schaute skeptisch zu dem um gute anderthalb Köpfe größeren Stern auf.

»Ein normaler Einbrecher hätt' eine *Puffen*, ein Messer oder etwas zum Schlagen dabeigehabt«, brummte Hotwagner. »Aber nicht eine Nadel.«

»Die vermutete Tatwaffe«, erklärte Berger IV. dem Hofrat, »soll laut Gerichtsmedizin ein metallener Gegenstand von mindestens 7 cm Länge und mit einer Dicke von etwa 2,5 Millimeter gewesen sein.«

»Und äußerst hart«, warf Wasenegger ein. »Ein wirklich spezielles Werkzeug, Herr Hofrat. Denn wenn Sie mit so etwas eine Schädeldecke glatt durchstoßen wollen, muß das Ding einen ziemlichen Druck aushalten, ohne sich zu verbiegen. Eine Schädeldecke ist ja nicht aus Butter. Und, wie wir von der Gerichtsmedizin wissen, hatte Doppler auch keinen sogenannten Papierschädel.«

»Dazu kommt noch«, brummte Hotwagner, »daß der Gegenstand keine Spitze, sondern nur eine Ausnehmung gehabt hat. So ähnlich wie die von uns verwendeten Flachkopfgeschoße. Nur eben Kaliber 2,5. Irgendein Stahlstichel ...«

»Jedenfalls werden wir das im Zuge unserer Ermitt-

lungen feststellen«, sagte Stern. »Der Täter oder die Täterin wird uns das sagen.«

»Wenn Sie ihn finden«, antwortete Tamandl säuerlich und mit einem Blick auf Hotwagners drei Ordner mit der Aufschrift UNGEL. F. Dann trank er den Kaffee aus und wandte sich zum Gehen. »Ihr Wort in Gottes Ohr, Herr Oberstleutnant. Ich bitte, mich regelmäßig vom Stand Ihrer Ermittlungen zu unterrichten.«

Hotwagner wartete, bis Tamandl draußen war. Dann brummte er: »Werden wir, du *Schwammerlbrokker.* Immer, wenn wir auf was Neues kommen, schikken wir dir eine Ansichtskarte.«

Stern lächelte leicht. »Aber damit wir auf was Neues kommen, hören wir jetzt mit dem Frühstücken und Palavern auf und tun was.« Er schaute in die Runde, zündete sich eine Zigarette an. »Wir machen es so: Ich fahr' in die Psychiatrie und rede mit Frau Doppler. Hotwagner und Suttner schauen sich in der Firma Dopplers um. Wasenegger fährt in die Pazmanitengasse und Berger zum Sommerhaus an der Alten Donau. Wir bleiben per Handy in Verbindung.« Und zu allen: »Räumts aber vorher die restlichen Leberkäsesemmeln weg. Unser Dienstzimmer ist kein Saustall.«

Hotwagner begann krachend zu husten. Er lief blauviolett an, drückte seine erst halb gerauchte *Boro* aus und brummte: »Scheißzigaretten.«

Berger IV. grinste Hotwagner an und blies seinerseits Rauchringe in die Luft. »Rauchen ist eine Kunst, Otto. Das will gelernt sein.«

Hotwagner rang nach Luft und zündete sich sofort die nächste an, weil er meinte, daß es gegen den plötzlich hochkommenden Husten nur ein probates Mittel gab: sofort eine neue Zigarette anzuzünden und den

Rauch möglichst tief in die Lungen zu ziehen, damit sich die rebellischen Bronchien beruhigten. Er schaute flüchtig auf Berger und brummte: »Weißt was, ›Burli‹? Leck mich in den Arsch.« Dann sagte er zu Stern: »Vergiß nicht, Waldi, daß du die Doppler fragst, warum sie am nächsten Tag in die Wohnung gefahren ist. Das kann vielleicht wichtig sein.«

Stern nickte. »Danke für den guten Rat, Otto. Aber das hab' ich sowieso vor.« Er lächelte leicht. »Ich bin zwar noch nicht so lang wie du dabei, aber ein bißchen Polizist bin ich schon auch.«

Während Monika Suttner rasch das Kaffeegeschirr wusch und zum Trocknen in die Miniabwasch stellte, räumte Hotwagner die übriggebliebenen Leberkäsesemmeln weg. Er legte sie in seine Tischlade, schob die Lade zu, zog sie wieder auf und steckte eine besonders dick belegte Semmel in die Sakkotasche.

»Für unterwegs«, brummte er unter dem Gelächter der anderen. »So etwas gehört frisch gegessen, sonst wird die Semmel schwammig und schmeckt nach nichts mehr.«

Weil er recht hatte, nahmen sich »Burli« Berger und Wasenegger auch je eine und bissen sofort hinein.

Dann verließ die Gruppe das Dienstzimmer.

5

Bevor Stern mit Irene Doppler reden konnte, wurde er vom Oberarzt der Station, Dr. Hubert Horak, zu einem Gespräch gebeten.

Horak war zwar, wie er betonte, nicht glücklich darüber, daß die Polizei keine Rücksicht auf die labile Gemütsverfassung seiner Patientin nahm, stimmte aber doch – wenn auch schweren Herzens und mit einigem Vorbehalt – einer Befragung zu.

»Was Frau Doppler angeht«, meinte er säuerlich, »ist sie durchaus in der Lage, Aussagen zu machen. Ihre Gesprächsbereitschaft könnte allerdings infolge der verabreichten Psychopharmaka bis zu einem gewissen Grad beeinträchtigt sein.«

Als Stern fragte, wie weit diese Beeinträchtigung gehen könne, nahm der Arzt die Brille ab und blickte auf seine Hände. »Ja ... Wie weit – das ist die Frage, Herr Oberstleutnant. Ich meine aber, daß die Beeinträchtigung relativ gering ist. Grob vereinfacht gesagt, ist die Patientin infolge des Schocks und des erfolglosen Suizidversuchs noch immer am Rande der Hysterie. Daher mußten wir sie bis zu einem gewissen Grad ruhigstellen. Denk- und Erinnerungsvermögen sind aber vorhanden. Außerdem werde ich ja bei der Befragung anwesend sein. Sollte diese zu einer Gefahr für die Patientin werden, unterbreche ich als verantwortlicher Arzt natürlich sofort. Ich bitte Sie, das zu verstehen.«

Stern versprach, möglichst behutsam vorzugehen. Dann fügte er hinzu: »Sie werden es noch nicht wissen, Doktor. Aber der Mann von Frau Doppler ist nicht, wie vermutet, an einem Gehirnschlag gestorben.«

»Sondern?«

»Rudolf Doppler ist, wie die Gerichtsmedizin zweifelsfrei festgestellt hat, ermordet worden. Infolge Einführung eines Stahlwerkzeugs durch die Schädeldecke in das Gehirn.«

»Schrecklich«, klagte der Arzt. »Das war also Mord ...« Und hastig: »Das darf die Patientin keinesfalls heute erfahren! Keinesfalls, Herr Oberstleutnant! Unter keinen Umständen! Sonst kann ich einer Befragung nicht zustimmen!«

Stern nickte. »Ich werde das beiseite lassen. Zumindest heute und so lange, wie Sie das für nötig halten. Können wir jetzt zu Frau Doppler gehen?«

Dr. Horak schaute sorgenvoll auf Stern. »Ja. Tun Sie, was Sie nicht lassen können. Aber sagen Sie der Patientin auf keinen Fall, daß ihr Gatte eines unnatürlichen Todes gestorben ist! Ich würde Sie für die Folgen verantwortlich machen.«

Stern nickte, dann ging er mit dem Arzt in das Einzelzimmer, in dem die Frau lag.

Irene Doppler war eine dicke ältere Frau mit blondgefärbten Haaren – beim Haaransatz konnte Stern sehen, daß die Haare eigentlich schon weiß waren. Die Frau hatte ein etwas aufgedunsenes Gesicht und schwere Tränensäcke unter den hellen Augen. Ihr Alter war auf der Kopftafel mit 58 angegeben.

Stern stellte sich vor und erläuterte, daß er sie nicht unnötig belästigen wolle, gewisse Fragen bezüglich des Ablebens ihres Gatten aber doch stellen müsse.

Irene Doppler nickte und setzte sich ein bißchen auf. »Fragen Sie.«

Stern setzte sich neben dem Bett auf einen Sessel, nahm Notizbuch und Kugelschreiber und notierte sich Datum und Uhrzeit. »Frau Doppler, Sie haben al-

so am 16. August, das war der vorige Mittwoch, in Ihrem Sommerhaus eine Grillparty gegeben. Aber Ihr Mann ist zu dieser Party nicht erschienen. War das für Sie auffällig?«

»Nicht sehr. Der Rudi, also mein Mann, war nicht immer von Gästen angetan. Die Leute, die damals bei mir waren, sind eigentlich eher meine als seine Freunde. Ich hab' mir also weiter keine Gedanken gemacht. Es war mir eigentlich auch recht, daß er nicht gekommen ist. Allerdings habe ich mich gewundert, weil er in solchen Fällen immer angerufen hat. Irgendeinen Grund hat er immer gehabt, wenn er in der Stadtwohnung übernachtet hat. Aber an diesem Abend ...« Sie brach ab und schaute Stern erstmals voll an.

»... hat er nicht angerufen«, setzte dieser fort. »Und Sie haben sich doch Gedanken gemacht.«

»Nicht direkt«, antwortete Irene Doppler und blickte wieder weg. »Oder – andererseits schon irgendwie. Es war, wie gesagt, ungewöhnlich, daß er sich überhaupt nicht gemeldet hat.« Und sehr viel leiser: »Er hat sonst immer etwas parat gehabt und mir, bevor meine Gäste gekommen sind, erklärt, warum er nicht kommen wird.«

»Aber an dem Tag der Grillparty hat er sich überhaupt nicht gemeldet«, wiederholte Stern. »Weder vorher noch nachher?«

»Nein.« Irene Doppler war plötzlich erregt. Gesicht und Hals wurden fleckig rot, und die Stimme bekam etwas Schrilles. »Wie hätt' er denn anrufen können, wenn er vielleicht schon tot war?! Ich hab' dann, irgendwann am frühen Abend, die Sageder in der Firma angerufen und gefragt, ob mein Mann da ist! Er war aber nicht da, und gesagt hatte er auch niemandem was. Er hat, sagte die Sageder, so gegen zwei oder halb

drei einen Anruf gekriegt, ist sofort weg und nicht mehr gekommen.«

»Wann genau haben Sie denn in der Firma angerufen?« fragte Stern. Und: »Wer ist denn die Sageder?«

»So gegen fünf, halb sechs, kurz, bevor die Gäste eingetroffen sind, werd' ich angerufen haben. Und die Frau Sageder ist seine Buchhalterin.«

»Hat sie vielleicht gewußt, wer angerufen hat?«

»Nein. Der Anruf ist über sein Handy hereingekommen, das hat sie piepsen gehört. Was mein Mann gesagt hat, hat sie nicht verstanden, weil er in seinem Büro geredet hat und die Tür zu war. Sie glaubt, daß das zwischen zwei und halb drei gewesen sein muß.«

Während Stern die nächste Frage überlegte, setzte sich Frau Doppler ganz auf. Gesicht und Hals waren jetzt nicht mehr bloß fleckig, sondern tiefrot. Sie atmete stoßweise, und ihre Pupillen drehten sich nach oben.

Dr. Horak war sofort neben ihr, fühlte ihren Puls und drückte sie sanft auf die Polster zurück. »Nicht aufregen, Frau Doppler. Regen Sie sich, bitte, nicht auf.« Er schaute Stern vorwurfsvoll an. »Also, bitte, Herr Oberstleutnant! Ich habe Ihnen ausdrücklich gesagt ...«

»Entschuldigung«, unterbrach ihn Stern, »aber ich muß eben meine Fragen stellen.« Er wandte sich Irene Doppler zu und sagte möglichst sanft: »Nur zwei Fragen noch, Frau Doppler, dann laß ich Sie schon in Ruhe. War die Wohnungstür wirklich versperrt, als Sie am Donnerstag in die Wohnung gegangen sind?«

»Ja. Ganz bestimmt.«

»Danke. Und: Wer besitzt außer Ihnen und Ihrem Gatten einen Schlüssel zur Wohnung?«

»Niemand. Nur der Rudi und ich. Und der Haus-

meister. Für den Fall, daß es einen Rohrbruch oder so etwas gibt.«

Stern schaute auf den Arzt, und der nickte widerwillig. »Eine letzte Frage, Frau Doppler. Wer war denn aller auf Ihrer Grillparty?«

»Die Nebenführs, unsere Nachbarn an der Alten Donau. Das Ehepaar Rothmayer. Das Ehepaar Neubauer. Rudis Nichte Sabine Werner und ihr Freund Bobby Michalek. Die waren alle da. Der Egon war auch eingeladen, ist aber nicht gekommen.«

»Welcher Egon?« fragte Stern.

»Egon Antonitsch«, sagte Irene Doppler. »Ein Jugendfreund von mir.«

Stern notierte alles. »Eine allerletzte Frage noch, Frau Doppler. Warum sind Sie am nächsten Tag, also dem Donnerstag, in Ihre Stadtwohnung gefahren?«

»Weil mich die Sageder am Vormittag angerufen hat. Sie wollte wissen, was mit dem Chef los ist!« Irene Dopplers Stimme wurde ziemlich schrill. »Er ist ja nicht in die Firma gekommen! Und in der Wohnung hat sich auch niemand gemeldet! Und über sein Handy war er auch nicht zu erreichen! Da hat sie eben mich im Sommerhaus ...« Plötzlich fuhr Irene Doppler hoch und begann zu schreien. »Ist denn das nicht wurscht, wer aller auf der Party war und wer wen angerufen hat?! Mein Mann ist tot! Tot! Tot! Tot!« Sie starrte Stern mit verschwimmenden Augen an und schrie weiter. »Warum habt ihr mich denn nicht auch sterben lassen?! Was mach' ich denn jetzt ohne ihn?! Hätten s' mich doch aus dem Fenster springen lassen! Dann wär' ich jetzt auch tot, hätt' meine Ruhe und müßt' mich nicht weiter ausfragen lassen! Ich will nimmer!! Ich will nimmer!!!«

Dr. Horak drückte Irene Doppler wieder auf die

Polster zurück und läutete nach einer Schwester. Dann schaute er Stern vorwurfsvoll an. »Es ist genug, Herr Oberstleutnant. Bitte gehen Sie jetzt.«

Stern stand auf und steckte Notizbuch und Kugelschreiber ein. Ein Blick auf Irene Doppler, die mit verdrehten Augen dalag, sagte ihm, daß er vorläufig nichts erfahren würde.

Er nickte dem Arzt zu und verließ das Krankenzimmer.

6

Hotwagner und Monika Suttner fanden in der Novaragasse keinen Parkplatz. Auch die umliegenden Gassen und die Praterstraße waren zu. Sie fuhren daher zum Wachzimmer Praterstern, stellten dort ihren Wagen ab und gingen zu Fuß in die Novaragasse.

Als sie zur Ecke Praterstraße/Novaragasse kamen, blieb Hotwagner stehen und zeigte auf die bis zum Boden reichenden Fenster eines Autohauses. »Da war früher einmal ein großes Kaffeehaus. *Eisvogel* hat's geheißen. Die Novaragasse war berühmt für ihren Straßenstrich. Da hat's jede Menge Huren zwischen achtzehn und sechzig gegeben. Damals ist auf der Praterstraße noch eine Straßenbahn gefahren, und das Wachzimmer war noch nicht am Praterstern, sondern in der Mühlfeldgasse.«

»Wann war das?« fragte Monika Suttner.

»In der Steinzeit, Kinderl«, brummte Hotwagner, »in den fünfziger Jahren oder so. Da waren der Kamplmüller Pepi und ich noch jung und schön, und der Prater hat ein eigenes Kommissariat gehabt. Und ...« Er zündete sich eine Zigarette an und ging in die Novaragasse hinein. »Komm, Moni. Vorbei ist vorbei. Da scheißt der Hund drauf. Gehen wir ...«

Es hatte keinen Zweck, der Moni mit diesen Erinnerungen zu kommen. Sie konnte damit nichts anfangen. Für sie war die Wirklichkeit das, was es jetzt in der Novaragasse gab, für sie gab es keine Überschneidungen mit Vergangenem. Das Leben lag noch vor ihr. Doch mit der Zeit würde auch sie ihre Erinnerungen haben und schließlich, wie er, auf einem Trümmerberg sitzen und sich manchmal fragen, wohin all das, was ihr Leben ausmachte, gekommen war.

Hotwagner dachte an seine Hauptschulzeit und an den Deutschlehrer, der sie mit Walther von der Vogelweide gequält hatte. »Wohin sind entschwunden alle meine Jahr? Ist mir mein Leben geträumt oder ist es wahr?« Und: »Die meine Gespielen waren, sind jetzt müde und alt. Beackert ist das Feld und gerodet ist der Wald.«

Der Vogelweider, der für sie, die tepperten Schulbuben, nichts anderes als ein längst verwester Trottel gewesen war, hatte recht gehabt. Irgendwie ging alles im Leben ein bißchen zu schnell. Auch für einen *Kiberer*. Ein Fall reihte sich an den anderen, ein Jahr ans andere, und beim jährlichen Kameradschaftstreffen der ehemaligen Polizeischüler seines Jahrgangs stellten sie fest, daß sie immer weniger wurden.

Der letzte dreht das Licht ab und sperrt zu, hatte der Rössler Heini beim vorigen Treffen gesagt. Aber keiner wußte, wer der letzte sein würde. Er, Otto Hotwagner, jedenfalls nicht. Mit ihm war nichts mehr los. Er war ein altersschwacher Jagdhund, der längst das Interesse an den Menschen verloren hatte und nur mehr aus Gewohnheit neue Spuren aufnahm.

Hotwagner hörte Monika Suttner etwas sagen und brummte: »Was sagst, Kinderl?« Und entschuldigend: »Ich war in Gedanken.«

»Das hab' ich bemerkt. Du bist ja wie in Trance gewesen, Otto. Ich sag' jetzt schon zum dritten Mal, daß dort die Nummer 27 ist.«

Hotwagner warf seine Zigarette weg, hustete krampfhaft, spuckte aus und ging mit der Suttner zu dem Haus, an dessen Fassade eine Tafel mit der Aufschrift BAU- UND PORTALSCHLOSSEREI DOPPLER hing. Vor dem Haus parkten zwei Plateauwagen mit der gleichen Aufschrift.

Der Betrieb befand sich im zweiten Trakt des Hauses und war, wie sie bei ihrem Eintritt feststellten, ziemlich groß. Im Werkstättenraum waren ein paar Arbeiter mit dem Schweißen von Portalrahmen beschäftigt, andere hantierten mit Schleifscheiben. Es roch intensiv nach Metall. Der Arbeitslärm wurde von einem dröhnenden Lautsprecher überplärrt, aus dem die Stimme eines Schlagersternchens quoll, das mit sich überschlagender Stimme zirpte: ... »weil ich ein Mähädchen bin«.

Die Arbeiter nahmen keine Notiz vom Eintreten Hotwagners und der Suttner.

Rechter Hand gab es einen unterteilten Glasverschlag. Im vorderen Teil saß eine junge rothaarige Frau vor einem Computer. Der hintere Teil des Verschlags war leer. Über dem Drehsessel hinter dem Schreibtisch hing ein grauer Arbeitsmantel.

Die junge Fau hieß Marianne Sageder, war dreißig, trug unverhältnismäßig viel Schmuck und führte, wie sie sagte, seit vier Jahren mehr oder weniger den Betrieb. Sie hatte eine helle, durchdringende Stimme, sprach stakkatoartig und gab gleich zu, daß sie mit Doppler eine intime Beziehung gehabt hatte.

Marianne Sageder fuhr sich immer wieder durch das dichte rote Haar, zupfte ihre diversen Halsketten zurecht und wandte sich schließlich zu Monika Suttner: »Es ist ja nichts dabei, wenn sich ein rüstiger Mann eine Frau sucht, die ihm das geben kann, was er von seiner Alten nicht mehr kriegt.«

Hotwagner nickte. »Das ist Gustosache. Aber die Bettgeschichten vom Doppler interessieren uns nicht. Zumindest momentan nicht!« Er drehte sich zur Glaswand, die das Büro teilte, und brummte: »Ist der Doppler dort drinnen gesessen?« Und ohne Übergang:

»Übrigens ... Er ist nicht an einem Gehirnschlag gestorben, sondern umgebracht worden.«

Marianne Sageder fuhr hoch. »Wieso denn umgebracht?! Von wem denn?! Es hat doch geheißen, der Chef ist ...« Sie brach ab und zündete sich mit zitternden Händen eine Mentholzigarette an.

Hotwagner nickte. »'s hat geheißen. Aber das war ein Irrtum. Er ist umgebracht worden.«

»Dann war's der Fiedler«, sagte Marianne Sageder. »Hundertprozentig.«

Monika Suttner nahm Notizbuch und Kugelschreiber aus ihrer Handtasche. »Wer ist das?«

»Der Fiedler war ein Arbeiter bei uns. Der Chef hat ihn vor sechs Wochen fristlos entlassen.«

»Aha«, brummte Hotwagner. »Warum?«

»Weil er gewalttätig war! Er ist auch vorbestraft, ein paar Mal sogar. Gestohlen hat er auch: eine Trennscheibe. Doch ist er dabei vom Suleiman gesehen worden, und der hat es dem Chef gesagt. Wie der Chef den Fiedler wegen der Trennscheibe zur Rede gestellt hat, hat der den Suleiman niedergeschlagen und ist auch auf den Chef losgegangen. Aber bei dem war er an der falschen Adresse. Der Chef hat ihm zwei Watschen gegeben und hat ihn sofort rausgeschmissen. Anzeige hat er keine erstattet, weil er ein gutes Herz gehabt hat. Er hat nur die gestohlene Trennscheibe zurückverlangt.«

»Deswegen, glauben Sie, hat der Mann den Chef umgebracht?« fragte Hotwagner.

Monika Suttner sekundierte: »Fristlose Entlassungen gibt es dauernd irgendwo. Deswegen bringt man doch keinen um. Übrigens, wer ist dieser Suleiman?«

Marianne Sageder zeigte auf einen der Arbeiter. »Der Schwarzhaarige dort. Ein Türke, aber ein fleißi-

ger Arbeiter.« Sie schaute Monika Suttner an. »Freilich gibt's immer Entlassungen, doch diese werde ich nicht so schnell vergessen. Der Fiedler hat zu unserem Chef gesagt, er soll seine Sachen in Ordnung bringen. Denn wer einem Fiedler Watschen runterhaut, der kann gleich den Abschiedsbrief schreiben, der schnappt nimmer lang nach Luft.«

»Und was«, fragte Hotwagner, »hat der Doppler drauf gesagt?«

»Nichts. Gelacht hat er. Er hat gesagt: ›Wer sich an einem Doppler vergreift, der wird in der Luft zerrissen!‹ Er war einmal Meister im Ringen, da hätt' er eine halbe Portion wie den Fiedler mit einer Hand durch Sonn und Mond g'haut.«

Daraufhin ließ sich Hotwagner die Adresse Fiedlers geben und schickte Monika Suttner zu Suleiman in die Werkstätte.

Sowohl Suleiman Duncer wie auch die anderen Arbeiter bestätigten die Angaben Marianne Sageders. Sie alle schienen froh zu sein, daß der Chef den Fiedler rausgeschmissen hatte.

Während Monika Suttner in der Werkstätte war, fragte Hotwagner die Sageder: »Wie wird es jetzt mit der Schlosserei weitergehen? Wissen Sie das schon?«

»Woher denn? Dem Doppler seine Frau liegt im Spital, wer weiß, wann sie die wieder rauslassen. Ich führ' vorläufig den Betrieb weiter, und irgendwann muß sich die Doppler einen Geschäftsführer oder einen Meister nehmen. Sie selber hat ja von der Schlosserei keine Ahnung.«

Daraufhin bedankte sich Hotwagner. Er ging aus dem Glasverschlag, blieb stehen und stapfte denn wieder zurück. »Ich hab' was vergessen, Frau Sageder. Es hat da, am Tag, an dem Ihr Chef umgebracht worden

ist, einen Anruf für ihn gegeben. Anschließend ist er sofort weg. Wissen Sie, wann das war?«

»Ja. Zwischen zwei und halb drei. Das hab' ich auch seiner Frau gesagt, als wir telefoniert haben. Auch daß ich nicht weiß, wer den Chef angerufen hat, und daß ich von dem Gespräch nichts gehört hab', weil es im Büro vom Chef war und er die Tür zugehabt hat.«

»Heißt das, daß er keinerlei Andeutungen gemacht hat, wohin er geht?« fragte Hotwagner.

»So ist es«, sagte Marianne Sageder und fuhr sich wieder durchs Haar. »Der Chef war immer für spontane Sachen gut.« Sie nahm einen Zug von ihrer Mentholzigarette. »Er war ein wilder Hund, der Rudi, ein Mann, der nicht lange herumfackelt. Wenn er über sein Handy angerufen worden ist, und es war etwas Privates, hat er mir eigentlich nie gesagt, worum es geht. «

Hotwagner brummte irgend etwas Unverständliches, gab Marianne Sageder die Hand und ging zu Monika Suttner in die Werkstätte. Dann verließen die beiden die Schlosserei.

Sie tranken im Wachzimmer Praterstern Kaffee, und Hotwagner ließ im Kommissariat in dem an das EKIS-Netz angeschlossenen Computer nach einem Roman Fiedler suchen.

Das EKIS-Netz war relativ neu und konnte einiges. Es strotzte von Daten und war imstande, unter etwa zehn Schlagworten jemanden zu finden. Es kannte einen Fiedler: Der war vier Mal wegen Körperverletzung vorbestraft. Seine letzte Strafe waren acht Monate unbedingt gewesen – er war seit einem halben Jahr wieder frei.

Hotwagner bedankte sich bei dem Kollegen vom

Koat und rief dann den Stern an. »Wir haben da in der Schlosserei einen Namen gekriegt: Fiedler. Wohnt in Hernals, in der Lacknergasse. Ist wegen Körperverletzungen vorbestraft und unlängst vom Doppler fristlos entlassen worden. Eine Watschengeschichte war auch dabei. Danach hat der Fiedler dem Doppler gedroht. Ich weiß nicht, ob was dran ist, aber wir schauen hin. Servus, Waldi.«

Hotwagner und Monika Suttner trafen Fiedler zu Hause an. Er lag apathisch im Bett und war offensichtlich krank.

»Ich weiß nicht, warum ihr kommts«, schimpfte seine Frau. »Könnts ihr Polizisten nicht einmal einen schwerkranken Menschen in Ruhe lassen?!«

Hotwagner schaute die in einen Minirock gepreßte blondgefärbte Frau an und brummte: »Können schon. Aber wollen nicht. Also bleiben S' ruhig, und lassen S' uns ein paar Fragen stellen.«

»Was fehlt Ihrem Mann denn?« fragte Monika Suttner.

»Einen Kreislaufkollaps hat er gehabt. Die Hitze bringt ihn um. Er war einen Tag im Spital, dann haben sie ihn wieder heimgeschickt«, schimpfte Frau Fiedler. »Für arme Leute haben die keinen Platz. Wenn's nach denen ginge, könnten wir verrecken.«

Roman Fiedler lächelte schwach. »Ich verreck' schon nicht, Berta. Noch nicht. Gute Ware hält sich.« Er richtete sich ein bißchen auf und schaute Monika Suttner an. »Was will denn die Polizei von mir?«

»Etwas fragen«, brummte Hotwagner und fiel wegen Fiedlers Vorstrafen gewohnheitsmäßig ins Du. »Stimmt es, daß du in der Schlosserei Doppler eine Trennscheibe gestohlen hast?«

»Ja«, sagte Fiedler, und seine Frau sekundierte: »Er hat aber den Scheiß eh wieder zurück'geben und tätige Reue gemacht!« Sie funkelte Monika Suttner an. »Wegen so einem *Schmarren* schickt die Polizei gleich zwei? Einen Mann und ein Weib!«

Monika Suttner wollte etwas einwenden, aber Hotwagner kam ihr zuvor. »Das ist kein Weib, sondern die Frau Bezirksinspektor Monika Suttner«, blaffte er zur Fiedler. Dann zündete er sich eine *Boro* an, paffte kurz und brummte: »Wir kommen nicht wegen dem Werkzeug, sondern wegen was anderem: weil Ihr Mann den Doppler bedroht hat.« Er schaute Fiedler an. »Das stimmt doch. Oder?«

Fiedler grinste schwach. »Ja, es stimmt. Aber wegen so einem *Lercherlschas* kommts ihr?«

»Ja«, sagte Monika Suttner, »weil der Doppler ermordet worden ist.«

Fiedler hörte zu grinsen auf. »Wann denn?« Und lauter: »Das könnts ihr mir aber nicht anhängen! Ich bin das nicht gewesen!«

Hotwagner sog den schweren Rauch tief in die Lungen ein und ließ ihn durch Nase und Mund ausströmen. »Wann? Vor ein paar Tagen.«

Fiedler grinste wieder. Diesmal übers ganze Gesicht. »Dann könnts euch bei mir brausen. Weil ich lieg' seit vierzehn Tagen entweder im Spital oder da zu Hause und hab' keinen Fuß aus der Wohnung gesetzt. Ich könnt' gar nicht aufstehen und jemanden umbringen. Nicht einmal, wenn ich's wollt'.«

»Wer sagt das?« brummte Hotwagner. »Du und deine Frau. Na okay! Wer aber noch?«

»Mein Doktor. Der kommt jeden dritten Tag vorbei und untersucht mich.« Fiedler fiel ebenfalls ins Du. »Du kannst ihn fragen, *Kiberer*. Dr. Rainer

Schwinghammer, Lacknergasse 13. Er wird dir sagen, was mit mir los ist. Wenn ich mehr als zwanzig Schritte mach', kann ich hinsein. Also such dem Doppler seinen Mörder woanders. Ich war's nicht. Wennst willst, ruf den Schwinghammer an. Seine Nummer ist 867 20 43.«

Hotwagner drückte seine *Boro* aus, nickte der Suttner zu und hielt ihr das Handy hin.

Wie der Arzt versicherte, war es völlig auszuschließen, daß der schwer herzkranke Mann die Wohnung verließ, quer durch Wien fuhr, jemanden umbrachte und dann nach Hause zurückkehrte.

Roman Fiedlers Alibi war aus Beton gegossen.

7

Gegen 12.30 Uhr waren die Mitglieder der Mordgruppe 2 wieder beisammen. In der Hand hatten sie nichts.

Stern hatte die Liste der Partygäste durch Aushebung der Adressen komplettiert, Hotwagner und Monika Suttner hatten einen Verdächtigen als harmlos ausgeschieden, und Wasenegger hatte im Wohnhaus des Toten in der Pazmanitengasse nichts Brauchbares erfahren.

»Kein Mensch weiß dort was über das Ehepaar Doppler«, referierte er. »Das Vierzehner-Haus hat fünf Stockwerke, ein ausgebautes Dachgeschoß und eine Tiefgarage. Lauter Eigentumswohnungen. Die Dopplers wohnen seit zwanzig Jahren im Haus. Sie treten kaum in Erscheinung und sind ruhige Leute. Alle Befragten haben nur für die Frau Sympathie, der Mann galt als ungut und unfreundlich. Außerhalb der warmen Jahreszeit haben die Dopplers hin und wieder Gäste gehabt, manchmal einen ganzen Haufen. Es gab dabei keinen Wirbel oder sonstwas. Ich hab' ungefähr zwei Drittel der Leute befragt, die anderen waren nicht zu Hause. Die Hausarbeit macht sich die Frau Doppler selber. Nur alle vier Wochen kommt eine gewisse Frau Nowak und putzt die Fenster. Aus.«

Berger IV. hatte an der Alten Donau mit einigen Leuten gesprochen, aber deren Aussagen hoben sich gegenseitig auf. Die Befragung hatte er als Pflichtübung dargestellt, die bei plötzlichen Todesfällen vorgeschrieben sei.

Das Ehepaar Ernst und Helga Nebenführ, das Stern auch auf seiner Liste der Partygäste hatte, war seit kurzem in Pension und wohnte ganzjährig an der Alten

Donau. Die beiden hatten einen Frisiersalon geführt, den sie aufgaben, weil sie ihren Lebensabend genießen wollten. Sie sagten übereinstimmend aus, daß die Dopplers eine gute Ehe geführt hätten – »wie Turteltauben«, hatte Helga Nebenführ gemeint.

Ernst Nebenführ hatte hinzugefügt, daß Irene Doppler ihren Mann fast bis zur Hörigkeit geliebt habe. Obgleich er manchmal ungut sein konnte und seiner Frau vor allen Leuten Sachen sagte, die man besser unter vier Augen behandelt. Auf der anderen Seite hatte er seine Frau vergöttert und etwaige Ausrutscher immer wieder durch Geschenke gutgemacht.

Ein ganz anderes Bild hatte das alte Ehepaar Trappl gezeichnet, das neben dem einstöckigen Haus der Dopplers eine Holzhütte mit zwei Räumen bewohnte. Eduard Trappl hatte zwar zuerst von einem »durch und durch harmonischen Paar« geredet, war dann aber von seiner Frau verbessert worden. Laut Lina Trappl hatten die Dopplers überhaupt nicht harmonisch zusammengelebt. Die Frau hätte sich von ihrem jähzornigen, rüpelhaften Mann alles gefallen lassen und hätte mehr oder weniger als dessen Sklavin dahinvegetiert. Sie war von ihrem Mann manchmal sogar geschlagen worden. Daß sie für ihren Mann eine Null war, hätte jeder auch daran sehen können, daß er einen großen BMW fuhr, während sie mit einem steinalten Fiat vorliebnehmen mußte, der nur durch ein Wunder immer wieder eine Sicherheitsplakette bekam.

»Von Harmonie«, hatte Lina Trappl gesagt, »kann nur ein alter Tepp wie mein Mann reden, Herr Inspektor. Wenn wir schon dabei sind, kann ich Ihnen auch sagen, daß es da einen gewissen Herrn Antonitsch gibt. Der ist quasi ein Freund der Familie, aber

in Wirklichkeit nur von ihr, der Frau. Ich glaub' auch, daß er mit ihr was hat. Mit ihm, dem Doppler, steht er wie Hund und Katz. Der hätt' den Doppler eines Tages umgebracht, wenn er jetzt nicht von selber gestorben wär'.«

Eduard Trappl hatte nach dieser Bemerkung versucht, seine Frau durch Zwinkern und Kopfschütteln zum Schweigen zu bringen. Aber sie war von der Idee, daß Antonitsch der Todfeind Dopplers gewesen wäre, nicht abzubringen. Es habe einmal sogar eine Watschenaffäre zwischen den beiden gegeben. Dabei wären auch Drohungen gefallen. Das habe sie mit eigenen Augen gesehen und mit eigenen Ohren gehört.

Der Name Egon Antonitsch stand ebenfalls auf Sterns Liste der Partygäste. Allerdings mit dem Zusatz, daß Antonitsch der Einladung zur Party nicht gefolgt war.

»Burli« Berger IV. hakte sofort nach. »Dann fahr' ich jetzt hin und schau' mir den Typen an. Wo wohnt er gleich?«

Wasenegger schaute auf die Liste der Partygäste. »An der Hülben, im ersten Bezirk. Das ist eine kleine Gasse in der Nähe von Riemergasse und Wollzeile.«

»Zuerst gehen wir was essen«, brummte Hotwagner. »*Überschnell pudern nur die Hasen.*«

In diesem Augenblick trat Tamandl ins Dienstzimmer und war sofort degoutiert. Er warf Hotwagner einen scharfen Blick zu. »Wenn Sie sich gemäßigter artikulieren könnten, Gruppeninspektor, wären die Kollegin Suttner und ich Ihnen äußerst dankbar. Vielleicht denken Sie daran, daß Sie sich nicht unter Zuhältern, sondern unter Polizeibeamten und Polizeibeamtinnen befinden.«

Hotwagner blieb unbeeindruckt. »'tschuldigung,

Hofrat. Ich werd's beherzigen.« Er grinste Monika Suttner an. »Ich hoff', daß ich dich jetzt nicht verdorben hab', Kinderl.«

Tamandl wandte sich an Stern: »Gibt es im Fall Doppler schon was Greifbares?«

»Ja«, meinte Berger IV. »Wir haben da eine dubiose Person, die unter Umständen ...«

»Wir haben gar nichts!« unterbrach ihn Stern und sagte zu Tamandl: »Wir hatten einen möglichen Verdächtigen. Einen Arbeiter, der wegen eines Diebstahls von Doppler fristlos entlassen worden war. Er hat Drohungen ausgestoßen und ist mehrfach wegen Körperverletzung vorbestraft. Nur – er war es nicht, weil er zur Tatzeit krank im Bett lag. Jetzt wissen wir von einem zweiten, der laut einer Zeugenaussage mit Doppler eine Kontroverse hatte. Wie ernst diese war, müssen wir noch klären.«

»Das war nur eine Watschenaffäre, Hofrat«, mischte sich Hotwagner ein. »Wenn sich ein Verdächtiger so direkt präsentiert, ist's schon nichts Gescheites.« Er hustete sich den Schleim aus den Bronchien und sprach heiser weiter. »Davon abgesehen, wär' jetzt Zeit zum Mittagessen. In der Kantine gibt's heut *Grammelknödel* mit warmem Krautsalat. Oder einen mageren Rahmrostbraten.«

Damit hatte er bei Tamandl so gut wie gewonnen. Denn *Grammelknödel* waren etwas, was er zu Hause von seiner Frau nie vorgesetzt bekam, weil diese eine überzeugte Weight-Watcherin war. Gerade bei der Hitzewelle konnte so eine Speise den Blutdruck und das Cholesterin ihres empfindlichen Gatten ins Ungeheure treiben und einen Herzinfarkt auslösen.

»Manchmal haben selbst Sie recht, Herr Hotwagner«, säuselte Tamandl, versonnen lächelnd. »Wir

könnten wirklich gemeinsam Mittagessen gehen und dabei das weitere Vorgehen im Fall Doppler besprechen.«

Hotwagner nickte. »Was ich sag', Hofrat.« Er griff zum Telefon und wählte die Nummer der Kantine. »Hotwagner. Unsere Gruppe kommt mit dem Hofrat runter. Wir wollen alle *Grammelknödel.* Aber nicht nur *ein patscherts Knödel pro Kopf.* Wenn wir essen, dann essen wir. Also.«

Er legte auf und zündete sich die zwanzigste Zigarette des Tages an, obwohl sein Arzt bei der letzten Untersuchung mit ernstem Gesicht etwas von »Rauchen einstellen« und »Herzkranzgefäße wie eine Kalkdeponie« gemurmelt hatte.

Tamandl griff sich den Hörer und rief seine Frau an. »Wir haben einen Fall, Schatz, in dem es soeben zu einer gravierenden Wendung gekommen ist. Ich kann daher leider nicht zum Essen nach Hause kommen. Tut mir leid. Küßchen!« Dann legte er hastig auf und lächelte die Gruppe zugleich verlegen und triumphierend an.

Im Grunde war Tamandl ein armer Hund. Das wußten nicht nur die Mordgruppen. Bei seiner Alten hatte er nichts zu reden, obwohl er Hofrat, Doktor juris und Magister der Staatswissenschaften war.

Andererseits war Tamandl nicht der einzige im Sicherheitsbüro, der unter dem Pantoffel stand. Walter Siegwarther, dem Chef des *Raubes,* ging es genau so. Dann gab es noch eine Handvoll Kollegen, die lieber im Dienst als daheim waren. Das war deren Pech und interessierte keinen.

Als Tamandl kurze Zeit später mit seinen Leuten beim Essen saß und den dritten *Grammelknödel* in Angriff nahm, berichtete Stern von seiner Partygäste-

liste. Er zählte Namen und Adressen auf und sagte, daß diese Leute, falls greifbar, noch am selben Tag befragt werden würden.

»Und zwar nicht nur über ihr Verhältnis zu Doppler, sondern auch, soweit sie das wissen, beziehungsweise sagen wollen, über das Verhältnis der anderen Partygäste zu ihm. Außerdem interessieren uns die jeweiligen Alibis. Denn man kann ja nichts ausschließen.«

»Schon klar«, brummte Hotwagner mit vollem Mund, und Tamandl nickte bestätigend.

Berger IV. ließ seine übervolle Gabel, die er eben zum Mund führen wollte, in der Luft hängen und sagte, mehr zu sich als zu den anderen: »Wissen müßt' man, wer den Doppler am letzten Tag angerufen hat. Es könnte ja sein, daß ihn jemand unter einem Vorwand in die Stadtwohnung gelockt hat, um ihn dort umzubringen.«

Wasenegger grinste. »Mein Gott, ›Burli‹, bist du ein Gehirnathlet. Alle Achtung.«

»Das ist ja die Kardinalfrage, seit wir von diesem Anruf wissen«, sagte Stern trocken zu Berger IV. »Ich glaube aber nicht, daß wir das von einem der Partygäste erfahren werden.«

Hotwagner nickte. »Logisch. Wenn der Mörder unter den Partygästen war, wird er nicht so ein Trottel sein, daß er uns das gleich auf die Nase bindet.« Und mit bereits wieder vollem Mund und sarkastisch: »Außer er wird vom Spezialkommissar Oberbezirksinspektor Berger IV. mit einer besonderen Technik befragt.«

Alle außer Monika Suttner lachten, und Berger aß mit rotem Kopf weiter.

»Jetzt werdets wahrscheinlich auch über mich la-

chen«, sagte Monika Suttner. »Aber es könnte doch – ich meine, als Hypothese – denkbar sein, daß es die Frau Doppler war, die ihren Mann durch einen Telefonanruf in die Stadtwohnung gelockt hat? Weil sie wußte, daß der Mörder bereits dort war!«

Hotwagner schaute sie schläfrig an. »Denkbar ist alles, Kinderl. Denkbar ist auch, daß du ein Mann bist und ich eine Frau. Und der ›Burli‹ ein Autobus. Aber spielen tun sie's nicht.« Und nach einer Pause: »Außerdem: Wenn die Doppler gemeinsame Sache mit dem Mörder gemacht hat, dann springt sie doch nicht aus dem Fenster. Denk dran, was der Dörfler im *Koat Leopoldstadt* gesagt hat! Daß der Uniformierte sie im letzten Moment noch bei den Füßen derwischen konnte. Was der alte Dörfler sagt, stimmt – der ist doch kein *Frischgflachter*. Also ...«

Damit war das Thema vom Tisch.

Um 13.30 Uhr hob Tamandl die Tafel auf. Danach tranken sie im Dienstzimmer extrastarken Kaffee.

Tamandl schluckte wegen des schweren Essens verschiedene Medikamente. Er horchte dabei in sich hinein und verfolgte den Weg jeder Pille vom Schlund bis in den Magen. Seine Augen nahmen den leicht verschwommenen, nach innen gekehrten Blick an, den Babies haben, wenn sie in die Windeln machen.

Plötzlich wurden seine Augen klar und stechend. »Die Presse, Oberstleutnant. Die Presse! Was sagen wir der? Ich meine, wegen dieses Schlossers, der erst nachträglich zum Mordfall erklärt wurde? Diese Revolverjournalisten sind doch impertinent und nur darauf bedacht, uns dauernd Pannen aufzuhalsen.«

»Nein«, brummte Hotwagner. »*Diese Schmieranski* geht der Fall Doppler einen Schmarren an. Die sollen uns in den Arsch lecken.«

»Ein bißchen kraß ausgedrückt«, meinte Stern. »Aber ich würde auch nichts bekanntgeben, Herr Hofrat. Die Zeitungsschmierer brauchen nicht alles Interne über eine schwebende Ermittlung zu wissen. So wichtig ist der Fall Doppler ja nicht. Außerdem wäre es für uns keine gute Visitkarte, wenn dadurch breitgetreten wird, daß unser Polizeiarzt statt eines gewaltsamen Todes einen Tod infolge Gehirnschlags festgestellt hat. Bis jetzt weiß ja nicht einmal Frau Doppler, daß ihr Mann keines natürlichen Todes gestorben ist.«

»Aber irgendwann wird sie es erfahren müssen«, sagte Monika Suttner.

Stern nickte. »Irgendwann sicher. Aber vorläufig noch nicht – solange sie psychisch nicht fähig ist, das zu verkraften. Ich werde das mit der Klinik abstimmen.«

Wasenegger war damit nicht zufrieden. »Alles schön und gut, Chef. Aber wie halten wir es mit den anderen? Wir gehen doch jetzt hin und fragen einem Dutzend Leuten Löcher in den Bauch.«

»Denen werden wir es wohl sagen müssen, Karli«, sagte Stern. »Aber mit der unbedingten Auflage, sie sollen das vorläufig für sich behalten. Zusätzlich werde ich dafür sorgen, daß Frau Doppler vorläufig weder Besuche noch Anrufe bekommt. Das wird sicher zu machen sein.«

Er rief die Psychiatrische Klinik an, ließ sich mit Dr. Horak verbinden und ersuchte ihn, bis auf ausdrücklichen Widerruf weder Besucher noch Anrufe zur Patientin Doppler vorzulassen.

Dann teilte er anhand der Partygästeliste die Gruppe für den Nachmittag ein und ignorierte dabei den Wunsch Bergers, der sich unbedingt Egon Antonitsch vornehmen wollte.

»Den mach' ich selber, ›Burli‹. Sicher ist sicher. Ich bin nicht so impulsiv wie du.«

»Genau, Waldi«, brummte Hotwagner. »Zu dem kannst keinen *Niederreißer* schicken.«

Berger IV. schaute Hotwagner nicht an, als er leise, aber gallig sagte: »Aber Saurier auch keinen. Oder?«

8

Dr. Egon Antonitsch hatte vor Jahren eines der Gründerzeithäuser am Rande der Innenstadt geerbt und sich den geräumigen Dachboden zu einer großen Atelierwohnung ausbauen lassen. Er war sechzig, seit zwei Jahren als Sektionschef des Unterrichtsministeriums in Pension und, wie er Stern sagte, zeitlebens ein Single.

Antonitsch hatte ein rotes Gesicht und eine blaurote Knollennase. Er war einsneunzig groß, korpulent und hatte eine sanfte Stimme. Auch der Druck seiner riesigen, aber weichen Hand war für einen Mann mit seinen Ausmaßen ein wenig zu sanft.

Er bot Stern zu trinken an, aber der lehnte ab und kam gleich zur Sache.

»Ich bin, Herr Sektionschef, bei Ihnen, weil Rudolf Doppler nicht, wie angenommen, an einem Gehirnschlag verstorben ist, sondern ermordet wurde. Jetzt befragen wir also zunächst dessen Freunde und Bekannte, damit wir uns ein Bild von ihm machen können. Seine Frau ist ja leider nicht vernehmungsfähig. Sie liegt in der Psychiatrie und darf keine Besuche empfangen. Wir sind also auf Sie und andere Freunde der Dopplers angewiesen.«

Egon Antonitsch nahm das ohne sichtbare Gemütsbewegung hin. Er bot Stern einen Platz an einem Tischchen an, setzte sich ebenfalls und schlug die Beine übereinander. »Ich weiß, daß Frau Doppler keine Besuche empfangen darf. Ich war gestern in der Klinik, wurde aber nicht zu Irene gelassen. Daß Doppler ermordet worden ist, wußte ich nicht. Na, gleichviel. Was seinen Tod angeht, ist es mir ziemlich egal, ob Doppler auf natürliche oder unnatürliche Weise gestorben ist. Ich habe ihn nie leiden können und im-

mer bedauert, daß Irene auf einen Rüpel wie ihn hereingefallen ist.«

Die sanfte Stimme von Antonitsch nahm einen schärferen Klang an. »Man soll einem Toten nichts Schlechtes nachsagen, heißt es, Herr Oberstleutnant. Aber ich sage Ihnen trotzdem, daß Rudolf Doppler nichts als ein brutales, aber schlaues Schwein war. Er war nichts und besaß nichts. Das heißt, er war Schlossermeister und in der Firma Straßberger, die Irenes erstem Mann gehörte, beschäftigt. Als dann Ernst Straßberger verunglückte und Irene dem Betrieb allein und hilflos gegenüberstand, wurde Doppler zuerst Geschäftsführer und dann der zweite Mann Irenes. Er hat sich, unter uns Männern gesagt, *in die gutgehende Firma hineingevögelt.*«

Antonitsch schien sich wieder etwas zu beruhigen, als er auf Irene Doppler zu sprechen kam. »Wir kennen uns, seit ich mit meinen Eltern in die Sternwartestraße gezogen bin und Nachbar der Dechants war. Das war irgendwann während des Krieges, ich glaube 1943. Ich besuchte damals die zweite Klasse Volksschule, das heißt, ich war beiläufig acht Jahre alt. Im gleichen Alter wie Irenes Bruder. Er und ich ...«

»Entschuldigen Sie«, unterbrach ihn Stern. »Wenn ich Sie recht verstehe, hieß Frau Doppler vor ihrer Ehe Dechant. Und sie hatte einen Bruder.«

»Richtig. Das heißt, sie hat ihn noch immer. Felix Dechant, Doktor übrigens. Sinologe. Ein gescheiter, kultivierter Mann. Er war Kustos im Museum für Völkerkunde. Ist sechzig, wie ich. Wohnt noch immer in der alten Wohnung in der Sternwartestraße, beim Türkenschanzpark. Geht täglich dorthin, um Vögel zu füttern. Ein liebenswerter alter Junggeselle. So einer wie der, über den es das Lied gibt: ›Der alte Herr

Kanzleirat träumt heut von seiner Heirat, die er versäumt hat, und jetzt ist es vorbei ...‹«

Antonitsch stand auf, ging zu einem Wandschrank und schenkte sich Whisky ein. Er bot auch Stern davon an, worauf dieser eine ablehnende Kopfbewegung machte. »Irene war, das müssen Sie wissen, so etwas wie meine erste Liebe. Ich hätte sie vielleicht irgendwann geheiratet, wenn ...« Er nahm sich aus dem vor ihm stehenden Kästchen eine Zigarre, bot Stern eine an, gab ihm Feuer, wartete, bis beide Zigarren glommen, und gab nach kurzem Zögern zu: »Das heißt, ich hätte sie geheiratet, wenn ich nicht draufgekommen wäre, daß bei meinem Verhältnis zu Frauen etwas nicht stimmte.« Antonitsch machte ein paar Züge und brummte aus einer Rauchwolke hervor: »Ich bin homosexuell, Herr Oberstleutnant. Das will nicht viel sagen, weil Homosexualität längst etwas Alltägliches ist. Aber damals ... Nun, an sich belanglos für Sie ... Was ich damit sagen will: Ich hatte zu Irene immer ein gutes und reines Verhältnis, auch heute noch. Ich mag sie als Mensch. Sie tut mir leid. Aber andererseits bin ich ziemlich froh darüber, daß es ihren Mann erwischt hat. Das gebe ich zu. Irgendwie war das ja vorauszusehen.«

»Und – wieso?« fragte Stern.

»Weil Doppler ein Vieh war. Nein, das ist ungerecht den Tieren gegenüber. Tiere sind manchmal besser als Menschen. Doppler war jedenfalls ein Machtmensch und ein schrankenloser Egoist. Er konnte, bildlich gesprochen, über Leichen gehen. Auch die Irene hat er auf dem Gewissen, obwohl sie noch lebt. Zum Glück finden auch gewissenlose und gefühllose Leute einen Meister.«

Stern zog sein Notizbuch heraus und notierte sich

den Namen Dr. Felix Dechant. Und: Sternwartestraße. Dann fragte er Antonitsch nach der Hausnummer und schrieb sich auch diese auf.

Antonitsch wartete ab, bis Stern zu schreiben aufgehört hatte, und setzte dann fort: »Doppler war ein Bär von einem Mann. Sehr, sehr kräftig und nach allem, was man so mitbekommen hat, von einem noch kräftigeren sexuellen Appetit. Schon bald nach der Heirat hatte er Freundinnen. Oft waren es Angestellte im Büro. Doch sobald er mit einer einige Male geschlafen hatte, warf er sie aus dem Betrieb hinaus.«

»Und was«, fragte Stern, »hat Frau Doppler dazu gesagt?«

»Nichts. Das heißt, nichts, was nach außen gedrungen wäre. Sie war, glaube ich, diesem Doppler hörig. Man konnte schon gar nicht mehr hinsehen, wie sie dieses Schwein vergötterte. Es war richtig peinlich. Erst in letzter Zeit dürfte es zu Szenen gekommen sein, und er dürfte sie auch geschlagen haben. Aber das hat Irene mir gegenüber nur angedeutet. Sicher nur mir gegenüber und keinem anderen Menschen. Auch ihrem Bruder nicht, das würde ich mit Sicherheit meinen.«

»Warum glauben Sie das?« fragte Stern.

»Weil sie weiß, daß ich homosexuell bin und daß ich wie eine Frau denken und fühlen kann. Ich will damit sagen, daß mich Irene als sehr gute Freundin betrachtet. Ich habe ein Gefühl für Nuancen, wenn Sie wissen, was ich meine. Anderen gegenüber hat sich Irene sicher nicht geöffnet, sie ist kein Mensch, der sein Herz auf der Zunge trägt. Vielleicht auch deshalb, weil sie immer schon das Gefühl hatte, nicht verstanden zu werden. Vielleicht auch, weil sie den Tratsch fürchtet. Mir erzählt sie alles, auch Dinge, von denen

ihr Bruder keine Ahnung hat. Weil sie weiß, daß alles, was sie mir anvertraut, bei mir bleibt – Gespräche wie Tränen.« Antonitsch schaute Stern voll an. »Das, was ich Ihnen jetzt gesagt habe, weiß keiner außer mir. Und jetzt wissen es auch Sie.« Er holte sich wieder einen Whisky und bot auch Stern einen an.

Der nahm diesmal das Angebot an, nippte und fragte Antonitsch, ob er unter den Partygästen jemanden kenne, der Doppler so gehaßt habe, daß er als Täter in Frage käme.

»Nein«, sagte Antonitsch ohne nachzudenken. »Das kann ich mir nicht vorstellen, Herr Oberstleutnant. So wichtig war Doppler nun auch wieder nicht.« Er lächelte entwaffnend. »Wenn einer in Frage käme, so müßte das eigentlich ich sein. Denn ich habe Doppler gehaßt und hasse ihn auch jetzt noch, weil er Irenes Leben zerstört hat. Nur – ich bin es nicht gewesen.« Antonitsch drückte seine Zigarre aus und fragte Stern: »Wann ist Doppler ermordet worden?«

»Am Sechzehnten, etwa zwischen ... Na, sagen wir: am früheren Nachmittag.«

Antonitsch lächelte wieder. »Dann habe ich, wie es bei Ihnen heißt, ein wasserdichtes Alibi. Denn am Sechzehnten, dem Tag nach Maria Himmelfahrt, war ich um acht Uhr früh bei der Anlegestelle der Donauschiffe bei der Reichsbrücke. Wir – ein rundes Dutzend hochrangiger Pensionisten aus dem Unterrichtsministerium – fuhren an diesem Tag nach Bratislava. Dabei hatten wir die Freude, daß unser ehemaliger Chef und späterer Bundeskanzler Dr. Fred Sinowatz, ein Mann, der über jeden Zweifel erhaben ist, mit von der Partie war. Unsere Rückkehr erfolgte gegen zwanzig Uhr. Danach fuhren wir per Taxi zum Restaurant *Zu den drei Husaren* und saßen dort bis ge-

gen Mitternacht beisammen. Wenn Sie wollen, kann ich Ihnen gerne die Adressen der Kollegen und natürlich auch die des verehrten Herrn Altbundeskanzler geben.« Antonitsch lächelte. »Aus diesem Grund war ich nicht auf Irenes Grillparty an der Alten Donau, obwohl man mich eingeladen hatte ... Und ich kann nicht am frühen Nachmittag in der Pazmanitengasse gewesen sein.«

Stern hielt es für sinnlos, sich von den Reiseteilnehmern, besonders von einem ehemaligen Bundeskanzler, Antonitschs Alibi bestätigen zu lassen. Er bedankte sich für die Auskunft und fuhr in die Sternwartestraße.

Das vierstöckige Bürgerhaus mußte einmal imposant gewesen sein, doch jetzt war es ziemlich ramponiert – wahrscheinlich durch den dauernden Verkehr, der an ihm vorbeiflutete. Aus einem Fenster des ersten Stocks schaute eine alte Frau. Sie schien auf einen imaginären Punkt zu starren und bewegte den Kopf nicht einmal ansatzweise.

Stern traf Dechant nicht an, wurde aber von einer Nachbarin abgefangen und darauf hingewiesen, daß »der Herr Doktor« jetzt wohl im Türkenschanzpark anzutreffen wäre.

»Sie können ihn gar nicht verfehlen«, meinte die alte Frau. »Er sitzt immer am oberen Weg, liest seine Zeitungen und füttert die Tauben und Spatzen, damit sie dick und fett werden. Obwohl es eh viel zu viele gibt. Aber sagen S' das diesem Menschen!« Sie wackelte mit dem Kopf und schaute Stern von oben bis unten an. »Ist's was Wichtiges, was Sie vom Herrn Doktor wollen? Sonst kriegt er ja nie Besuch. Sind S' vielleicht ein ehemaliger Kollege? Aus dem Museum?«

»Nicht direkt«, sagte Stern. »Ich bin nur ein Bekannter von ihm.«

»Ah so!« brummelte die Frau ein bißchen enttäuscht. »Ich hätt' Sie für einen Kollegen aus dem Völkerkundemuseum gehalten, wo der Herr Doktor doch irgendein Direktor oder so etwas gewesen ist.«

Stern bedankte sich und ging in den nahen Türkenschanzpark. Es war das erste Mal, daß ihn jemand für einen Völkerkundler hielt. Sonst hielten ihn die meisten für einen Versicherungskeiler, obgleich er gerade diese Leute nicht mochte. Er haßte die Klinkendrükker, die einem jede nur mögliche Versicherung einreden wollten.

Während Stern in Richtung Türkenschanzpark ging, fühlte er, wie ihm der Schweiß über Brust und Rücken lief. Er nahm seine Krawatte ab, legte sie zusammen und steckte sie in die Sakkotasche. Gern hätte er auch das Sakko ausgezogen, aber das war leider wegen seines Schulterhalfters und der darin steckenden Glock-Pistole nicht möglich.

Im weitläufigen Türkenschanzpark waren viele Kleinkinder mit ihren Müttern, und einige größere machten mit ihren Mountainbikes die Wege unsicher. Alle im Schatten stehenden Bänke waren besetzt, meist mit Leuten aus dem nahen Seniorenheim.

Stern fand seinen Mann auf einer Bank in der prallen Sonne.

Dechant trug trotz der Hitze einen dunklen Anzug mit Weste, auf dem Kopf hatte er einen Panamahut. Er las eine großformatige Zeitung. Neben ihm lagen ein Packen Zeitungen und zwei Plastiksäcke, aus denen er während des Lesens die zahllosen Tauben, die ihn umringten, fütterte. Er war ein sehr großer, aber schmalschultriger Mann und hatte ein blasses Gesicht.

Unter dem Panamahut schauten übernackenlange, dünne weiße Haare hervor, und er trug eine Brille mit dicken Gläsern.

Stern ging zu ihm hin und setzte sich gleichfalls auf die Bank, was die Tauben so irritierte, daß der Großteil von ihnen davonflog.

Der Mann mit Panamahut schaute ihn unwillig an, sagte aber nichts, sondern fütterte weiter.

Stern versuchte ein Lächeln. »Entschuldigen Sie: Sie sind doch Herr Dechant?«

»Ja«, antwortete der Mann, »ich bin Dr. Felix Dechant. Warum interessiert Sie das? Wer sind denn Sie, wenn ich fragen darf?«

Stern zog seinen Ausweis heraus. »Oberstleutnant Stern. Sicherheitsbüro. Ich hätte ein paar Fragen an Sie.«

Dechant hörte mit dem Füttern auf und wandte sich Stern zu. »Sicherheitsbüro? Das ist doch Polizei, nicht wahr?«

»Richtig«, sagte Stern. »Ich hätte Sie gerne wegen Ihres Schwagers Rudolf Doppler gesprochen, Herr Doktor. Sie wissen sicher, daß er tot ist.«

Dechant rückte an seiner Brille. »Natürlich, ja. Gehirnschlag. Kein Wunder bei einem Mann, der von allem zuviel wollte. Starke Esser, Trinker und Raucher enden meist auf diese Art.« Er schaute vor sich hin und machte eine vage Handbewegung. »Aber was habe ich mit dem Tod meines Schwagers zu tun? Warum interessiert sich ein Oberstleutnant der Polizei dafür? So wichtig war Doppler doch kaum.«

»Weil Ihr Schwager nicht an einem Gehirnschlag gestorben ist, sondern ermordet wurde. Wie wir glauben, nicht von einem Affekttäter, sondern von jemandem, der genau wußte, was er tat.«

Dechant zwinkerte und rückte wieder an seiner Brille. »Ach, glauben Sie? Wer ist denn der Täter? Haben Sie ihn schon?« Und ehe Stern antworten konnte: »Sind Sie sicher, daß Doppler ermordet wurde? Ich meine, er wurde doch, soviel ich erfahren konnte, in der versperrten Wohnung tot aufgefunden? Wie ist denn der Täter in die Wohnung gekommen?«

»Das wissen wir noch nicht. Vielleicht hat er einen Schlüssel gehabt, oder er ist als guter Bekannter eingelassen worden. Leider sind Spuren vernichtet worden. Nach der Tat, die ja anfänglich als solche nicht erkannt worden ist, waren jede Menge Leute in der Wohnung: Polizisten, Rettungsleute, der Polizeiarzt und und und ...«

Dechant nickte. »Ich verstehe.« Er warf den Tauben eine Handvoll Körner zu. »Es ist also Mord gewesen. Na ja!« Dann schaute er Stern an. »Weiß das meine Schwester schon?« In seiner Stimme schwang plötzliche Besorgnis, ja sogar Panik mit. »Die liegt doch im Krankenhaus, ist am Rande eines Nervenzusammenbruchs! Und hat einen Selbstmordversuch hinter sich! Wenn sie das erfährt ... mein Gott, wie furchtbar!«

»Sie weiß es nicht. Vorläufig noch nicht. Aber irgendwann wird man es ihr sagen müssen. Woher wissen Sie denn vom Selbstmordversuch Ihrer Schwester? Waren Sie denn dabei? Ich meine ...«

»Wie hätte ich denn?« Dechant schaute Stern beinahe mitleidig an. »Ich habe doch erst einen Tag danach durch einen Anruf des behandelnden Arztes, eines Doktors ... Dvorak, erfahren, was passiert war.«

»Horak«, korrigierte Stern, »der Arzt heißt Horak.«

»Aha. Nun, unwichtig ob Horak oder Dvorak. Der Mann hat mir jedenfalls telefonisch erzählt, daß mein Schwager tot ist und meine Schwester wegen eines

Selbstmordversuchs in der Klinik liegt und keinen Besuch bekommen darf. Auch von mir nicht. Ich bin trotzdem hin, wurde aber nicht vorgelassen und konnte nur mit dem Arzt sprechen, der mir vom Gehirnschlag meines Schwagers berichtete. Übrigens hat mir dieser Doktor versprochen, mich sofort zu verständigen, sobald ich zu meiner Schwester darf.«

Stern nickte und zündete sich eine Zigarette an. »Soviel wir bis jetzt wissen, gibt es außer Ihnen keine nahen Verwandten. Oder doch? Ich meine, wegen des Begräbnisses.«

»Nein, keine. Die Ehe ist kinderlos geblieben. Es gibt eine Nichte Dopplers, Sabine Werner. Sie wohnt in Meidling, irgendwo nahe des Gürtels. Ist Studentin, Welthandel, glaub' ich. Die dürfte vielleicht etwas erben, ich weiß es aber nicht, um ehrlich zu sein. Ich bin Sinologe und habe keine Ahnung vom Erbrecht.«

Eine Sabine Werner stand auf der Liste der Partygäste. Sie war tatsächlich Studentin, allerdings für Bodenkultur, wohnte im 12. Bezirk, in der Herthergasse 15, und wurde vielleicht gerade jetzt von Monika Suttner befragt.

Dechant rückte an seiner Brille. »Eine Frage, Herr Oberstleutnant. Für den Fall, daß meine Schwester länger in Spitalsbehandlung ist, werde wohl ich die Bestattung ausrichten müssen. Von wem erfahre ich, wann die Leiche freigegeben wird?«

»Vom Gerichtsmedizinischen Institut. Ich werde veranlassen, daß Sie verständigt werden.« Stern zog sein Notizbuch heraus, machte sich eine Notiz und fragte dabei ganz nebenbei und ohne Dechant anzusehen: »Als Formsache, Herr Doktor: Wo waren Sie am Sechzehnten, dem Todestag Dopplers? Das war der Tag nach Maria Himmelfahrt, ein Mittwoch.«

Dechant rückte wieder an seiner Brille. »In Salzburg. Mit dem Auto. Ich habe dort im Carolino Augusteum eine hochinteressante Ausstellung der Brüder Johann Michael und Hubert Sattler gesehen. Nubische Motive, einmalig in ihrer Art. Die Brüder Sattler sind kaum bekannte, aber in mancher Hinsicht doch recht interessante Zeichner und Aquarellisten des vorigen Jahrhunderts. Sie werden selten in einer solchen Präsenz wie in Salzburg ausgestellt. Es war daher ein Muß für mich, hinzufahren, um ...« Er unterbrach sich und sagte nach einer Pause irritiert: »Mein Gott, Herr Oberstleutnant! Sie fragen mich das doch nicht, weil Sie vielleicht annehmen, ich hätte irgend etwas mit dem Tod Dopplers zu tun?«

»Aber nein«, lächelte Stern. »Das nimmt niemand an. Die Polizei fragt nur. Aber weil wir schon bei den peripheren Fragen sind: Welches Verhältnis hatten Sie zu Doppler?«

»Gar keines. Mit Doppler konnte ein Mensch wie ich keines haben. Ich bin ein ausgesprochen introvertierter Typ und hasse alles Laute, Dumme und Gemeine. Bei Doppler war das im Übermaß vorhanden. Er war ein ungehobelter, dummer Mensch mit einem Gespür für das Geldmachen, sicher tüchtig in seinem Beruf, aber ohne die geringste Kinderstube. Ein Rüpel, für den Kultur und Noblesse Fremdworte waren. Was meine Schwester in ihm gesehen hat, ist mir schleierhaft. Ich konnte ihn jedenfalls nicht ausstehen und habe ihn gemieden, wo ich nur konnte. Ich bitte Sie! Zu einem Menschen, den von chinesischer Kultur nur das Bordell- und Konkubinenwesen interessiert, kann man einfach keine Kontakte haben.«

Dechant schaute angewidert weg. Er griff nach den Plastiksäcken und leerte den Inhalt vor die Tauben,

die sofort gierig zu picken begannen. »Nein, also wirklich. Mit so einem Menschen habe ich einfach nichts gemein. Daß ich mich um seine Bestattung sorge, geschieht nur meiner Schwester zuliebe – wenn sie das nicht selbst erledigen kann.«

Stern bedankte sich für die Auskunft. Er schüttelte Dechant, der höflich aufstand und den Panamahut lüftete, die Hand und verließ den Park.

Dieser farblose Sinologe, Taubenfütterer und Liebhaber von Malern, die nur Insidern bekannt waren, war nicht der Typ, der jemanden ermordete. Für den waren Leute wie Doppler im Grunde weniger als nichts. Weil sie keine Kinderstube hatten.

9

Otto Hotwagner fuhr in die Laudongasse im achten Bezirk und fand eine Parklücke, in die er seinen Schrotthaufen von Auto mit Ach und Krach hineinmanövrierte. Statt des seit Anfang des Monats erforderlichen Kurzparkscheins legte er zwei seiner Dienstvisitkarten aufs Armaturenbrett und ging zu Fuß die hundert Meter bis zum Haus Nr. 35, in dem das Ehepaar Rothmayer wohnte.

Im Haus gab es einen Laden, der Wurlitzer und Spielautomaten führte. Gegenüber lag ein drittklassiges Nachtlokal, dessen Fenster mit Fotos von nackten Frauen vollgepflastert waren.

Hotwagner schenkte ihnen keinen Blick. Die Zeit, in der er die paar Schritte über die Gasse gegangen wäre, um sich die Fotos anzusehen, lag Jahre hinter ihm. Er ging zum verglasten Haustor, suchte auf der Gegensprechanlage den Namen Rothmayer und drückte auf den Knopf. Als sich eine Frauenstimme meldete, sagte er: »Polizei. Hotwagner. Ich hätt' gern mit Ihnen geredet.«

Nach einigen Sekunden summte der Türöffner. Hotwagner trat in den Hausflur, wuchtete sich mit seinen mehr als dreißig Kilo Übergewicht zum Aufzug und fuhr in den zweiten Stock. Als er dort angelangt war, sah er eine hübsche, vielleicht fünfzigjährige Frau, die auf ihn wartete.

Er stieg aus, stellte sich vor, zeigte seine Dienstmarke und folgte der Frau in die Wohnung. Noch im Vorzimmer sagte er: »Ich bin vom Sicherheitsbüro und möchte Sie und Ihren Mann ein bißl was fragen.«

Als die Frau verunsichert meinte, ihr Mann wäre nicht da, sondern angeln und weder sie noch ihr

Mann hätten etwas mit der Polizei zu tun, brummte er: »Glaub' ich Ihnen schon. Es geht ja auch gar nicht um Sie, sondern um den Rudolf Doppler, der vor ein paar Tagen verstorben oder, besser gesagt, umgebracht worden ist.«

Ilse Rothmayer wurde blaß und zwinkerte nervös. »Das kann es doch nicht geben! Rudolf ist ja an einem Gehirnschlag gestorben! Wieso heißt es denn jetzt, er ist umgebracht worden? Wer war es denn?!«

Hotwagner zündete sich eine *Boro* an, machte einen tiefen Lungenzug und ließ, während er sprach, den Rauch aus Nase und Mund quellen, so daß er wie ein in Weihrauch gehüllter Buddha aussah. »Wer es war, wissen wir noch nicht. Deswegen bin ich ja bei Ihnen. Wir müssen uns jetzt halt einmal bei seinen Bekannten und Freunden umhören, damit wir ein Bild über die Geschichte gewinnen.« Er schob seine schief im Hosenbund steckende Walther zurecht und brummte: »Also, Frau ... Wie sind Sie und Ihr Mann zum Doppler gestanden? Wissen Sie was Ungutes über ihn? Glauben Sie, er hat Feinde gehabt? Und wenn ja, kennen Sie die?«

Frau Rothmayer brauchte nicht nachzudenken, sondern antwortete sofort: »Leo und ich, wir waren keine Freunde vom Rudi. Überhaupt nicht. Wir sind mit Frau Doppler befreundet. Leo und Rudi haben sogar einmal Streit miteinander gehabt. Seither sind sie sich aus dem Weg gegangen.«

»Wegen was haben sie denn gestritten?«

»Es ging darum, daß mein Mann Angler ist, Rudi Doppler aber Jäger. Irgendwann hat Doppler gesagt, Angler seien Weichlinge – zu feige, um zu schießen. Daraus hat sich ein unverhältnismäßiger Streit entwikkelt, beinahe hätten sich die beiden Männer gerauft.

Aber so sind Männer eben, manchmal wie kleine Buben.«

»Aha«, brummte Hotwagner und wischte sich mit seinem zerknüllten Taschentuch den Schweiß von der Stirn. Er fragte, fast schläfrig und geistesabwesend wirkend, wann das Ehepaar Rothmayer am Mordtag zum Fischerstrand gekommen wäre, und erfuhr, daß das so gegen drei Uhr gewesen sein mußte. Lustig wäre gewesen, daß die Rothmayers etwa ein Dutzend Baguettes mitgebracht hatten, von Frau Doppler aber erfuhren, daß sie vor ein paar Minuten ebenfalls mit einer Ladung Baguettes zurückgekommen war, weil sie glatt vergessen hatte, daß die Rothmayers das Brot besorgen würden.

Hotwagner bedankte sich für die Auskunft, hakte die Rothmayers ab und fuhr aufs Geratewohl in die Pazmanitengasse, um sich dort ein bißchen über die Dopplers umzuhören. Vielleicht konnte er mehr als Wasenegger erfahren, wenn er sich mit Hausparteien unterhielt, mit denen Wasenegger nicht hatte reden können.

Er kam mit einem alten Mann und drei Frauen verschiedenen Alters ins Gespräch und erfuhr von allen, daß die Parteien des Vierzehner-Hauses ein ausgesprochen gutes Verhältnis zueinander hatten. Nur den Doppler hatte keiner leiden können. Weil er unfreundlich, arrogant und streitsüchtig war, im Gegensatz zum ersten Mann Frau Dopplers sich keiner Hausgemeinschaft anzupassen vermochte und sich aufführte, als wäre er der Herr im Haus und alle anderen Mieter wären ihm *über den Hintern heruntergerutscht.* Außerdem hatte er sich im Sommer, wenn er mit seiner Frau an der Alten Donau wohnte, untertags hurig aussehende Frauen in die Wohnung geholt.

Hotwagner erfuhr weiters, daß Doppler in der letzten Zeit mehrmals Besuch eines jungen Mannes gehabt hatte. Ebenfalls immer dann, wenn seine Frau im Haus an der Alten Donau gewesen war. Der Mann sei etwa zwanzig bis fünfundzwanzig Jahre alt, sehr groß und blond, fast weißblond gewesen und habe eine gewisse Ähnlichkeit mit dem Tennisspieler Thomas Muster gehabt. Er war offensichtlich bestrebt gewesen, unerkannt zu bleiben, denn er hatte sich – immer, wenn er einer Hauspartei im Stiegenhaus begegnet war – auffällig zur Seite gewandt. Mit dem Aufzug sei er nie gefahren, sondern immer mit großen Sprüngen über die Stiegen gehetzt, und dabei habe er irgend etwas vor sich hin gepfiffen.

Als Hotwagner ins Sicherheitsbüro zurückkehrte, traf er dort niemanden von seiner Gruppe an. Deshalb setzte er sich in die Kantine, genehmigte sich eine Wurstsemmel und ein großes Bier und fragte die Kollegen von den anderen Referaten, ob sie einen großen Blonden kannten, der eine Ähnlichkeit mit Thomas Muster hatte und gern vor sich hin pfiff.

Nur der Major Franz Stelzer vom *Raub* kannte einen Pfeifer, der war aber mittelgroß bis eher klein, hatte eine Glatze und verbüßte eben eine mehrjährige Gefängnisstrafe in der Haftanstalt Stein.

10

Am Abend war die Gruppe wieder beisammen und saß kaffeetrinkend und rauchend im Dienstzimmer. Nur Monika Suttner rauchte nicht und hielt sich in der Nähe des offenen Fensters auf.

Die Rossauer Lände kochte vor schwüler Hitze. Über den Bezirken jenseits des Donaukanals hingen zwar dunkle Wolken, wahrscheinlich würde es aber auch diesmal nicht regnen.

Wasenegger berichtete von seinen Ermittlungen beim Ehepaar Wolfgang und Herta Neubauer. Die beiden waren Designer und wohnten im ersten Bezirk, auf dem Salzgries. Diese Straße in Donaukanalnähe wird von Häusern aus der Gründerzeit flankiert, die fast alle ebenerdig Geschäftslokale haben. Ihren Namen hat sie aus der Zeit, als es noch nicht den Donaukanal, sondern nur den Donaustrom gab und hier Schiffe Salz, Gries und andere Lebensmittel löschten.

»Die zwei«, erzählte Wasenegger, »sind als Freunde für die Dopplers eigentlich zu jung und auch sonst mindestens eine Nummer größer. Eigentlich kennen sie die Dopplers nur deswegen, weil sie für ihn ein paarmal spezielle Metallportale entworfen haben. Eines davon gibt es auf dem Kohlmarkt, ich hab's mir angeschaut. Es ist aus poliertem Stahl und schaut aus, als wäre ein Bundesheerpanzer frontal reingefahren und hätte es zusammengedrückt. Aber es hat trotzdem irgendeinen Kunstpreis bekommen.«

Er goß sich, obgleich er ohnehin schon wie nach einem Saunaaufguß schwitzte, eine weitere Tasse Kaffee ein und stellte sich neben Monika Suttner ans Fenster. »Sie haben aber was erzählt. Er, der Neubauer, hat be-

hauptet, daß vor ein paar Monaten auf den Doppler geschossen worden ist. In der Nacht, als er mit seinem Boot vor dem *Gänsehäufel* hin und her gefahren ist. Angeblich sollen das mehrere Leute an der Alten Donau wissen.«

»Das stimmt«, warf Berger IV. ein. »Ich hab' das auch gehört. Von einer alten Frau.« Er sah in seinem Notizbuch nach. »Zwieb heißt sie. Amalie. Einundachtzig. Ein Geier, der Tag und Nacht alles beobachtet. Die hat mir auch erzählt, daß auf den Doppler geschossen worden ist. Aber von den anderen Leuten, mit denen ich geredet hab', keiner. Daß der Doppler *gemacht worden ist*, wundert sie nicht. Berge von Leuten hätten einen Grund gehabt, den Doppler umzubringen, wenn sie sich nur getraut hätten. Ein paarmal haben ihm Unbekannte die Reifen seines BMW aufgestochen. Und ...« Berger machte eine Kunstpause: »Übrigens ... Von ihr hab' ich auch erfahren, daß die Doppler einen Bruder hat. Eine Neuigkeit – oder?«

Stern grinste Berger IV. schwach an. »Für dich vielleicht, ›Burli‹. Für mich nicht. Ich hab' sogar schon mit ihm geredet.« Und zu allen: »Den können wir aber vergessen. Ein alter Traumtänzer. Pensionierter Museumsbeamter. Sinologe. Kunstfreund. Junggeselle. Besucht Ausstellungen von Leuten, die außer ihm kaum wer kennt, und füttert im Türkenschanzpark die Vögel, bis sie vor lauter Fressen nicht mehr fliegen können.« Er lächelte in Richtung Hotwagner, der eben rauchend und hustend an der Kaffeemaschine hantierte und allen den Rücken zuwandte. »Es gibt ja nicht nur unter den Menschen Fresser.«

»Viecher sind eben intelligent, Waldi«, brummte Hotwagner ohne sich umzudrehen. »Die wissen, daß Essen und Trinken das Wichtigste auf der Welt ist.

Nur manche Menschen sind so teppert und fressen nichts, damit sie dünn werden.« Er drehte sich um, drückte die aufgerauchte *Boro* aus und zündete sich sofort die nächste an. »Du bist ja auch beim Michalek gewesen, ›Burli‹. Bei dem Jungen, dem Freund von der Nichte vom Doppler. Was war mit dem?«

»Nichts«, sagte Berger. »Der war das erste Mal bei den Dopplers eingeladen. Er sagt nur, daß der Doppler ein Sauhund war und ein paarmal die Werner, seine Freundin, also dem Doppler seine Nichte, *abgegriffen hat.* Das hat die ihm erzählt. Er sagt, daß er eigentlich nur deswegen zur Party gegangen ist, weil er dort den Doppler hätt' stellen wollen. Damit der die Werner in Ruhe läßt und *seine eigene Alte abgreifen soll*, wenn ihm danach ist. Aber er hat mit dem Mord nichts zu tun, weil er mit seiner Freundin schon seit dem Mittagessen an der Alten Donau war.«

Stern schaute Monika Suttner an. »Was hast du erfahren, Moni?«

»Fast genau dasselbe wie der ›Burli‹. Ich war zuerst in Meidling, in der Herthergasse, wo die Sabine Werner wohnt. Dort war sie aber nicht. Ich hab' sie in der Hochschule für Bodenkultur erwischt. Alles, was ihr Freund sagt, stimmt. Auch, daß sie beide schon ab Mittag an der Alten Donau waren.«

»Also hineingeschissen und umgerührt«, brummte Hotwagner. Er bewegte sich schwerfällig zum Fenster, paffte noch ein paar Züge und warf den Zigarettenrest hinaus. »Alles liebe, nette Leut'. Außer dem Doppler. Flüchtige Bekanntschaften. Vögelfütterer. Nur Freunde von ihr, weil er, der Doppler, ein Arschloch war. Und alle mit Alibi.« Er drehte sich um, schaute ins Leere und brummte: »Ein Scheißberuf. Einer wird *heimgedreht*, aber keiner war's.«

Hotwagner wandte sich zu der neben ihm stehenden Suttner: »Wien hat zwei Millionen Leut', und zweieinhalb Millionen haben ein betoniertes Alibi. Aber auf der anderen Seite kannst ihnen alles zutrauen. Potentielle Mörder. Hundsviecher. Und wir sollen dann einen herausfischen, sonst wird uns der Arsch aufgerissen. Schön blöd bist du gewesen, daß du zu uns gekommen bist.«

Monika Suttner wollte etwas erwidern, doch Stern kam ihr zuvor. »Wir haben keine Zeit herumzuphilosophieren, Leute. Wir müssen was tun.«

Hotwagner schaute auf seine zerkratzte stählerne Rolex. »Ja, Waldi. Essen gehen.«

Berger und Wasenegger lachten auf.

Stern lachte nicht. »Was wir bis jetzt in der Hand haben, ist nicht viel. Das muß sich ändern. Morgen schau' ich im EKIS nach, ob es unter ›Pfeifer‹ einen gibt, der sehr groß und ein Gewalttäter ist, und vice versa unter ›Gewalttäter‹. Wir müssen auch sämtliche Partygäste nochmals genau durchleuchten. Es ist angeblich geschossen worden. Also: Hat jemand von den Gästen eine Waffe? Wenn sie legal ist, weiß es der EKIS. Abgesehen vom *Blechtrottel* – gibt es nicht doch bei einem der Bekannten vom Doppler halbwegs ein Motiv? Beziehungsweise: Wer außer denen konnte ein Motiv haben? Irgendwer muß es ja sein. Außerdem müssen wir die Wohnung der Dopplers auseinandernehmen. Jeden möglichen Fingerabdruck abnehmen, vergleichen, großflächig ermitteln, auch Leute, die nicht mehr bei Doppler arbeiten, unter die Lupe nehmen. Wenn es einen Mord gibt, muß es auch einen Täter geben. Also.«

Hotwagner hustete krachend und brummte dann mit vor Schleim heiserer Stimme: »Alles richtig, was

du sagst, Waldi. Aber auf der anderen Seite gibt es ...«
Er sprach nicht weiter, sondern deutete auf die knallroten Ordner mit den Aufschriften UNERL. F. 1, 2, 3. Sie enthielten die Akten von Fällen, die nicht geklärt und daher auf Frist gelegt worden waren. Für die meisten erstreckte sich diese Frist *bis zum Sankt Nimmerleinstag.*

Keiner sagte was darauf, denn der Otto hatte ja recht. Es gab trotz aller Anstrengungen ungeklärte Fälle. Bei Mord und bei allen anderen Delikten. Nur: Bei Mord taten sie besonders weh.

11

Am nächsten Morgen saßen Hotwagner, Wasenegger, Berger IV. und Monika Suttner im Dienstzimmer und tranken Kaffee. Die Männer rauchten wie die Schlote und ventilierten allerhand Theorien bezüglich des möglichen Täters im Fall Doppler.

Währenddessen saßen Stern und der Major Sterzinger im Computerraum und schauten auf einen Bildschirm, über den ein schon für die Rasterfahndung bestimmtes Spezialprogramm lief. Sie hatten die Auflistung aller Kriminellen vor sich, die als Typen bekannt waren, die gerne vor sich hin pfiffen.

Sterzinger ließ die Zeilen langsam weiterrücken, aber alle aufgelisteten Namen, Daten und Vorstrafen sagten Stern vorläufig überhaupt nichts. Es schien, daß jede Menge Rechtsbrecher vor sich hin pfiffen. Nur leider keiner, der für Doppler auch nur am Rande in Frage kam. Erst als der Name Schweighofer, Robert, auftauchte, sagte er zu Sterzinger: »Halt einmal an.«

SCHWEIGHOFER, ROBERT, 17. 3. 1962, EINBRECHER, ARB. M. NACHSCHLÜSS., WH. SCHIFFAMTSGASSE 2/6 stand da. Dann folgte die lange Liste der Vorstrafen.

Stern las sie bis zum Ende und verlor jedes Interesse. Denn Schweighofer war im Vorjahr nach § 129, Diebstahl durch Einbruch oder mit Waffe, zu einer zweijährigen Kerkerstrafe verurteilt worden, die er zurzeit in der Strafanstalt Karlau bei Graz abbüßte.

Ein Anruf in Karlau ergab, daß Schweighofer noch einsaß und weder geflohen war noch einen Hafturlaub gehabt hatte.

»Tut mir leid, daß du Pech gehabt hast«, tröstete ihn Sterzinger und fügte trocken hinzu: »Aber abgese-

hen von den Aufgelisteten gibt's auch haufenweise Leute, die vor sich hin pfeifen und nicht vorbestraft oder zumindest nicht erwischt worden sind.«

Stern nickte und brummte mürrisch: »Dank dir schön, Walter. Das ist ein wertvoller und aufbauender Hinweis. Nur weiß ich das selber auch. Servus. Bis zum nächsten Mal.«

Stern war noch keine drei Minuten bei seiner Gruppe, als es klopfte, die Tür aufging und der Abteilungsinspektor Josef Komarnicky vom *Betrug* mit einem Briefkuvert in der Hand hereinkam. »Grüß euch. Alles happy? Alles munter, frisch und gesund?«

»Ja«, ätzte Wasenegger, »aber nur so lange, bis wir dein Gesicht gesehen haben.«

Komarnicky grinste, schaute auf die umherstehenden Kaffeetassen, trank aufs Geratewohl aus der nächsten einen Schluck und verzog angewidert das magere Gesicht. »Unter aller Kritik, was ihr da saufts. Ist das russischer Ersatzkaffee oder was?«

»Nein«, sagte Monika Suttner, »österreichische Qualitätsware.«

Hotwagner brummte gemütlich: »Mußt ihn ja nicht saufen, du alte *Schwuchtel.*«

»Ich bin keine *Schwuchtel*, du alter *Wichser*«, feixte Komarnicky. »Wenn ich eine wär' und mir deinen ungustiösen Arsch anschauert, tät' ich sofort wieder normal werden.« Dann hielt er Stern das Kuvert hin. »Muß dir gehören, Oberstleutnant. Aber wir haben's aufgemacht. Drin wird irgendwer denunziert.«

Stern nahm das Kuvert. HERRN OBERST SCHÜTZE stand in ungelenker, sichtlich verstellter Handschrift darauf.

»Wir haben's wahrscheinlich gekriegt, weil es im *SB* zwar keinen Schütze gibt, unser Chef aber Schüller

heißt. Beim Lesen haben wir gesehen, daß es dir gehören muß und der Schreiber oder die Schreiberin mit der Orthographie auf Kriegsfuß steht.«

Stern las den Brief und gab ihn an Hotwagner weiter.

»Weil Sie den Mörder vom Doppler suchen«, las Hotwagner laut vor, »dann schauen Sie Ihnen einen gewissen Franz Hausensteiner an. Der arbeitet dort.« Und erklärend: »SIE und IHNEN klein geschrieben, IHNEN ohne Dehnungs-h, und GEWISSEN mit nur einem s.« Er schaute Monika Suttner an. »Kannst du dich erinnern, daß es beim Doppler einen Hausensteiner gegeben hat, Kinderl?«

»Nein, wir haben aber auch nicht gefragt, wie die Arbeiter dort alle heißen. Namentlich kennen wir nur diesen Türken, den Suleiman – und die Sageder.«

Hotwagner gab Stern den Brief zurück und machte einen tiefen Lungenzug. »Ah ja. Eben.« Und zu den anderen: »Ist aber eh wurscht. Wir müssen sowieso noch einmal hin und genauer recherchieren.«

»Das hättet ihr gleich machen können«, sagte Stern, »aber, was soll's.« Er nickte Komarnicky zu. »Ich danke dir jedenfalls.«

»Gern geschehen«, sagte Komarnicky, griff nach einer anderen Kaffeetasse und trank. »Auf den zweiten Schluck eh nicht gar so schlecht. Zumindest nicht für eine Mordgruppe.« Er ging zur Tür. »Also, das nächste Mal wieder.«

Als er draußen war, brummte Hotwagner: »Arschloch.«

Stern schaute auf die Uhr und legte den Denunziantenbrief zur Seite. »Also, Kinder!«

Dann ordnete er an, daß Hotwagner gleich zur Schlosserei fahren und sich dort über alle Beschäftig-

ten und auch über alle Feinde Dopplers unter den Kunden umhören sollte.

Monika Suttner und Berger IV. sollten die Namen aller Anrainer im Bereich des Dopplerschen Sommerhauses an der Alten Donau ermitteln und dann bei ihnen Erkundigungen über die Dopplers einholen.

Waseneggers Aufgabe war es, sich via EKIS zu informieren, ob irgendeine der bisher namentlich bekannten Personen im Fall Doppler eine Schußwaffe besaß, und dann den möglichen Schußwaffenbesitzer zu überprüfen. Danach sollte er zur Alten Donau fahren und gemeinsam mit Berger und der Suttner unter den Anrainern ermitteln.

»Ich tät' gern noch einmal zu diesem Michalek schauen, Chef«, sagte Berger IV. »Vielleicht ist der nicht wirklich koscher. Er könnt' ja wegen der Annäherungsversuche Dopplers an seine Freundin, die Nichte, *einen Knödel im Hals* haben und deswegen ... Er hat zwar ein Alibi, aber muß das stimmen? Theoretisch könnten sich ja die Frau Doppler, die Werner und der Michalek irgendwie verabredet haben und ... Oder so etwas. Weiß man's?« Und nach einer Pause: »Außerdem hat der Michalek vielleicht doch auch eine gewisse Ähnlichkeit mit diesem Tennisspieler Muster.«

»Was verstehst du denn unter einer gewissen Ähnlichkeit?« brummte Hotwagner. »Daß beide *ein Zumpferl* haben? Oder was? Was sollten denn die drei verabredet haben? Daß eine von den Weibern den Doppler um halb drei im Betrieb anruft und unter einem Vorwand in die Stadtwohnung schickt? Wo schon der Michalek wartet und den Doppler *macht*? Ich glaub', du hast einen Verfolgungswahn, weilst dir zu viele Fernsehkrimis anschaust.«

»Halt' ich auch für Unsinn«, sagte Stern zu Berger.

»Vergiß das, ›Burli‹. Ich fahr' wieder in die Psychiatrische und rede mit der Frau Doppler. Heute wird es ihr vielleicht schon bessergehen.«

»Aber wenn dich der Doktor nicht zu ihr läßt?« fragte Hotwagner.

»Er muß mich zu ihr lassen. Schließlich geht es um einen Mordfall. Wir können nicht ewig warten, bis es dem Herrn Doktor paßt.« Stern dachte kurz nach. »Also, jeder weiß, was er zu tun hat. Am Nachmittag oder Abend treffen wir uns alle an der Alten Donau und *kollationieren.*« Er schaute Berger IV. an. »Du kennst schon die Lage dort. Wo treffen wir uns am besten?«

»Wo's was zu essen gibt«, brummte Hotwagner.

Berger grinste. »Selbstlogisch, Otto. Wir lassen dich schon nicht verhungern. Eine Kleinigkeit kannst zur Sicherheit irgendwo in der Nähe der Schlosserei fressen.« Dann schlug er vor: »Wir treffen uns in der *Fischerhütte*, direkt vis-à-vis vom *Gänsehäufel*. Ich werd' uns dort einen Tisch am Wasser freihalten. Okay?«

»Gut«, sagte Stern. »Dann machts euch auf die Socken. Ich geh' noch auf einen Sprung zum Hofrat – berichten. Wir bleiben in Verbindung.« Und schon während er zur Tür ging: »Also, bis dann. Seids mir gewissenhaft.«

Hotwagner wartete, bis die Tür hinter Stern zu war, und brummte dann mit einer tolpatschigen Verbeugung: »Ja, Chef. Machen wir, Chef. Wir befragen alle gewissenhaft. Schauen uns von jedem den Urin an, Chef. Lassen ein Enzephalogramm machen.«

Danach angelten Wasenegger und Berger IV. ihre Waffen aus den Schubladen und verwahrten sie, weil sie wegen der Bruthitze ohne Sakko waren, in ihren City-Bags. Hotwagner hatte seine uralte Walther so-

wieso im Hosenbund stecken und Monika Suttner ihre Glock 17 in der Handtasche.

Um 9.10 Uhr verließ die *MG 2* das Dienstzimmer.

Stern ging zu Tamandl und referierte. Dieser hatte auf seinem Schreibtisch zwei Ventilatoren aufgebaut und trug trotz der Hitze Sakko und Krawatte. In sicherer Entfernung von seinen Topfpflanzen rotierte außerdem ein großer Standventilator und blies ihm Frischluft zu.

Tamandl war sichtlich schlechter Laune und blubberte immer wieder Einwände in Sterns Bericht. Er wurde erst umgänglicher, als er von dem projektierten Treffen seiner Mordgruppe 2 in einem gemütlichen Gasthaus an der Alten Donau hörte, griff nach dem Telefon und wählte die Nummer seiner Wohnung.

»Ich bin's, Schatz«, säuselte er Stern anzwinkernd in den Hörer. »Ich ruf' an, weil ich leider nicht zum Nachtmahl dasein werde. Tut mir ja so leid. Du weißt ja, daß Selleriesalat mit Joghurt eine meiner Lieblingsspeisen ist. Besonders bei der exorbitanten Hitze, die einen ja fast umkommen läßt, Schatz. Aber in einem meiner brisantesten Fälle ist eine Wendung eingetreten. Sie wird in mehreren Verhaftungen kulminieren. Da muß ich leider einfach dabeisein.«

Tamandl horchte mit ausdruckslosem Gesicht auf das, was seine Frau sagte, und das war so laut, daß auch Stern mithören konnte.

Frau Tamandl verfluchte den blödsinnigen Beruf ihres Gusti und den dauernden Streß, der für ihn, den kranken Menschen, jeden Tag einen Schritt näher zum körperlichen Zusammenbruch beziehungsweise Hinterwandinfarkt führe. Wenn er so weitermachte, würde er ein gleiches Schicksal wie der Hofrat Zau-

negger erleiden, der praktisch in den Sielen gestorben war: An seinem mit Akten überladenen Schreibtisch hatte ihn der Schlag getroffen.

Tamandl säuselte ein paar beruhigende Worte. »Bis gleich, Schatz. Das heißt, bis – wenn ich halt heimkomme, Schatz. Es kann spät werden. Warte daher, bitte, nicht auf mich, und mach dir vor allem keine Sorgen. Ich werde bei den Amtshandlungen von meiner besten Gruppe umgeben sein, also kann nichts passieren. Bussi, Bussi.« Dann legte er auf und sagte in ernstem Ton entschuldigend zu Stern: »Die Frauen. Nicht leicht handzuhaben. Besonders Ehefrauen denken immer ... Aber das brauche ich Ihnen nicht zu erklären. Sie sind ja auch verheiratet, Stern.« Und dann vergnügt: »Das Treffen findet, wie Sie sagten, in einem Gasthaus an der Alten Donau statt. Ob es dort *Gelsen* gibt, die einen peinigen?«

»Aber keine Spur, Herr Hofrat. Die Hitzewelle hat die *Gelsen* dezimiert. Außerdem gibt es im Gastgarten elektrische Insektenvernichter.«

Tamandl nickte zufrieden und fragte mit viel Hoffnung in der Stimme: »Und – was serviert man dort? Kennen Sie das Lokal?«

»Ich nicht, aber Berger IV.«, lächelte Stern. »Dort gibt es eine ausgesprochen deftige Küche. Hausmannskost. Durchzogenen Schweinsbraten mit goldbrauner Kruste, warmen Krautsalat und Semmelknödel. Oder riesige Portionen Backhuhn mit *Erdäpfel-* und *Vogerlsalat.* Angeblich kann sie nicht einmal Hotwagner bewältigen, Herr Hofrat.«

Tamandl ging auf wie die Sonne.

Stern konnte direkt sehen, wie die Speichelzufuhr im hofrätlichen Mund rapide anstieg. Er versprach Tamandl, keinesfalls ohne ihn zur Alten Donau zu

fahren, nahm so etwas wie eine lässige Haltung an und ging aus dem Raum.

Tamandl schaute ihm versonnen nach. Dann stand er auf, ging zu einem Regal, auf dem ein Sprühgerät und einige Wasserkännchen mit temperiertem Wasser und verschiedenen Nährzusätzen standen, wählte eines aus und trippelte zu den mitten im Raum aufgebauten Topfpflanzen.

Während er seine schmachtenden Lieblinge mit frischem Wasser versorgte, mußte er daran denken, daß dieser ungehobelte Gruppeninspektor diese herrlichen Schöpfungen der Natur – wie ihm hinterbracht worden war – respektlos als *Beserlpark* oder *Krauthäupln* bezeichnet hatte.

Dieser Hotwagner ...

Ein guter Beamter, aber lernunfähig. Würde es nie zum Abteilungsinspektor bringen. Nicht zu reden vom Offizierslehrgang. Auf seine Art gut, aber ein Dinosaurier. Geistig und körperlich. Der nicht in Pension gehen wollte, obgleich er die erforderlichen Dienstjahre längst hatte. Sein einziger Pluspunkt war, daß er gutes Essen schätzte.

Tamandl sah einen kühlen, insektenfreien Wirtshausgarten vor sich und hörte schon das Wasser der Alten Donau plätschern. Hatte Stern nicht von Backhühnern gesprochen? Mit *Erdäpfel-* und *Vogerlsalat*? So große Portionen, daß sie nicht einmal der Fresser Hotwagner runterbrachte? Es würde ein interessanter Abend werden, der sicherlich die Klärung des Falles in erreichbare Nähe rücken würde.

12

Hotwagner fuhr in den zweiten Bezirk und stellte seinen Wagen vor dem Pavillon des Wachzimmers Praterstern ab. Er betrat das relativ kühle Wachzimmer, plauderte mit dem Wachkommandanten, rauchte zwei Zigaretten und trat wieder ins Freie hinaus.

Dort traf ihn die Luft des hitzeflirrenden Platzes, der auch ein wichtiger Verkehrsknotenpunkt war, wie ein Keulenschlag. Er hatte das Gefühl, als würden ihm die geschwollenen Fuß- und Handgelenke demnächst platzen.

Während er am Rand des Gehsteigs darauf wartete, daß die Autos anhielten, fuhr ein offenes VW-Kabrio vorbei, aus dessen Boxen »Walking and Whistling«, eine uralte, aber gute amerikanische Nummer dröhnte. Hinter dem Lenkrad saß eine junge Frau mit kurzgeschorenem roten Haar und einer langen grünen Strähne. Sie hatte eine riesige Sonnenbrille auf der Nase und trug ein Nichts von einem T-Shirt.

Das Lied mußte aus den fünfziger Jahren stammen. Auch so ein Pfeifer, dachte Hotwagner.

Er räusperte sich die Kehle frei, spuckte aus und zündete sich die zweiundzwanzigste *Boro* des Tages an.

Wahrscheinlich war auch der Mörder so ein Pfeifer. Ging spazieren und hatte nichts Besseres zu tun, als vor sich hin zu pfeifen. Vielleicht trug er noch diesen zylindrischen Gegenstand bei sich, der mindestens 70 mm lang war und einen Durchmesser von 2,5 mm aufwies. Damit ein besoffener Polizeiarzt eine Fehldiagnose abgeben konnte.

Otto Hotwagner wuchtete sich bei der nächsten Grünphase über die Fahrbahn und ging dann über die Praterstraße in Richtung Schlosserei Doppler. Dort

ignorierte er die Arbeiter, unter denen er den Türken Suleiman erkannte, und ging gleich in den Glasverschlag, in dem die aufgetakelte Sageder am PC arbeitete.

Auf Hotwagners Frage, wer von den Leuten draußen der Hausensteiner sei, deutete sie auf einen jüngeren bulligen Mann, der mit Schweißarbeiten beschäftigt war.

Hotwagner nickte, suchte nach einem Aschenbecher, fand keinen, öffnete die Tür des Glasverschlages und warf den Zigarettenrest in die Halle.

»Aha. Was für eine Art Mensch ist das? Verträglich? Oder ein *Häferl?* Gibt's *Zores* mit ihm? Und wie steht er zum ehemaligen Chef?«

»Ein Engel«, sagte Marianne Sageder. »Der beste Arbeiter. Macht keine Schwierigkeiten, hat die Meisterprüfung und ist die rechte Hand des Chefs. Hat auch Schlüssel vom Betrieb. Kann ausgesprochen gut mit unserem Chef ...« Sie unterbrach sich, sagte leise: »Hat können« und setzte dann in normalem Ton fort: »Der Hausensteiner arbeitet wie ein Vieh. Macht jede Menge Überstunden, wenn es sein muß, sogar am Sonntag. Deswegen hat er vom Chef auch einen zinsenlosen Kredit über hunderttausend Schilling gekriegt, damit er sich ein neues Auto kaufen kann. Einfach so. Cash. Bar auf die Hand. Bis auf, glaub' ich, acht- oder zehntausend hat er den Kredit schon zurückgezahlt.«

Hotwagner nickte, brummte etwas von »Wiederkommen« und ging zu Hausensteiner.

Nach fünf Minuten wußte er, daß dieser Mann nicht der Täter sein konnte. Hausensteiner war am Mordtag zwischen 7.00 und 18.00 Uhr in der Werkstätte gewesen und hatte sogar sein Mittagessen dort

zu sich genommen. Er war keine Sekunde weg gewesen.

Hotwagner nahm Hausensteiner ein bißchen zur Seite, rauchte mit ihm eine Zigarette und fragte ihn, ob er etwas über Feinde Dopplers sagen könne. Aber außer dem bereits überprüften Fiedler, der von Doppler fristlos entlassen worden war, konnte Hausensteiner niemanden nennen.

Aber einen Pfeifer kannte er. Als ihn Hotwagner aufs Geratewohl fragte, ob es vielleicht einen Arbeiter in der Firma gegeben hatte, der dauernd vor sich hin pfiff, sagte Hausensteiner sofort: »Ja. Den Holleczek.«

Hotwagner wurde aufmerksamer. »Aha. Und – warum ist der nicht mehr da?«

»Weiß ich nicht«, sagte Hausensteiner. »Er hat sich etwas Besseres aufgerissen.« Und nach einer Pause: »Ich tratsch' nicht gern ... Wer mit wem *pudert*, interessiert mich nicht. Aber der Holleczek ist auch deshalb aus der Firma geflogen, weil er – wie der Chef – etwas mit der Sageder gehabt hat. Aber ist ja wurscht. Jetzt ist er jedenfalls bei der Post.«

»Wissen S', wo?« fragte Hotwagner.

»Er arbeitet ...« Hausensteiner zog nachdenklich die Stirn in Falten. »Bei der Börse gibt es einen Riesenkasten, wo was von der Post drin ist. Dort hab' ich ihn einmal getroffen, wie er ...« Er dachte kurz nach. »Ja. Es war dort. Vis-à-vis von der Börse. In der Wipplingerstraße.«

Hotwagner nickte. « Kennen S' den Thomas Muster? Den Tennisspieler?«

»Ja«, sagte Hausensteiner verblüfft. »Warum? Was hat denn der mit dem Holleczek zu tun?«

»Nichts Direktes. Aber mich interessiert, ob dieser Holleczek dem Muster ähnlich sieht?«

»Nein«, grinste Hausensteiner. Er schaute Hotwagner von oben bis unten an. »Vielleicht von der Figur her. So wie wir zwei uns ähnlich schauen, Inspektor. Aber vom Kopf her nicht. Der Holleczek hat zwar auch *ein Hakl*, ich mein', eine Nase wie der Muster. Aber er ist schwarz. Lange schwarze Haare hat er.«

»Also nicht«, brummte Hotwagner und fiel ins Du. »Dann dank' ich dir schön, *Haberer*. Kannst weiterarbeiten.« Er wandte sich ab und ging schwerfällig wieder zum Glasverschlag.

Marianne Sageder arbeitete jetzt nicht am PC, sondern feilte sich einen ihrer blutrot lackierten Fingernägel zurecht. »Scheißcomputer«, rief sie. »Ich hasse ihn. Wieder ein Nagel im Eimer.«

Hotwagner grinste ein wenig und brummte: »Der kann nichts dafür. Aber wenn man älter wird, lassen auch die Nägel nach.«

»Wer wird älter?!« Sie feilte weiter und sagte boshaft: »Wenn's ums Altwerden geht, dürften S' ja überhaupt keine Nägel mehr haben ...«

»Hab' eh fast keine mehr«, brummte Hotwagner. »War Nägelbeißer in meiner Kindheit. Aber darum geht's nicht. Mich interessiert, was Sie über einen gewissen Holleczek wissen, der hier früher einmal gearbeitet hat.«

»Nichts«, sagte Marianne Sageder ohne aufzublikken. »Der ist seit einem Jahr weg – arbeitet jetzt bei der Post, im Telegrafenamt.« Sie schaute Hotwagner an. »Warum wollen S' denn was über ihn wissen?«

»Nur so.«

»Kein *Kiberer* fragt ›nur so‹. Ist irgendwas mit dem Holleczek?«

»Aber wo. Nichts.« Hotwagner schaute die Frau stumpf an. »Er war ein fescher Mann, was?«

Sie legte die Nagelfeile weg. »Es kommt drauf an, was man unter fesch versteht.« Und leicht errötend: »Bevor S' weiter im Kreis fragen, sag' ich Ihnen, daß ich mir mit dem Holleczek was ang'fangt hab'. Noch vor dem Chef. Aber was geht das die Polizei an?«

Hotwagner kramte seine *Boros* heraus, fischte eine aus der Packung und rauchte sie an. »Nichts. Nur manchmal. Wenn, sagen wir, der Holleczek vom Doppler rausgeschmissen worden ist, weil der bemerkt hat, daß zwischen euch zwei was los ist.«

Marianne Sageder stand auf und drehte sich unvermittelt zu der auf einem Tischchen stehenden Espressomaschine.: »Mögen S' auch einen, Inspektor?«

»Ja. Kaffee kann man immer trinken.«

Sie hantierte an der Espressomaschine und schaute Hotwagner nicht an. »Nein. Der Chef hat's nicht gewußt. Der war sich viel zu sicher, daß ich außer ihm keinen anderen hab'.« Sie drehte sich um. »Der war sich in allem viel zu sicher. Darum ist er wahrscheinlich auch umgebracht worden. Er ...« Und lauter, ein bißchen schrill: »Aber jedenfalls nicht vom Holleczek! Der kann das nicht gewesen sein! Der nicht, weil ...« Sie brach ab, wurde vom Hals aufwärts rot und wandte sich wieder der Espressomaschine zu, hantierte klappernd mit Tassen und Löffeln.

Hotwagner wälzte sein Übergewicht die zwei Meter bis zu ihr, nahm sie sanft bei der Schulter. »Weil – was, Kinderl? Sag mir's, geh. Sag mir's, und ich laß dich in Ruh.«

Die Espressomaschine begann zu zischen, dann tröpfelte der brühheiße Kaffee in die Tassen.

Hotwagner verstärkte seinen Griff und drehte Marianne Sageder zu sich. »Laß jetzt den Kaffee, Kinderl. Sag mir – weil was?«

»Weil ...« Die attraktive, hochbusige Frau wurde merklich kleiner, als ihre Knie nachgaben. Sie wirkte plötzlich wie ein verirrtes kleines Mädchen. »Weil ... der ... weil der Edi so etwas nicht macht!« stammelte sie. Und immer schneller redend: »Der hat ja gar keinen Grund, den Doppler umzubringen. Er hat ja nichts mehr mit mir und ist jetzt seit einem halben Jahr glücklich verheiratet. Seine Frau ist im achten Monat schwanger! Sie haben jetzt auch eine neue, schöne Wohnung ...« Marianne Sageder schaute Hotwagner mit schwimmenden Augen an. »Ich schwör', daß es der Edi nicht war! Der kann keinem Menschen etwas antun! Nicht einmal einer Fliege! Für den war ich Luft, seit er seine Manuela kennengelernt hat!«

Hotwagner drückte die Frau auf ihren Drehsessel, schaltete die kraftlos zischende Espressomaschine aus und stellte die vollen Tassen auf den Schreibtisch. »Da! Trink, Kinderl! Beruhige dich! Wir wollen doch den Leuten in der Werkstatt kein Theater vorspielen. Reiß dich zusammen!«

Marianne Sageder griff nach der Tasse und trank. Dabei verschüttete sie ein wenig Kaffee, der langsam über ihr Kinn auf das Keyboard des PC tropfte.

Hotwagner zog ein verknülltes Taschentuch heraus und tupfte ihr über das Kinn. Dann angelte er sich den zweiten Drehsessel, setzte sich schwerfällig und bot ihr eine *Boro* an. »Da! Rauch! Das beruhigt die Nerven. Trink den Kaffee, solang er heiß ist, und dann erzähl mir, was du über den Holleczek weißt.«

Nach fünf Minuten wußte Hotwagner, daß sich die Sageder und der Holleczek ohne Streit getrennt hatten. Holleczek war der kleinen Manuela Hackl vom ersten Augenblick an verfallen gewesen – die beiden hatten Knall und Fall geheiratet. Zu dieser Zeit war er

schon bei der Post als Schlosser beschäftigt. Die Sageder bestätigte auch, daß der Holleczek eine Marotte hatte, die einem manchmal auf die Nerven gehen konnte. Er pfiff vor sich hin – immer die gleiche Melodie. »Lippen schweigen, 's flüstern Geigen ...« Aus irgendeiner Operette. Einfach so. Wenn ihm halt danach war.

Marianne Sageder gab Hotwagner die Adresse von Holleczeks Arbeitsstätte und außerdem die seiner Wohnung.

Hotwagner schrieb sich beide auf, nahm noch einen Schluck vom kalt gewordenen Espresso und sagte der Sageder, sie solle alles, was sie geredet hatten, einfach vergessen.

Dann ließ er sich eine Liste sämtlicher Arbeitnehmer aus den letzten fünf Jahren geben, verabschiedete sich und ging langsam zum Wachzimmer Praterstern, wo sein Wagen stand.

Er fuhr in den ersten Bezirk, stellte den Wagen aus Platzmangel auf dem Gehsteig neben der Börse ab, steckte statt des Kurzparkscheines eine dienstliche Visitkarte unter den Scheibenwischer und legte zur Sicherheit eine zweite auf das Armaturenbrett.

Es gab jetzt die neuen Parkwächter der Gemeinde Wien, die wie die Geier darauf aus waren, einem ein Strafmandat anzuhängen oder den Karren abschleppen zu lasssen. Arschlöcher, die polizeilicher als die Polizei waren.

Hotwagner überquerte die Straße und ging zum Gebäude der Telefon- und Telegrafendirektion nahe der Wiener Börse. Er erinnerte sich daran, daß er vor mehr als vierzig Jahren mit Freunden zugesehen hatte, wie das Gebäude niedergebrannt war.

Das war noch vor seinem Eintritt in den Polizeidienst gewesen. Damals, während der Besatzungszeit, hatte es natürlich keinen Börsenbetrieb gegeben. Statt dessen war in der Börse eine Weinkost eingerichtet gewesen.

Nun war die Börse längst wieder voll in Betrieb. Wenn es nach Hotwagner gegangen wäre, hätte man sie nicht wieder aufbauen müssen. Alles, was mit der Börse zu tun hatte, war für ihn durch und durch *unfrank.* Dort verdienten Typen ihr Geld, die zum normalen Arbeiten zu faul waren und hin und wieder im Sicherheitsbüro, beim *Betrug,* endeten.

Als Hotwagner im Flur des Postgebäudes auf Eduard Holleczek wartete, hörte er plötzlich die gepfiffene Melodie von »Lippen schweigen ...«. Kurz danach stand Holleczek vor ihm.

Er war mindestens einsneunzig groß, hatte kurze blonde Haare und eine ausgeprägte, stark gebogene Nase. Wie Thomas Muster sah er aber nicht aus. Vielleicht hatte er mit Sylvester Stallone eine entfernte Ähnlichkeit – wenn er nicht blond gewesen wäre. Der Mann hörte zu pfeifen auf und schaute fragend auf Hotwagner.

Der zeigte ihm die *Kokarde* und brummte: »Polizei. Hotwagner. Du bist der Holleczek?«

»Und wenn ich's bin?« fragte der Mann und fiel ebenfalls ins Du. »Kann dir das nicht wurscht sein, Opa?«

»Hab' nicht so eine große Lippe, sonst werd' ich grantig«, brummte Hotwagner. »Ich möcht' von dir wissen, wo du am sechzehnten August gewesen bist. Das war«, half er nach, »am vergangenen Mittwoch, dem Tag nach Maria Himmelfahrt.«

»Warum? Was soll denn da gewesen sein?« Dann

grinste er breit und glücklich. »Oder willst du mir vielleicht zur Geburt meiner Tochter gratulieren?«

Dann erzählte Holleczek aufgeräumt alles, was es über den Sechzehnten zu erzählen gab.

Am frühen Morgen hatten bei seiner Frau die Wehen eingesetzt, worauf er mit ihr ins Medizinische Zentrum Ost gefahren war. Von dort hatte er seinen Vorgesetzten, den Regierungsrat Otto Hornik, angerufen und sich für den Tag freigenommen. Bei der Geburt war er die ganze Zeit dabeigewesen und hatte seiner Manuela die Hand gehalten. Dann, gegen 15.00 Uhr, hatte er den ersten Schrei des kleinen Mädchens gehört, das, wie die Mutter, den Namen Manuela tragen würde.

Gegen fünf Uhr hatte Holleczek das Spital verlassen. Dann war er noch ins *Café Gummizwerg* gefahren und hatte sich vollaufen lassen. Er war in kurzer Zeit so stark betrunken gewesen, daß er mit dem Taxi nach Hause fahren mußte. Völlig erschöpft war er gleich auf dem Sofa eingeschlafen.

Von Hotwagner auf seine plötzliche Blondheit angesprochen, erklärte er stolz: »Der Manuela haben meine schwarzen Haare nicht getaugt. Darum hab' ich sie blond färben lassen. Jetzt gefall' ich der Manuela doppelt so gut, weil sie auf blonde Männer steht wie der Hund auf einen Knochen. Weil der Robert Redford, der ihr platonisches Lieberle ist, auch blonde Federn hat.«

Hotwagner fuhr noch schnell im Medizinischen Zentrum Ost vorbei, wo der Gynäkologe Dr. Walter Buchacher und die Hebamme Theresa Neunteufel diese Angaben voll bestätigten. Die beiden meinten allerdings, es wäre später als achtzehn Uhr gewesen, als

der vor Aufregung fassungslose Holleczek das Spital verlassen hätte.

Den Typ konnte er also vergessen – mitsamt seinem Gepfeife von »Lippen schweigen ...«.

13

Wasenegger saß vor dem EKIS-Computer und hämmerte mit den Zeigefingern einen Namen nach dem anderen von seinem Notizblock in die Tastatur. Nur einmal, beim Namen Neubauer, erwies sich die Eingabe als Treffer: Das EKIS-Programm führte Wolfgang Neubauer seit 26. 8. 1984 als Besitzer einer Pistole Marke Beretta, 9 mm Kurzlauf.

Sofort machte sich Wasenegger auf den Weg zu Neubauers Geschäftslokal am Salzgries. Der Designer gab den Besitz der Waffe zu, wollte aber mit ihr noch nie geschossen haben.

Neubauer rief seine Frau an, die sich im selben Haus in der Wohnung aufhielt, und sagte ihr, es würde der Kriminalbeamte von neulich vorbeikommen und sie solle ihm die Pistole zeigen.

Wasenegger fuhr mit dem Lift hinauf und bekam von Herta Neubauer die Waffe ausgehändigt. Gleich auf den ersten Blick sah er, daß mit der Waffe noch nie geschossen worden war. Der Lauf hatte noch die vom Erzeuger angebrachte, bereits eingetrocknete Fettschicht, und diese Fettschicht bewirkte, daß sich der Verschluß nur unter Aufbietung großer Kraft zurückziehen ließ. Die Waffe war ungeladen, außerdem war das mit vier Patronen bestückte Magazin verkehrt eingesetzt. Im Ernstfall hätte Neubauer niemals den Verschluß zurückziehen und eine Patrone in die Kammer bringen können.

Wasenegger setzte das Magazin richtig ein und gab Herta Neubauer den Rat, ihr Mann möge die Waffe ordentlich reinigen und das Magazin nicht verkehrt einsetzen, weil er die Beretta sonst nur als Wurfgeschoß verwenden könne.

Er verabschiedete sich, und noch auf der Straße rief er von seinem Handy aus Monika Suttner an und sagte ihr, er würde jetzt zum Treffpunkt an der Alten Donau fahren.

Das Wasser sah infolge der seit Wochen andauernden Hitzewelle wenig einladend aus. Trotzdem war das *Gänsehäufel* voll mit Badegästen, und draußen kurvten einige Boote herum.

Wasenegger stellte den Wagen auf dem großen Parkplatz vor einem Gemeindebau ab – er war voll besetzt mit Autos von Besuchern des Bades.

Auf einer schraffierten Fläche stand ein Streifenwagen, in dem ein junger Uniformierter und eine noch jüngere Uniformierte mit Pferdeschwanzfrisur saßen und hingebungsvoll an Eistüten schleckten.

Wasenegger ging am Streifenwagen vorüber und fragte: »Na, schmeckt's?«, bekam aber keine Antwort.

Erst als er schon fast außer Hörweite war, brummte ihm der etwa fünfundzwanzigjährige Uniformierte nach: »Arschloch! Kümmere dich um deinen eigenen Dreck, du Trottel.«

Wenig später, im Garten der *Fischerhütte*, eines kleines Gasthauses am Fischerstrand, trank Wasenegger ein Bier und ließ seinen Blick über das auf der anderen Seite des Wassers liegende *Gänsehäufel* schweifen. Am Weststrand wimmelte es von Menschen, und auch das *Strandrestaurant* war voll besetzt.

Wasenegger verachtete alle Menschen, die sich in der Sonne braten ließen und auf einen Hautkrebs hinarbeiteten. Wer so etwas tat, war in seinen Augen nicht normal. Er war felsenfest davon überzeugt, daß drei Viertel aller Wiener als *Vollkoffer* einzustufen waren. Da konnten die Ärzte noch so eindringlich vor

den Gefahren übermäßiger Sonnenbestrahlung warnen, die Trotteln beiderlei Geschlechts ließen sich anbraten, weil sie glaubten, die Bräune mache sie attraktiver.

Aber es gab in Wien auch ein paar intelligente Wesen – und eines von ihnen hatte diesen Schlossermeister *nach allen Regeln der Kunst gemacht.* Hatte einen Nachschlüssel angefertigt, dann den Doppler durch einen fingierten Telefonanruf in die Wohnung gelockt, ihn dort erwartet und ihm ein Metallstück durch die Schädeldecke ins Gehirn getrieben. Eine Zeitlang hatte diese Person gewartet – bis das Blut des Toten nicht mehr flüssig war. Dann hatte sie das Tatwerkzeug aus der nicht mehr blutenden Wunde gezogen und die Wohnung verlassen. So mußte es gelaufen sein.

Okay – aber warum hatte der Täter eine derart merkwürdige Mordwaffe verwendet? Und was war das Motiv?

Wasenegger ließ den Rest seines Biers warm werden, rauchte eine Zigarette nach der anderen und dachte im Kreis. Schließlich nahm er das Handy und sagte der Suttner, daß er bereits am Treffpunkt eingelangt war. Dann vertiefte er sich in den Anblick zweier Schönheiten, die oben ohne in einem Tretboot vorbeikamen. Beide hatten Brüste, die alle Stückeln spielten – und die eine hatte nicht einmal ein Höschen an.

Er sah die wippenden Brüste noch vor sich, als die beiden längst vorbei waren, und fragte sich, ob Eifersucht ein Motiv gewesen sein könnte. Doch wer hatte Grund, auf Doppler eifersüchtig zu sein? Oder gab es einen geschäftlichen Konkurrenten?

Als Monika Suttner den Anruf Waseneggers empfing, war sie bereits auf dem Weg zur Alten Donau,

steckte aber auf der Lasallestraße in einem Megastau. Sie hatte sich im Meldeamt eine Liste der Anrainer zusammengesucht und war dabei auf rund vierzig Namen gekommen.

Auch »Burli« Berger IV. fuhr bereits zur Alten Donau. Er hatte sich nochmals Robert Michalek, den Freund der Nichte Dopplers, vorgenommen, von ihm aber nur das erfahren, was die *MG 2* ohnedies schon wußte.

Michalek und Sabine Werner waren schon ab Mittag an der Alten Donau gewesen. Das konnten Frau Doppler und die Nebenführs bezeugen. Michalek war ein großer und sichtlich kräftiger Bursche, der dem Doppler ohne viel Raffinesse eine Abreibung verpassen hätte können, wenn der sich seiner Freundin ungut genähert hätte. Außerdem schaute er dem geheimnisvollen großen Blonden vom Typ eines Thomas Muster überhaupt nicht ähnlich.

Wenn er irgendwem ähnlich sah, dann noch am ehesten diesem Schauspieler aus der Fernsehserie »Traumschiff«, der Sascha Irgendwas hieß. Aber zwischen dem Schauspieler und Muster gab es die gleiche Ähnlichkeit wie zwischen einem Pferd und einem Ochsen, nämlich keine, außer daß sie beide einen Schwanz hatten.

Um 16.00 Uhr nahmen Monika Suttner, Karl Wasenegger, Franz Berger IV. und Otto Hotwagner, der kurz davor schwitzend und keuchend im Gasthausgarten aufgetaucht war, ihre Ermittlungen unter den Anrainern auf.

Hotwagner war zuvor noch auf einen Sprung im *Koat Leopoldstadt* gewesen und hatte sich mit dem Kollegen Dörfler nochmals über den Selbstmordversuch von Irene Doppler unterhalten. Dörfler hatte

ihm Stein und Bein geschworen, daß die Aktion nicht gespielt, sondern echt gewesen war.

»Der Uniformierte«, hatte Dörfler gesagt, »war der einzige, der halbwegs in der Nähe der Doppler stand. Alle anderen sind ziemlich weit weg gewesen, und das Zimmer, wo der Tote gefunden wurde, ist recht groß. Die Doppler war so schnell beim Fenster, daß sie der Kollege nur mit Müh und Not an den Füßen derwischt hat. Um ein Haar wär' sie draußen gewesen, Otto. Wenn der Kollege eine Sekunde langsamer gewesen wär', tät' die Doppler nicht mehr leben. Er hat sie auch nur mit letzter Kraft zurückziehen können. Also vergiß die Idee, die Doppler könnt' uns was vorgegaukelt haben.«

Unter den vierzig Namen der Suttner waren neununddreißig Nieten.

Die Ehepaare Nebenführ und Trappl wiederholten, was sie bereits gesagt hatten.

Die Nebenführs, daß die Dopplers wie die Turteltauben gelebt hätten.

Die Trappls, daß sie wie Hund und Katz gewesen wären und Irene Doppler als Sklavin an der Seite ihres Mannes dahinvegetiert hätte.

Hotwagner war nach der sechsten Befragung, einer Bootsverleiherfamilie, am Ende seiner Kräfte. Er setzte sich auf die sanfte Uferböschung gegenüber vom *Dampfschiffhaufen*, zog Schuhe und Sakko aus und bewegte die geschwollenen Füße auf und ab. Er kümmerte sich keinen Augenblick darum, daß seine Walther sichtbar im Hosenbund steckte und einige Ausländerkinder neugierig auf die Waffe starrten.

Er legte sich hintenüber, schloß die Augen, bekam durch die Rückenlage einen Hustenanfall und merkte erst, als er sich wieder halbwegs erfangen hatte, daß die

Kinder schon ganz nahe bei ihm standen und auf die Pistole starrten.

Ein besonders mutiger, vielleicht achtjähriger Bub sprach ihn an: »Du, Opa! James Bond? Tatort? Inspektor Schimanski?« Und mit einer Geste auf die Walther: »Du Kanone – echt?«

»Ja, Raubersbub«, brummte Hotwagner. »Aber ich nicht James Bond. Ich nur gewöhnliche Polizei.« Dann zog er sein Sakko heran, griff in eine Tasche, nahm ein Bündel zerdrückte Banknoten heraus, zählte zwei Zwanziger ab und gab sie dem Buben. »Da, kaufts euch ein Eis. Aber nicht streiten, wer mehr schlecken darf. Und jetzt schleichts euch, ihr *Hundsbankerten.*«

Er schaute den davonlaufenden Kindern nach. An diesem Tag hatte schon zum zweiten Mal jemand Opa zu ihm gesagt. Weit hatte er's gebracht. Die meisten seiner Kameraden aus der Polizeischule waren schon längst Opa. Und er? Nur ein alt gewordener Gruppeninspektor. Allein. Mit einem Bauch, der immer größer wurde, und einem kaputten Körper.

Hotwagner schaute hinüber zum Polizeibad am *Dampfschiffhaufen*, wo eine Gruppe Polizeischüler das Zillenfahren übte.

Irgendwann, vor fast vierzig Jahren, hatte er ebenfalls diese Übungen gemacht. Damals allerdings noch auf dem Donaukanal, bei der Stadionbrücke. Dort hatte es in einer Villa ein Wachzimmer gegeben – und den kleinen, zu wissenschaftlichen Zwecken erbauten Atomreaktor irgendeiner Hochschule. Ein Jahr darauf hatte er mit dem Karli Kollmann die Zweierzillenmeisterschaft auf der Donau gewonnen. Damals war noch der Joschi Holaubek Polizeipräsident gewesen, und das Ziel lag vor der alten Reichsbrücke.

Jetzt gab es seit fast zwanzig Jahren eine neue Reichsbrücke, weil die alte eingestürzt war. Der Kollmann Karli war längst in Pension und dick wie ein Faß. Holaubek war fast neunzig und geisterte noch dann und wann durchs Fernsehen. Und er, Hotwagner, der älteste Hund im Sicherheitsbüro, rannte sich die Schuhsohlen ab, um Mörder zu fangen. Wenn er heute oder morgen ging, würde er keine Lücke hinterlassen und vergessen sein, als hätte er nie gelebt. So war das halt.

Monika Suttner hatte als letzten Namen Amalie Zwieb auf ihrer Liste stehen.

Amalie Zwieb war sehr alt, legte aber, wie sie der Suttner sagte, großen Wert darauf, Fräulein genannt zu werden. Sie wohnte in einem verfallenen kleinen Holzhaus am Fischerstrand, war nie verheiratet gewesen und hatte, wie sie betonte, auch nie etwas mit einem Mann gehabt. Trotz der Tatsache, daß auch der Himmelvater und Jesus männlichen Geschlechts waren, haßte sie die Männer abgrundtief. Sie konnte es nicht verwinden, daß ihr Vater ohne ersichtlichen Grund seine Frau und damit auch sie verlassen hatte.

Der Männerhaß der Amalie Zwieb ging so weit, daß sie nur in Geschäften einkaufte, in denen Frauen bedienten. Deshalb hatte sie auch, wie sie jetzt der Suttner offenbarte, dem jungen Kriminalbeamten am vergangenen Tag nichts über die Familie Doppler gesagt. Zumindest nicht das, was wichtig war.

»Das sag' ich nur Ihnen, Fräulein«, meinte sie zur Suttner. »Weil Sie eine junge Frau sind und nicht von vornherein wie eine Hur' ausschauen. Viele der sogenannten anständigen Frauen sind nur Huren – Weiber, *die jedem Hosentürl nachrennen.*«

»Ich bin nicht so eine«, lächelte Monika Suttner amüsiert. »*Ich bin nicht scharf auf Hosentürln* – und auch noch ein Fräulein.« Und ernster: »Aber ich tät' gern wissen, Fräulein Zwieb, was Sie für wichtig halten.«

»Na, daß die Doppler eine *winige Schlampen* ist. Sie spielt zwar bei uns die hochanständige, gut verheiratete Frau, aber in Wirklichkeit ist sie ganz anders.«

»Wie denn?«

»Wie die meisten Weiber! Eine *winige* falsche Kanaille! Ohne einen Funken von Schamgefühl. Soll ich Ihnen sagen, was sie vor aller Augen gemacht hat?«

»Ja, bitte, Fräulein Zwieb.« Monika Suttner lächelte engelhaft. »Ich tät's gern wissen.«

Die Zwieb rückte näher und flüsterte: »Mit einem Mannsbild hat s' was g'habt – nicht nur ein Mal! Dabei hat sie sich so *winig* aufgeführt, wie die nächstbeste Praterhur'. *Ausgschamt.* Zudringlich. Wissen S' mit wem? Mit dem *Stier* von vis-à-vis!«

Monika Suttner schaute hinüber, sah aber nur den vollen Strand des *Gänsehäufelbades.* »Wen meinen S' denn da, Fräulein Zwieb?«

Die Zwieb rückte noch näher, und Monika Suttner fühlte sich von einer kompakten Wolke säuerlichen Altfrauenschweißes umgeben. »Mit dem schönen Rudi, dem *Badewaschel* von drüben. Der hat mit allen Weibern was, obwohl er eh schon ein alter Trottel ist. Mit dem hat's die Doppler getrieben: *ausgschamt*, hemmungslos, vor aller Augen.«

»Wann war das? Und wo? Drüben im Bad?«

»Nein, da! Auf unserer Seite haben sie's getrieben. Wie die Viecher. Hemmungslos. Beim *Kaiserwasser.* In der Nacht. Immer, wenn ihr Mann nicht da war und sie allein im Haus geschlafen hat.«

»Und sie haben es gesehen?«

»Ja. Mit meinen eigenen Augen.«

Monika Suttner wandte sich um und stellte fest, daß man von hier aus tatsächlich auf ein Stück Böschung und einen Teil des *Kaiserwassers* sehen konnte, allerdings auf eine Entfernung von mehr als hundert Metern.

»Sie, Fräulein Zwieb, haben also gesehen, daß es die Frau Doppler mit dem schönen Rudi, einem Bademeister vom *Gänsehäufel*, beim *Kaiserwasser* getrieben hat. In der Nacht, wahrscheinlich so spät, daß keine Badenden mehr dort waren?«

»Ja, mit eigenen Augen. Der Herrgott soll mir's Augenlicht nehmen, wenn's nicht wahr ist.«

»Aber das ist doch ziemlich weit weg von da«, wandte Monika Suttner ein. »Und in der Nacht? Gibt es denn beim *Kaiserwasser* eine Beleuchtung?«

»Nein, dort ist's stockfinster.« Und mit Triumph in der zittrigen Stimme: »Aber für was hab' ich denn meinen Feldstecher? Der hat einen Haufen Geld gekostet und geht auch in der Nacht. Es ist so einer, wie sie ihn auch beim Militär haben – gestochen scharf! Warten Sie, ich hol' ihn.«

Dic Zwieb verschwand in der Hütte und kam bald darauf mit einem großen Nachtsichtglas zurück.

Monika Suttner verbiß sich ein Lächeln. So war das also. Das anständige, *gschamige* und keusche Fräulein Zwieb, das sich nie einem Mann hingegeben hatte, *spechtelte* in der Nacht mit einem erstklassigen Fernglas nach Liebespaaren, weil das so *winig* war.

Die Zwieb schaute durchs Glas auf das gegenüberliegende *Gänsehäufel*. »Sehen S'! Schauen S' durch, Fräulein! Dort drüben ist er, der schöne Rudi. Der Stier, der über jedes Loch geht! Der mit der kurzen

weißen Hose und dem Kapperl! Das ist er! Schauen S', Fräulein! Er reißt sich schon wieder ein Weib auf, der Saukerl! Dort, beim NIVEA-Ball!« Und ganz unchristlich: »Wenn der sich nur bei irgendeiner Schlampe AIDS holen tät', damit er sich's merkt!«

Monika Suttner schaute und sah den vierschrötigen, nicht mehr jungen Mann, der sich eben zu einer verblühten Frau mit übergroßen Brüsten und schwarzgefärbtem Haar niederbeugte und lächelnd etwas sagte.

Die etwas zu dicke Frau lächelte honigsüß zurück, und der schöne Rudi richtete sich auf und schob sich mit einer typischen Machobewegung Hoden und Glied zurecht, ehe er sich gegen den Sockel des Mastkorbes lehnte, der von einem riesigen blauen Ball mit der Aufschrift NIVEA verdeckt war.

Monika Suttner gab der Zwieb das Glas zurück und bearbeitete sie vorsichtig so lange, bis diese genau schilderte, wann und wie oft sich Irene Doppler mit dem schönen Rudi beim *Kaiserwasser* vergnügt hatte.

Irene Doppler hatte offensichtlich seit zwei Jahren ein intimes Verhältnis mit dem schönen Rudi, der den Spitznamen *Stier vom Gänsehäufel* völlig zu Recht trug. Wenn Sommer war, liebten die beiden einander ein Mal pro Woche nachts am *Kaiserwasser.* Oder auch mehrmals, wenn der Ehemann Doppler nicht im Sommerhaus schlief, was öfter vorkam.

Monika Suttner bedankte sich bei der Fau, ging zurück zum Gasthausgarten.

Hotwagner, Wasenegger und Berger IV. hörten sich amüsiert Monika Suttners Bericht über das Fräulein Zwieb an, und alle waren der Meinung, daß die neue Entwicklung im Fall Doppler eine Bombe war.

Während sich Berger IV. darüber ärgerte, daß die

Zwieb ihm nichts, der Suttner aber alles erzählt hatte, und Wasenegger meinte, manche Leute würden *sogar als Halbtote noch pudern oder einen Neunundsechziger machen,* brummte Hotwagner vor sich hin, daß man eben in keinen Menschen hineinschauen könne.

Aber sie waren sich einig, daß es jetzt eine siedendheiße Spur gab.

Nach allem, was sie bis jetzt wußten, konnte es zwischen Rudolf Doppler und dem *Stier vom Gänsehäufel* einen Streit gegeben haben, der schließlich tödlich endete. Wenn der Doppler seine Frau auch nach Strich und Faden betrogen hatte, so war längst nicht gesagt, daß er das gleiche auch bei seiner Frau geduldet hatte.

Berger IV. wollte sofort Stern anrufen, aber Hotwagner meinte, dieser würde es früh genug erfahren, wenn er später zu ihnen stoßen würde. Außerdem war da noch der *Schwammerlbrocker*, Hofrat Tamandl – und dem müßten sie ohnedies alles neu erzählen.

Wasenegger wollte gleich ins *Gänsehäufelbad* gehen und mit dem Bademeister reden, aber auch das blockte Hotwagner ab.

»Das soll der Chef entscheiden, Karli. Nur keine übereilte Hast. Vielleicht will der Chef eine verdeckte Gegenüberstellung mit den zwei *Puderanten* machen, damit sie leichter *niederlegen.*«

Hotwagner schaute auf seine verkratzte stählerne Rolex. »Jetzt ist's eh schon gegen sechs. Vielleicht könnten wir eine Kleinigkeit essen, bis die anderen kommen. Eine kleine Knackwurst in Essig und Öl und ein Salzstangerl ...«

Berger IV. lachte und sagte zu Hotwagner: »Hast recht. Iß was. Schaust ganz eingefallen aus.« Und zu den anderen: »Der Otto braucht keinen Mörder, damit er *abkratzt.* Der frißt sich von allein zu Tode.«

Hotwagner brummte etwas von »jungen Rotzbuben, die nicht wissen, was sie reden«. Dann bestellte er sich beim Kellner Knackwurst mit Essig, Öl und viel Zwiebel, ein großes dunkles Bier und zwei Salzstangerln.

14

Stern traf um 18.30 Uhr im Gasthausgarten ein. Wenig später kam Tamandl, der mit dem Auto bis vor den Gasthausgarten fuhr, obgleich es am Fischerstrand ein Fahrverbot gab, von dem nur Lieferanten und Anrainer ausgenommen waren.

Tamandl studierte aufmerksam die Speisekarte und schwankte lange zwischen einer *gebratenen Stelze* und einem Backhuhn, bis er sich dann doch für das Backhuhn entschied.

Dann schaute er in die Runde, räusperte sich, nahm seine cremefarbene perforierte Leinenkappe ab und wischte sich mit einem blütenweißen Taschentuch den Schweiß von der Glatze. »So. Also, ja. Na, dann. Bitte. Ich ersuche um Ihre Berichte, meine Dame und die Herren.« Er fixierte den Blick auf Hotwagners Walther, die im Hosenbund steckte. »Wenn Sie sich entweder Ihrer Waffe entledigen würden oder das Sakko anziehen könnten, wäre ich Ihnen dankbar, lieber Hotwagner. Sie bieten kein schönes Bild und wirken nicht wie ein Kriminalbeamter, sondern wie ein ältlicher Pate.«

Hotwagner dachte, daß Tamandl auch nicht wie ein Hofrat, sondern wie ein *Schwammerlbrocker* aussah. Dennoch zog er die Walther zeremoniell aus dem Hosenbund und schob sie unter sein zerknülltes Sakko, das neben ihm lag. Dann knöpfte er sich das durchschwitzte Hemd fast bis zum Nabel auf. »Ich bin nicht zum Schönsein da, Hofrat«, brummte er. »Inzwischen hat wahrscheinlich die ganze Alte Donau *meine Puffen* gesehen, ohne sich darüber aufzuregen.«

Stern nahm einen Schluck vom aufgespritzten Apfelsaft und zündete sich eine Zigarette an. »Vielleicht

berichte ich erst einmal, was im Krankenhaus los war: Der Doppler geht es schon ein bißchen besser. Sie steht noch unter Drogen, ist aber bereits einigermaßen vernehmungsfähig. Auch gefaßter.« Er dachte kurz nach. »Es kann aber sein, daß sie ein bißchen Burgtheater spielt. Damit täuscht sie zwar den Arzt, aber nicht mich. Ihre Augen sind nicht wie die von jemandem, der gebrochen ist. Ich bin lange genug dabei, um zu wissen, wie solche Leute ausschauen.«

»Wie schaut sie denn drein?« wollte Wasenegger wissen.

»Eher wie jemand, der etwas verschweigen will. Sie hat so halb und halb zugegeben, von der Untreue ihres Mannes gewußt zu haben, doch seien diese Affären nichts Ernstes gewesen.«

»Über die eheliche Untreue wissen wir auch etwas«, warf Berger IV. ein. »Wir haben ...« Er brach ab, als er Hotwagners leichtes Kopfschütteln und dessen angedeutete Handbewegung sah, und sagte dann zu Stern: »Entschuldigung – rede bitte weiter. Es war nichts Wichtiges.«

»Die Doppler«, setzte Stern fort, »wird wahrscheinlich in den nächsten Tagen entlassen werden. Allerdings mit der Auflage, sich ein Mal wöchentlich zur ambulanten Behandlung bei Dr. Horak einzufinden. Sie bleibt nach wie vor dabei, sich nicht vorstellen zu können, wer außer ihr, ihrem Mann und dem Hausmeister einen Schlüssel zur Stadtwohnung gehabt haben könnte. Sie ...« Stern unterbrach sich, weil der Kellner mit den ersten Tellern erschien. Er mußte lächeln, als er die gewaltige Portion Backhuhn und die große Schale mit Salat sah, die Tamandl vorgesetzt bekam.

Der kleine Hofrat aß bereits mit den Augen, und

man konnte direkt fühlen, wie er überlegte, an welcher Stelle des Geflügels er das Messer ansetzen sollte.

»Die Doppler«, setzte Stern fort, »ist nach wie vor der Meinung, daß ihr Mann keine Feinde haben konnte, weil er eine Seele von Mensch war. Eine rauhe Schale, aber ein goldenes Herz. Sie räumte ein, gewußt zu haben, daß es zwischen ihrem Mann und Nebenführ wegen der Jagdlust Dopplers zu einem Streit gekommen war und daß ihr Mann seine Nichte, diese Werner, betapscht hatte und deswegen mit deren Freund Michalek zusammengekracht war. Sie meinte aber, daß ihr Mann das als Spaß abgetan hätte.« Danach widmete sich Stern seinem goldbraun herausgebackenen Wiener Schnitzel und murmelte nach einigen Bissen mit vollem Mund: »Was habts ihr herausgefunden? Gibt's was Neues?«

Hotwagner saß, aufgemantelt wie ein Greifvogel, mit aufgestützten Ellbogen vor der *gebratenen Stelze,* den zwei Knödeln und einem Berg von Erdäpfelsalat und schaufelte in sich hinein. »Ja«, brummte er undeutlich. »Das heißt, die Moni hat einen Haupttreffer gemacht. Vielleicht.« Er trank einen Schluck Bier und spießte den nächsten Fleischbrocken auf. »Die Doppler ist auch kein *Waserl.* Sie läßt sich in der Nacht am *Kaiserwasser* von einem *Badewaschel* aus dem *Gänsehäufel* von vorn und hinten *pudern*, daß die Funken spritzen.«

»Hotwagner!« sagte Tamandl scharf. Und vorwurfsvoll: »Können Sie uns diesen Sachverhalt nicht in normalem Ton erzählen? Müssen Sie sich denn dauernd einer Zuhälterterminologie bedienen? Es sitzt doch eine Frau an unserem Tisch!«

»Die Moni ist keine Frau, Hofrat«, brummte Hotwagner. »Zumindest nicht in diesem Sinn. Die ist ein

Kiberer wie wir und meine Sprache bereits gewöhnt. Die hat in der Polizeischule gelernt, Tatbestände verständlich und klar auszudrücken. Was ist, das ist halt.« Dann nickte er Monika Suttner zu. »Red, Kinderl. Es ist ja deine G'schicht.«

Monika Suttner, die im Gegensatz zu den anderen nur eine kleine Salatplatte bestellt hatte, gab schon ihren Teller zurück. »Ich hab' mit einer alten Frau geredet, die ihre Nachbarn sozusagen überwacht, in der Nacht sogar mit einem Fernglas. Sie heißt Zwieb, wohnt in der Nähe und hat mir erzählt, daß die Frau Doppler ein Verhältnis mit einem Badewärter vom *Gänsehäufel* hat.« Sie lächelte leicht. »Es ist schon so, wie es der Otto, wenn auch mit anderen Worten, gesagt hat, Herr Hofrat. Sie will die Doppler und den Badewärter seit zwei Jahren mehrmals in eindeutigen Situationen beim *Kaiserwasser* beobachtet haben. Ich hab' überprüft, ob sie von ihrem Garten aus überhaupt bis zum *Kaiserwasser* sehen kann: Es stimmt.«

Tamandl gab sich äußerst skeptisch, hatte aber ein animiertes Funkeln in den Augen. »Und«, wandte er sich an die anderen, »Sie glauben das?«

»Aber nur«, grinste Berger IV. »Solche Sachen glauben wir immer.«

Tamandl kaute gedankenverloren und schaute vor sich hin – oder eigentlich in sich hinein. »Wie alt ist denn diese Frau Doppler? Hat das jemand parat?«

»Achtundfünfzig«, sagte Stern.

Tamandl schluckte den Bissen hinunter und schaute Stern an. »Achtundfünfzig, sagen Sie? In diesem Alter treibt es diese Frau gewissermaßen coram publico ... Ich meine«, verbesserte er sich, »sie unterhält intime Beziehungen ...«

»Warum nicht«, sagte Wasenegger. »Achtundfünfzig

ist heutzutag' kein Alter mehr. Heut haben doch sogar die Leute in Altersheimen miteinander Sex.«

Hotwagner fügte hinzu: »Heut lassen sich die Weiber doch Östrogen und alles mögliche geben, damit sie nur ja recht lange können ...«

»Frauen«, verbesserte ihn Stern. »Das heißt: Frauen, nicht Weiber, Otto. Was sich in Altersheimen abspielt, geht uns nichts an, solange es nicht nach dem Strafgesetz verboten ist. Es geht uns aber sehr wohl etwas an, wenn klar wird, daß der Frau Doppler an ihrem Ehemann nichts gelegen ist. Warum wollte sie sich dann nach dem Mord aus dem Fenster stürzen?«

»Richtig«, sagte Wasenegger.

Hotwagner schnaufte. »Ich glaub's aber trotzdem. Der Dörfler ist kein Trottel, der weiß schon, was er sieht.«

»Wie schon gesagt«, wandte Monika Suttner ein, »es kann doch auch sein, daß sie die Nerven verloren hat, als sie ihren Mann tot daliegen sah. Vielleicht hat sie sich schuldig gefühlt oder geglaubt ... In solchen Situationen kann es schon passieren, daß jemand durchdreht. Die Psychologen sagen, daß ...«

Hotwagner war endlich mit seiner *Stelze* fertig. Er zündete sich die zweiundfünfzigste *Boro* des Tages an und brummte: »Die Psychologen sind alle miteinander Trotteln, Kinderl. Die wissen nicht einmal, daß sie ein Loch im Arsch haben.«

Er verachtete nichts so sehr wie diese Besserwisser. Alle Psychologen und Psychiater waren seiner Meinung nach voll daneben. Die hockten entweder vor ihren Büchern oder vor einem Psychopathen, träumten sich irgend etwas Abstruses zusammen und gaben das dann als Wahrheit aus. Die einzigen Studierten, die etwas wußten, waren Ärzte, aber auch die nur in

Einzelfällen – wenn sie so viel auf dem Kasten hatten wie der Gerichtsmediziner Dr. Danzer.

»Ich bin seit ewig bei der Polizei, Kinderl, und hab' schon alles gehört und gesehen, was es gibt«, ätzte Hotwagner paffend. »Psychologen ... Wo sind die denn bei dem Mord am Ziegelteich gewesen?« Er wandte sich an alle. »Ihr erinnerts euch doch, was vorigen Sommer los war. Da hat so ein Rotzbub ein Mädel mit einem Stein niedergehaut und mit einem Ast vorne und hinten ausgeräumt, so daß es verblutet ist. Wo waren denn damals die Scheißpsychologen?«

Damit sprach er einen grauenhaften Mordfall an, in dem die *MG 2* ermittelt hatte. Einige Jugendliche hatten nachts in einem Ziegelteich am Wienerberg gebadet. Ein Mädchen hatte sich von der Gruppe einige hundert Meter entfernt, worauf ihr ein Bursche nachging. Er versuchte, mit ihr intim zu werden, und als sich das Mädchen wehrte, schlug er sie nieder und versuchte sie zu vergewaltigen. Weil er dazu nicht imstande war, riß er sich von einem Baum einen starken Ast ab und führte ihn mehrmals in Vagina und Anus der bereits Sterbenden ein. Dabei wurden die inneren Organe aus dem Körper gerissen. Als Monika Suttner die grauenhaft verstümmelte Leiche sah, war sie nahe daran, zusammenzubrechen. Auch Berger IV. sah aus wie knapp vor dem Umfallen.

Nur der Mörder, den sie noch am Tatort festnehmen konnten, war ungerührt. Beim Verhör im Sicherheitsbüro leugnete das bebrillte Buberl stundenlang, dann *legte er nieder*, und selbst der abgestumpfte Hotwagner hatte kurz die Idee, solche Mörder auf der Stelle niederzuschießen.

Und was hatten die Psychologen gesagt, bei denen er vor der Tat mehrmals in Behandlung gewesen war?

Nichts als *Scheiß in Folio.*

»Möglicherweise läßt sich alles auf eine schlechte Mutterbeziehung zurückführen ... Bei einer liebevollen Erziehung wäre es vielleicht nur zu geringfügigen Verhaltensstörungen gekommen ...« Diese Arschlöcher! Der Täter hatte aufgrund seiner Jugend eine geringe Strafe bekommen, war in einer Sonderanstalt für abnorme jugendliche Rechtsbrecher gelandet und lachte sich dort wahrscheinlich ins Fäustchen. Weil ihm die Psychologen bergeweise *Staubzucker in den Hintern bliesen.* Weil er wußte, daß er auf ja und nein Hafturlaub bekommen würde. Wenn er schlau genug war, wurde er vorzeitig entlassen – damit er ein zweites Mädchen umbringen konnte.

»Lassen wir die Psychologen beiseite«, sagte Stern, »kümmern wir uns lieber um unseren Fall.«

»Ganz richtig, Herr Oberstleutnant«, unterstützte ihn Tamandl. »Besprechen wir den Fall Doppler. Wie wollen Sie weiter vorgehen?«

Während Tamandls Aufmerksamkeit von der Speisekarte gefesselt war, auf der es leckere und kalorienreiche Nachspeisen, wie Buchteln mit Vanillesoße, Malakofftorte mit Schlag und Nußomeletten mit Schokoladeüberguß, gab, entwickelte Stern das weitere Vorgehen.

»Heute können wir kaum mehr was machen, weil im *Gänsehäufel* schon bald Badeschluß ist. Außerdem wollen wir bei den vielen Leuten kein Aufsehen erregen. Der *Badewaschel* rennt uns ja nicht weg. Denn wenn er das gewollt hätt', wär' er schon längst über alle Berge. Also reden der Otto und die Monika morgen früh mit ihm. Aber mit Nachdruck. Wasenegger und Berger schauen sich in der Schlosserei die Bücher an: ob es vielleicht offene Rechnungen gegenüber

Kunden gibt. Dann gehen sie in Dopplers Hausbank und schauen nach, was es mit den Kontobewegungen auf sich hat. Unser verehrter Hofrat wird sich gleich morgen früh um die Bewilligungen dafür kümmern. Ich werde mir wieder die Doppler vornehmen. Kurz antasten, ob sie von sich aus was über ihr Verhältnis mit dem Badewärter sagt. Diesmal aber ohne den Arzt. Dann werden wir vielleicht ein Stück weiter sein. Außerdem ... Aber das hat Zeit.«

»Was hat Zeit?« fragte Berger IV.

»Nichts«, sagte Stern, der kurz daran gedacht hatte, nachzufragen, wie viele Schlüssel von der Lieferfirma für das Sicherheitsschloß der Dopplerschen Stahltür ausgegeben worden waren. »Vergiß es. Hat nichts auf sich.«

Danach bestellten sich alle Bier – außer der Suttner, die Apfelsaft trank. Tamandl legte sich nach längerem Schwanken auf die Nußomeletten mit Schokoladeüberguß fest. Hotwagner, der trotz der riesigen *Stelze*, der Knödel und des Bergs von Salat das Gefühl hatte, irgendwo im Magen noch eine leere Stelle zu haben, bestellte sich zum Bier ein Salzstangerl.

Sie blieben alle noch sitzen, weil es nach der Bruthitze des Tages beinahe kühl geworden war und von Floridsdorf her ein leichter Wind heranstrich. Später genehmigten sie sich Schnaps, nur Monika Suttner blieb bei Apfelsaft.

Als sie gegen dreiundzwanzig Uhr zu ihren Autos gingen, hatten die Männer der Mordgruppe 2 weit mehr Alkohol im Blut, als erlaubt war. Tamandl war sogar ziemlich angeheitert, machte sich aber keine Sorgen. Welche Polizeistreife würde es schon wagen, einen wirklichen Hofrat der Kriminalpolizei ins Röhrchen blasen zu lassen?

15

Am nächsten Tag fuhren Otto Hotwagner und Monika Suttner nach *Kaisermühlen* ins *Gänsehäufelbad*. Der Parkwächter am Ende der Brücke zum Bad kam aus seinem Häuschen und wollte vierzig Schilling Parkplatzgebühr, aber Hotwagner hielt nur den Dienstausweis aus dem Fenster und brummte: »Bei uns verdienst nichts, *Haberer*. Wir sind dienstlich da.«

Um 8.50 Uhr standen sie vor der einzigen besetzten, aber noch geschlossenen Kassa. Etwa vierzig Leute mit Decken, zusammengeklappten Liegen und anderen Strandutensilien warteten ungeduldig darauf, daß aufgesperrt wurde. Sie beklagten sich lautstark über die Saisonkabinenbenützer, die durch eine Nebentür schon jetzt das Areal betreten durften, und klopften an die Glasscheibe der Kassa. Die dort sitzende Frau studierte jedoch weiterhin in aller Ruhe eine Morgenzeitung und deutete gelangweilt auf das Schild mit der Aufschrift KASSAÖFFNUNG 9 UHR.

Zwei Arbeiter kehrten unter großer Staubentwicklung den Vorplatz, was ebenfalls Unmut und Proteste auslöste, die aber an den beiden abprallten.

Hotwagner und Monika Suttner gingen durch die kleine, den Saisonkarteninhabern vorbehaltene Tür und dann weiter zum Weststrand.

Vor den Saisonkabinen herrschte schon Betrieb. Überall wurden Liegebetten, Tische, Sonnenschirme und Gartenstühle ins Freie gezogen und aufgebaut, fanden lautstarke Begrüßungen statt. Auch die Tennisplätze wurden schon bespielt, meist von älteren Semestern – es sah aus wie die Karikatur eines Grand-Slam-Turniers.

Hotwagner und Monika Suttner gingen zwischen

den Kabinenblöcken hindurch zur Liegewiese. Auch dort gab es bereits eine Menge Leute. Zwei Übereifrige schwammen prustend in der Alten Donau, und beim NIVEA-Ball kehrte *der Stier vom Gänsehäufel* den Strand. Er trug weiße Shorts, hatte eine weiße Mütze auf dem Kopf und stellte den nackten Oberkörper stolz zur Schau, während er das Laub, die Zigarettenreste und jede Menge anderen Abfall in kleinen Häufchen sammelte.

Plötzlich hielt er inne, legte den Besen weg und sprach lächelnd zwei ältere, aber aufgetakelte Frauen an. Er half ihnen, ihre Liegebetten aufzustellen, und machte anscheinend einige scherzhafte Bemerkungen, weil beide kokett an ihren viel zu kleinen Bikinis zerrten, um die überfülligen Brüste besser unterzubringen.

»Das ist er, der schöne Rudi«, sagte Monika Suttner.

Hotwagner nickte. Er zündete sich eine *Boro* an, hustete krachend, fühlte, wie seine Bronchien rebellierten, rauchte aber trotzdem in tiefen Lungenzügen weiter. Er schaute stumpf auf die zwei Frauen und brummte zum Strandwärter: »Bist du der schöne Rudi? *Der Stier vom Gänsehäufel?*«

»Ja«, sagte der Mann. »Und wer bist du, Alter?«

»Auch wer. Ich hab' mit dir zu reden. Gleich. Die junge Frau da auch. Gehen wir ein bißchen auf die Seite.«

Der schöne Rudi entschuldigte sich bei den verblühten Schönheiten, folgte den beiden und sagte: »Ich wüßt' nicht, was ich mit euch zu reden hätt'.«

»Das wissen schon wir«, brummte Hotwagner leise. »Aber das geht die zwei *Klesch'n* nichts an.« Dann ließ er seine *Kokarde* baumeln. »Wir sind von der Kiberei. Ich bin der Hotwagner, und das da ist die Suttner.

Wir wollen mit dir über eine von deinen Freundinnen reden. Eine Auskunft, weiter nichts. Außerdem wollen wir wissen, wie du heißt.«

»Rudolf Repey«, sagte der Strandwärter. Und ohne falsche Bescheidenheit: »Um welche geht's denn? Weil ich hab' viele Freundinnen. Die Frauen stehen halt auf mich. Weil ich hab' Charme, geh' auf jede ganz persönlich ein und betreue sie so, wie sich das gehört.« Er grinste. »Ich bin das, was man einen *Vorkriegskavalier* nennt, und hab' was übrig für alleinstehende reifere Frauen, weil die einem für jede Freundlichkeit dankbar sind.«

Hotwagner nickte. »Aha. Mit anderen Worten: Du *puderst* sie gut, oder?«

»Um Gottes willen, doch nicht alle!« Er warf einen Seitenblick auf Monika Suttner. »Aber was geht euch das an?«

»Eigentlich nichts, Herr Repey«, sagte Monika Suttner.

»Andererseits aber einen Haufen, wenn es sich dabei um etwas Kriminelles handelt. Wir sind vom Sicherheitsbüro, Mordgruppe 2«, brummte Hotwagner.

»Und – soll ich vielleicht eine umgebracht haben oder was?«

»Eine nicht«, brummte Hotwagner, »aber vielleicht einen. Drüber wollen wir ja mit dir reden.« Er schaute zum *Strandcafé,* vor dem schon ein paar Leute saßen. »Komm, Alter. Scheiß jetzt auf den Strand und die Weiber. Setzen wir uns dorthin. Da können wir besser reden. Kannst dir auch was bestellen. Zahlen tut's das Sicherheitsbüro.«

»Von mir aus«, sagte Repey. »Aber bei mir seids auf dem falschen Dampfer – ich hab' niemanden umgebracht.«

Er ging zu den beiden Frauen, sagte ihnen, er müsse kurz was bereden, würde aber gleich wieder zurückkommen, um ihnen den Rücken mit Sonnencreme einzureiben. Dann folgte er den beiden Kriminalbeamten zum *Strandcafé*.

Sie setzten sich am Rand der Terrasse an einen Blechtisch. Repey und Monika Suttner bestellten Kaffee, Hotwagner eine Flasche dunkles Bier.

Während sie auf die Getränke warteten, redete Hotwagner mit dem Strandwärter über Belangloses. Erst als sie Kaffee und Bier vor sich hatten, wandte er sich zu Repey: »Paß auf, Alter. Es geht uns erstens darum, was du von der Frau Doppler weißt.«

»Aha, aber wer soll denn die Frau Doppler sein?« fragte Repey. »Und was ist dann das zweite?«

»Das steht vorderhand noch nicht zur Debatte«, brummte Hotwagner.

Monika Suttner sagte: »Die Frau Doppler ist die Frau von gegenüber. Deren Mann vor kurzem gestorben ist – oder eigentlich«, sie machte eine kurze Pause, »ermordet worden ist.«

Hotwagner half nach. »Wir reden von der Alten, die du in der Nacht *beim Kaiserwasser gepudert hast*, wenn ihr Mann nicht da war. Weil er entweder in der Stadtwohnung oder in einem Puff oder sonstwo gewesen ist. Wir wissen das alles – sind zwar vielleicht Teppen, aber keine Trotteln. Wir haben Zeugen dafür, was du mit der Doppler beim *Kaiserwasser* aufgeführt hast. Also spiel nicht die überraschte Jungfrau und red, bevor wir andere Seiten aufziehen.«

Rudi Repey nippte an seinem Kaffee, schaute auf die Alte Donau und dachte sichtlich nach. »Wenn's mit der Hitze so weitergeht, kippt 's Wasser wieder um. Es ist schon wieder fast im Eimer, gestern haben

wir ein paar tote Aale rausgefischt. Ein Jammer – sie kriegen zuwenig Sauerstoff. Nächstes Jahr soll's aber besser werden. Der neue Stadtrat will beim Wasserpark einen Durchstich machen lassen, damit wir frisches Wasser von der Donau kriegen. Ich glaub' aber, 's Wasser is' so oder so hin.«

»Der Doppler auch«, brummte Hotwagner eine Spur aggressiver. »Erzähl uns was über seine Frau.«

Repey schaute ihn widerwillig an und sagte nach einem Seitenblick auf Monika Suttner: »Ich red' nicht gern über Intimitäten – schon gar nicht vor einer jungen Frau.«

»Reden Sie ruhig«, meinte Monika Suttner. »Ich bin nicht so heikel. In meinem Beruf gewöhnt man sich das ab. Außerdem ist Sexualität was ganz Normales.«

»Ja«, brummte Hotwagner. »So normal, daß deswegen Leute *heimgedreht* werden.«

»Also, die Frau Doppler«, sagte Repey, »die hab' ich durch Zufall kennengelernt, vor zwei Jahren oder so. Wie sie außerhalb der Absperrung geschwommen ist und einen Schwächeanfall bekommen hat – beinahe wär' sie ersoffen. Aber ich war mit der Zille draußen am Seil und hab' das bemerkt, bin hin und hab' sie gerettet.«

»Und dann?« fragte Monika Suttner.

»Dann? War eigentlich nichts. Ich bin mit ihr rüber zu ihrem Ufer und hab' sie zum Haus geführt und geschaut, ob bei ihr eh wieder alles in Ordnung ist.« Repey grinste. »Na, und dann hat sich halt alles so ergeben, wie es sich bei mir ergibt. Die reiferen Frauen stehen halt auf mich, was soll ich machen? Ich geh' auf sie ein, sag' zuerst *gnä' Frau hin, gnä' Frau her,* bin mitfühlend und zart ... Dann ist's, wie es ist, und ich lieg' mit ihr im Bett und mach' sie glücklich. Ich

nehm' aber von keiner einen Groschen, höchstens kleine Geschenke.« Er hob seinen Arm und zeigte auf eine goldene Armbanduhr mit dicker Gliederkette. »Zum Beispiel so etwas. Tät' ich das Zeug nicht nehmen, wär' sie traurig. Also nehm' ich's – anstandshalber.«

»Von uns aus kannst du dich *fürs Pudern* auch zahlen lassen«, brummte Hotwagner. »Das interessiert uns nicht. Uns interessiert überhaupt nichts, außer das, was du von der Doppler weißt.«

Repey nickte und trank seinen Kaffee aus. »Die Doppler ist eine arme Haut. Zwar reich, aber trotzdem arm. Ihr Mann macht's ihr nicht mehr. Schon lange nicht. Aber er hat dauernd alle möglichen Weiber, denen er hinten und vorn das Geld reinschiebt. Es ist eigentlich ihr Geld, weil das Geschäft und das Haus und die Wohnung und alles ihr gehören. Wie er sie aufgerissen hat, hat er nichts gehabt. Na okay – war sein gutes Recht.«

Er schaute wieder auf das Wasser hinaus. Monika Suttner wollte etwas sagen, aber Hotwagner winkte ab.

Erst nach einer langen Pause setzte Repey fort: »Ja, die Doppler ... eine arme Sau. Hat erst durch mich gelernt, was das Leben ist. Sie ist richtig aufgeblüht, hat eine zweite Jugend gehabt. ›Rudi‹, hat sie gesagt, ›wenn du in mir bist, fühl' ich mich wieder wie zwanzig.‹ Ist das vielleicht nichts?« Er grinste versonnen. »Ich schau' vielleicht nicht danach aus, *Haberer*. Aber ich bin ein absoluter Bomber, was die Damen angeht. Darum war auch die Doppler bei mir wie im siebenten Himmel. Auf der anderen Seite war sie bedrückt, daß sich ihr Mann hat scheiden lassen wollen, weil sie was mit mir hat. Er hat angeblich Beweise gehabt – durch einen *Privatkiberer*. Genau weiß ich's nicht.

Aber jedenfalls hätt' es bei einer Scheidung wegen dem Vermögen *Zores* gegeben – gemeinsames Konto oder so etwas. Darum hat sie gemeint, es wär' besser, wenn wir uns eine Zeitlang nicht sehen würden. Auf der anderen Seite hat sie angedeutet, daß sie mich vielleicht, wenn alles vorbei ist, heiraten wird. Es wär' natürlich eine Wucht, wenn sie mich heiratet – weil *Badewaschel* sein ist ein Schas.«

Hotwagner nickte. »Aha. Wann hat sie dir das mit dem Heiraten gesagt?«

»Vor zwei oder drei Wochen«, sagte Repey.

Hotwagner nickte wieder und fragte: »Warum erzählst du uns das alles? Machst du eine Flucht nach vorn?«

Repey verstand nicht. »Wieso eine Flucht nach vorn?«

»Na, weil du ja ein Interesse daran gehabt haben könntest, daß der Doppler *die Patschen beutelt?* Weil es für dich ganz angenehm gewesen wär', wenn der nimmer ist. Dann hättest du dich ins schöne Sommerhaus und in die Stadtwohnung setzen können und wärst der Chef gewesen.« Hotwagner schaute Repey voll an und zog dabei mit dem Zeigefinger ein Augenlid nach unten. Dann fragte er plötzlich: »Was bist du eigentlich von Beruf?«

»Ich?« sagte Repey. »Na, Schlosser.«

»Dann können Sie sicher auch Schlüssel nachmachen?« hakte Monika Suttner ein.

»Na, selbstlogisch. Ich bin gut in meinem Fach. Einen Schlüssel mach' ich in Null Komma nichts – so kompliziert kann der gar nicht sein.« Dann stutzte er und fragte: »Warum wollen S' denn das wissen?«

»Wegen nichts«, brummte Hotwagner, »die Kollegin hat nur so gefragt.« Er zog sich das Sakko aus,

schob die Walther im Hosenbund zurecht und bestellte sich noch ein Bier. »Weil wir schon beim Fragen sind: Hast du vielleicht ein Gewehr oder so etwas?«

»Ja«, sagte der schöne Rudi. »Ein Kleinkaliber. Warum?«

Hotwagner nickte. »So. Wofür brauchst denn das?« Er grinste. »Zum Abschießen von eifersüchtigen Ehemännern?«

Repey lief rot an. »Meinst du das im Ernst – oder was? Die Frauen, die ich aufreiß, die sind alle alleinstehend! Da gibt's keine eifersüchtigen Männer.«

»Aber die Doppler«, sagte Monika Suttner sanft, »die hat einen gehabt.«

»Na und? Hab' ich ja gesagt! Die ist eine Ausnahme! Aber alle anderen ...« Repey schaute unsicher auf Hotwagner und Monika Suttner, dann sagte er hastig: »Mein Kleinkaliber hab' ich, weil ich damit im *Gänsehäufel* auf Hasen und wilderndes Kleinvieh schieß'. Nur! Ihr könnt es euch anschauen, ich hab's in meiner Kabine bei meinen Arbeitssachen. Außerdem – warum fragts ihr mich nach dem Gewehr? Ist denn der Doppler erschossen worden!«

»Nein«, brummte Hotwagner. »Der ist anders *gemacht* worden. In seiner Wohnung und nicht mit einem Gewehr. Weißt du vielleicht, womit?«

»Ich weiß überhaupt nichts.« Repey war nahe daran, die Kontrolle zu verlieren. »Daß er wahrscheinlich umgebracht worden ist, weiß ich vom Hörensagen. Die Leute in *Kaisermühlen* reden ja von nichts anderem. Es weiß doch jeder, daß die Polizei schon tagelang herumgeht und alle Leute *auskeilt.* Jedes Kind weiß, daß der Doppler umgebracht worden ist!«

»Aha«, brummte Hotwagner, und seine Stimme

nahm einen gemächlichen Tonfall an. »Also, wenn alle reden, wirst auch du wissen, daß wir einige Leute danach fragen, wo sie am Sechzehnten, also dem Tag nach dem Feiertag in der vorigen Woche, gewesen sind. Wo warst denn du damals, zum Beispiel?«

»Genauer gesagt«, präzisierte Monika Suttner, »am Mittwoch, dem sechzehnten August, zwischen 14.00 und 18.00 Uhr?«

»Wahrscheinlich da, im Bad«, brummte Hotwagner schläfrig. Und plötzlich hellwach: »Oder?«

»Nein«, sagte der schöne Rudi. »Am Tag nach Maria Himmelfahrt hab' ich meinen freien Tag gehabt. Da war ich ... bin ich in Krems gewesen.«

Hotwagner nickte, griff nach seinem Sakko und nahm aus einer Brusttasche das Handy heraus. Er legte es auf den Tisch, zündete sich eine Zigarette an und trank einen kräftigen Schluck Bier. Erst dann sagte er: »Ah so. In Krems. Möglichst weit weg von der Pazmanitengasse.«

»Dort ist die Wohnung, wo der Doppler umgebracht worden ist«, assistierte Monika Suttner.

Hotwagner grinste nachsichtig. »Aber das hast du ja nicht gewußt, Repey.« Und ohne Grinsen: »Oder hast du gewußt, daß die Dopplers auch eine Wohnung in der Pazmanitengasse haben und außerhalb der Badesaison dort wohnen?«

»Ja«, sagte Repey, »aber was hat das mit mir zu tun. Dort haben wir uns nie getroffen.«

»Sie waren also am Sechzehnten in Krems?« fragte Monika Suttner.

»Ja, wenn das der Tag nach dem Feiertag war.«

Hotwagner griff nach dem Handy und zog die Antenne heraus. »Hat dich in Krems wer gesehen, am Sechzehnten? Gibt's da Zeugen, daß du wirklich dort

warst. Und von wann bis wann? Was hast denn dort überhaupt gemacht?«

Repey schluckte. »Nichts. Dort war ich halt.« Und lahm: »Eine frühere Freundin hab' ich besuchen wollen, aber die war nicht da. Also war ich was essen und bin dann ein bißchen durch die Wachau gefahren. Hab' dann in Dürnstein, glaub' ich, wieder gegessen und ein bißchen was getrunken. Dann bin ich nach Wien zurück – so gegen acht, halb neun werd' ich zurück gewesen sein.«

»Ein Pech für dich«, brummte Hotwagner. Dann nahm er das Handy, setzte sich mit Stern in Verbindung und gab ihm durch, daß der Rudolf Repey kein Alibi hatte, daß sich der Doppler von seiner Frau hatte scheiden lassen wollen und daß der Grund dafür Repey gewesen sein konnte. »Dann gibt's da noch was ganz Interessantes, Waldi. Die Doppler hat genau gewußt, daß sich ihr Mann hat scheiden lassen woll'n.« Und nach einer Pause: »Sollen wir den Repey zu einer protokollarischen Einvernahme ins *SB* mitnehmen?«

Stern lehnte das ab, schlug aber vor, daß Hotwagner und Monika Suttner bei Dechant vorbeischauen sollten, um zu ermitteln, ob er etwas von der Scheidungsgeschichte gewußt hatte. Danach sollten sie in das Sicherheitsbüro fahren und auf ihn warten.

Hotwagner brummte: »Machen wir, Waldi.« Er steckte das Handy ein und sagte zu Repey. »Glück für dich. Der Chef will dich vorläufig noch nicht. Na okay, seine Sache. Ich hätt' dich mitgenommen und ein bißl angebohrt. Aber, was nicht ist, kann noch werden. An deiner Stelle tät' ich jedenfalls krampfhaft drüber nachdenken, wo du in der Wachau gewesen bist und ob dich vielleicht wer in Erinnerung behalten hat, der dir als Zeuge gehen kann.«

Er trank sein Bier aus, stand auf, schob die Walther tiefer in den Hosenbund und zog das Sakko an.

Dann brummte er beiläufig zu Repey: »Du weißt ja, daß die Doppler einen Bruder hat.« Und als Repey nickte: »Hat sie was davon gesagt, daß auch er von der Scheidungsabsicht gewußt hat? Daß er vielleicht gemeint hat, du und die Doppler, ihr sollts ein bißl leiser treten, damit der Doppler seiner Frau keinen Ehebruch anhängen kann.«

Repey nickte. »Ja, das hat er gemeint.« Und hastig: »Den Bruder kenn' ich persönlich nicht – er soll was Hohes beim Bund gewesen sein. Ich weiß nur durch sie, die Doppler, daß er ihr geraten hat, wir sollten uns momentan lieber nicht sehen.«

Hotwagner nickte und sagte zur Suttner: »Komm, Kinderl. Gehen wir.« Und zu Repey: »Wir zahlen das – du kannst gehen.«

Repey nickte abgehackt und ging hastig wieder zu seinem Platz beim NIVEA-Ball. Er schenkte den beiden verblühten Schönen, die ihm etwas zuriefen, keinen Blick, sondern stieg in die Rettungszille und ruderte zum Abgrenzungsseil des Bades.

16

Stern fuhr zunächst zu der im dritten Bezirk gelegenen Firma Hamerle, die in der Dopplerschen Stadtwohnung eine Sicherheitsstahltür installiert hatte.

Warum Doppler das nicht von seiner Firma hatte machen lassen, war ihm schleierhaft, es konnte aber sein, daß sich die Firma Doppler gar nicht mit solch kleinen Fischen abgab und nur Portale und ähnliches baute.

In der Firma Hamerle erkundigte er sich beim Geschäftsführer, ob es für diesen Auftrag noch Unterlagen gäbe. Der Geschäftsführer bat ihn, zu warten, verschwand in einem Raum und kam nach etwa zehn Minuten mit einem Ordner zurück. Er blätterte darin, hob eine Rechnung aus und sagte zufrieden: »Alles da, Herr Oberstleutnant. In unserer Firma herrscht Ordnung, wie Sie sehen.«

Stern schaute sich die aus dem Jahre 1986 stammende Rechnung an und stellte fest, daß zu der Tür nicht nur die im Gesamtpreis inkludierten drei Schlüssel geliefert worden waren, sondern gegen Aufpreis noch ein vierter. Er ließ sich die Rechnung kopieren, bedankte sich und fuhr zur Baumgartner Höhe.

Oberarzt Dr. Horak war sichtlich indigniert, daß Irene Doppler schon wieder gestört werde. »Ich weiß nicht, ob das für die Therapie zielführend ist, denn Sie stellen der Patientin möglicherweise Fragen, die unserer Behandlung diametral entgegenlaufen.«

Aber Stern ging auf diese Bedenken nicht ein. »Ich muß darauf bestehen, mit der Frau allein zu reden, Doktor, schließlich handelt es sich um einen Mordfall, in dem ich ermittle. Es werden während des Gesprächs

Fakten erwähnt werden, die nur die Polizei etwas angehen. Ich werde aber mit der Frau so vorsichtig wie möglich umgehen. Sie können sich ja, wenn Sie wollen, bereithalten.«

Als Stern über den Gang zum Krankenzimmer ging, erhielt er über das Handy den Anruf Hotwagners, in dem ihn dieser über Repeys Aussage berichtete.

Stern stellte sich zu einem Fenster, öffnete es und zündete sich eine Zigarette an. Während er rauchte, dachte er über diese Wendung im Fall Doppler nach.

Die Sache schien langsam vorwärtszukommen. Es war klar, daß es für die Wohnung in der Pazmanitengasse vier Schlüssel gab. Außer dem Ehepaar Doppler und dem Hausbesorger mußte also noch jemand einen Schlüssel besitzen, und der konnte dann ohne Schwierigkeit in die Wohnung gelangt sein.

Dieser Unbekannte hatte wahrscheinlich auch etwas mit dem Telefonat zu tun, das Rudolf Doppler dazu gebracht hatte, überstürzt die Firma zu verlassen und in die Wohnung zu fahren.

Dann war da noch die Geschichte mit der Scheidung. Wieviel hatte Doppler vom Verhältnis seiner Frau zu dem Strandwärter Repey tatsächlich gewußt? Gab es einen Privatdetektiv, der ihr in seinem Auftrag nachgeschnüffelt hatte? Wenn ja, was hatte er ermittelt?

Was wäre bei einer Scheidung aus Verschulden der Frau geschehen? Vielleicht hatten sie bei der Eheschließung Gütertrennung vereinbart, weil die Schlosserei doch im Grunde ihr gehörte und Doppler *sich in die Firma nur hineingevögelt hatte.* Und welche Rolle spielte der Bruder, dieser Sinologe, der gerne Tauben fütterte? Stand der wirklich nur in einer losen Verbindung zu seiner Schwester, wie er behauptet hatte?

Als Täter kam er zwar nicht in Frage, weil er ja zur Tatzeit in Salzburg gewesen war. Doch was für eine Rolle spielte er – wenn er überhaupt eine spielte?

Stern wußte keine Antwort auf diese Fragen.

Als er wenig später die Tür zum Krankenzimmer öffnete, sah er, daß Irene Doppler die Kopfhörer des Radioanschlusses aufgesetzt hatte und ihren Kopf im Rhythmus der Musik hin und her wiegte. Sie machte auf ihn einen klaren Eindruck, so daß er dachte, sie hätte den Tod ihres Mannes nun doch überwunden.

Allerdings verschwand die Gelöstheit in ihrem Gesicht, als sie Stern hereinkommen sah. Sie bekam wieder den unsicheren und lauernden Blick, den er schon zur Genüge kannte, und auch ihre Hände zuckten fahrig auf der Bettdecke hin und her.

»Frau Doppler«, begann er in einem unverfänglichen Ton, »ich muß ihnen noch einige Fragen stellen. Unsere Ermittlungen haben ergeben, daß ein vierter Schlüssel zu ihrer Wohnung existiert.«

»Davon weiß ich nichts«, antwortete sie. »Ich habe immer nur drei gesehen. Einen hat mein Mann bekommen, einen ich und den dritten der Hausmeister, damit er im Notfall in die Wohnung kann. Daß es einen vierten Schlüssel gibt, kann ich mir nicht vorstellen, denn wenn sich mein Mann eines seiner Weiber in die Wohnung geschleppt hat, war *er* es doch, der aufgesperrt hat.«

»Hat nicht ihr Bruder, der ihr einziger Verwandter war, einen Schlüssel gehabt?«

»Warum denn? Der Felix hat meinen zweiten Mann von Anfang an nicht leiden können und deshalb seit unserer Hochzeit nie einen Fuß in unsere Wohnung gesetzt. Wozu hätte er einen Schlüssel kriegen sollen?« Und dezidiert: »Ich glaube nicht, daß es einen vierten

Schlüssel gibt, und wenn es einen gibt, dann hat ihn der Rudi, mein Mann, gehabt.«

Stern wies darauf hin, daß es eine Rechnung für einen vierten Schlüssel gäbe, doch sie tat das mit den Worten ab: »Rechnungen für Sachen, die mein Mann bestellt hat, habe ich nie in die Hände gekriegt. Sie hätten mich auch nicht interessiert.«

»Frau Doppler«, sagte Stern schließlich mit fester Stimme, »ich möchte mich nicht in Ihr Privatleben einmischen, soweit es mich nichts angeht. Aber ich muß Ihnen ein paar, sagen wir, delikate Fragen stellen. Es wäre für alle Beteiligten gut, wenn Sie diese wahrheitsgemäß beantworten würden.«

Irene Doppler wurde sichtlich unruhig. Ihre Züge spannten sich noch mehr an, ihre Augen flackerten stärker.

»Frau Doppler«, tastete sich Stern vor, »waren Sie Ihrem Mann, ich meine, immer treu – im wahren Sinn des Wortes?«

»Wie meinen Sie denn das?« Sie steckte ihre unruhig gewordenen Hände unter die Bettdecke. »Meinen Sie damit, ob ich einen Liebhaber habe?«

»Ja, Frau Doppler, leider muß ich Sie das fragen.«

»Nein! Ich hatte nie einen Liebhaber!« antwortete Irene Doppler und bekam harte Augen. »Ich bin ja eine anständige Frau! Ich hab' neben meinem ersten Mann keine Liebhaber gebraucht und neben meinem zweiten auch nicht.« Sie lachte gekünstelt auf und meinte mit einem Anflug von Hysterie: »Außerdem ... Wissen Sie denn nicht, wie alt ich bin? Achtundfünfzig! So eine alte Frau soll sich einen Liebhaber halten? Was unterstellen Sie mir denn da?!«

»Bitte, bleiben Sie ruhig«, beschwichtigte Stern. »Ich unterstelle gar nichts. Ich frage Sie nur.«

Irene Doppler begann zu weinen. »Ich hab' meinen ersten Mann liebgehabt und den zweiten auch! Wie mein eigenes Leben!« Sie wurde lauter. »Ich bin doch nicht eine dahergelaufene Hure! Glauben Sie denn, ich hätte mich aus dem Fenster stürzen wollen, wenn ich neben dem Rudi einen anderen Mann gehabt hätte?! Glauben Sie, eine Frau macht so etwas?!« Ihr Blick wurde erst starr, dann begannen sich die Augäpfel zu verdrehen. Sie tastete nach der Klingel neben ihrem Bett und drückte auf den Knopf.

Es dauerte keine drei Sekunden, bis Dr. Horak im Krankenzimmer war. Offensichtlich hatte er bereits vor der Tür gewartet.

Dr. Horak zog eine Spritze auf, injizierte der weinenden Doppler den Inhalt und sagte grob zu Stern: »Es ist genug, Herr Oberstleutnant. Gehen Sie! Merken Sie denn nicht, was Sie angerichtet haben?«

Stern nickte der Doppler zu und ging aus dem Krankenzimmer. Draußen stand eine junge blonde Schwester. Sie schaute Stern an und sagte leise: »Sie sind von der Polizei?«

»Ja. Warum?«

»Weil ich Ihnen etwas sagen möchte. Aber nicht da, und nicht, wenn Sie wem anderen sagen, daß ich's Ihnen gesagt hab'.«

Sie zog Stern über den Gang und um mehrere Ekken, blieb dann vor einer Stiege stehen und sagte leise, hastig und in einem Schwall: »Die Doppler macht Ihnen und dem Doktor nur was vor. Die zieht eine Show ab! Sie spielt die Depressive, weint *wegen jedem Schmarren* und gibt vor, daß sie untröstlich ist – aber nur vor dem Doktor. In Wirklichkeit hängt sie den ganzen Tag am Radio und schikaniert uns Schwestern. So schaut's aus! Der Dr. Horak fällt ihr natürlich auf

den Schmäh herein, aber der Primar nicht. Er will die Doppler in den nächsten Tagen heimschicken. Ich hab' gehört ...«

Als auf dem Gang Schritte laut wurden, veränderte die Schwester den Tonfall: »Nein, da haben S' Ihna verirrt, Herr Inspektor. Damit S' rauskommen, müssen S' zurückgehen! Immer geradeaus und nach der dritten Ecke dann die großen Stiegen runter!« Und, wispernd: »Ich wollt' Ihnen nur helfen, Inspektor. Aber wenn's drauf ankommt, sag' ich, ich hab' Ihnen nichts gesagt!«

Stern nickte und lächelte die Schwester an. Nun wurde auch er laut und deutlich: »Ich danke Ihnen, Schwester. Ohne Sie hätte ich mich jetzt glatt verirrt. Danke schön.«

Auf dem Weg zum Wagen setzte er sich kurz auf eine Bank, zog das Handy heraus und verabredete sich mit den anderen von der *MG 2* zu einem Mittagessen in der Kantine des Sicherheitsbüros.

17

Wasenegger und Berger IV. erhielten die Nachricht Sterns in der Schlosserei Doppler, in der sie sich eben die offenen Rechnungen ansahen. Diese betrafen durchwegs kleinere Aufträge und Summen, die kaum ins Gewicht fielen.

Aber es waren auch drei darunter, die Wasenegger als nahrhaft bezeichnete. Er rempelte Berger IV. an, der mit der rothaarigen Sageder flirtete und seine Augen nicht von deren quellendem Busen ließ. »Hab' auch Augen für das, wofür wir da sind, ›Burli‹.« Und zur Sageder: »Geben S' Ihna nicht mit dem ab, der ist verheiratet und muß für sechs unmündige Kinder Alimente zahlen – außerdem hat er AIDS.« Dann hielt er Berger die drei Rechnungen hin.

Eine Tages- und Nachtbar namens *Sex-Dorado* am Sechshauser Gürtel, die einem Radovan Mecic gehörte, hatte eine Rechnung vom 3. 2. 1995 über achtzigtausend Schilling nicht bezahlt. Auf dieser Rechnung fand sich der handschriftliche Vermerk: VORL. NICHT URG.

Das Chinarestaurant *Ming* in der Leopoldsgasse hatte seit dem 21. 12. 1994 sechsundsiebzigtausend Schilling offen.

Und das Designerbüro Wolfgang und Herta Neubauer, Wien 1, Salzgries, schuldete der Firma Doppler seit dem 31. 12. 1994 den stolzen Betrag von zweihunderttausendsechs Schilling und vierzig Groschen.

Berger IV. überflog die Rechnungen und meinte zu Wasenegger: »Na und? Eine *Blashütten,* ein Chineser, das Designerbüro Neubauer ... Was sollen wir mit den Papierln machen? Sind wir ein Inkassobüro?«

Marianne Sageder grinste.

Und Wasenegger brummte: »Nein. Aber ...« Dann mürrisch: »Ich hab' mir halt denkt, daß vielleicht ein größerer Schuldner ... Aber, umgekehrt: Zahlen muß er ja trotzdem, obwohl der Doppler hin ist.« Er schaute die Frau an und hielt ihr die Rechnung an das *Sex-Dorado* hin. »Haben Sie die handschriftliche Notiz gemacht?«

»Nein. Das darf nur der Chef.«

Wasenegger nickte. »Und – ist das bei euch üblich? Ich mein', daß der Chef Urgenzen aufschiebt?«

»Nein, der Chef macht ...« Sie verbesserte sich nach kurzem Innehalten: »... hat so etwas eigentlich nie gemacht. Wenn jemand nicht zahlt, schreiben wir ihm einen Brief, wenn er sich dann auch nicht rührt, geht die ganze Geschichte an den Anwalt.« Sie holte sich einen anderen Ordner, blätterte und sagte dann: »Da, das Chinarestaurant – ist am 29. 7. an den Anwalt gegangen.«

»Was ist mit dem Designerbüro Neubauer?« fragte Berger. »Ist das nicht gemahnt worden?«

Marianne Sageder warf die Lippen auf und schnitt ein Gesicht. »Nein, das sind ja Freunde der Familie – oder zumindest von ihr.«

»Was heißt, zumindest von ihr?« fragte Wasenegger. »Von der Familie oder von der Frau Doppler?«

»Na, von der Doppler! Die dürfen sich mit dem Zahlen jede Menge Zeit lassen. Da ist die Doppler wie ein Geier drauf. Es hat deswegen nicht einmal einen Streit zwischen ihr und dem Chef gegeben. Ihr wär's am liebsten, ihre Freunde täten alle Arbeiten gratis kriegen.«

»Aha«, sagte Berger IV. und fixierte seine Augen wieder auf den quellenden Busen.

Wasenegger sagte nichts darauf. Er war so krampf-

haft auf der Suche nach einem Motiv, daß er langsam begann, jeden zu verdächtigen – selbst Leute, die ihre Rechnungen noch nicht bezahlt hatten.

»Weißt du«, fragte er Berger, »was mit den Neubauers am Sechzehnten gewesen ist? Ich mein', wann sie zur Party gekommen sind?«

»Das mußt du doch wissen«, antwortete Berger, »du bist doch bei denen gewesen.«

Wasenegger zündete sich eine Zigarette an und hantierte dabei endlos mit seinem Feuerzeug herum. Natürlich war er dort gewesen, hatte sie aber nicht befragt, wo sie sich zur Tatzeit aufgehalten hatten. Oder doch?

Hatten die nicht gesagt, sie wären schon kurz nach dem Mittagessen zur Alten Donau gekommen? Oder war das wer anderer gewesen?

»Alt wirst du halt, Karli«, sagte Berger, »langsam kriegst die Alzheimer.«

Wasenegger lief rot an. »Sei nicht so teppert, ›Burli‹. Ich bin sechsundvierzig. Was ist denn da alt?«

Marianne Sageder lächelte Wasenegger honigsüß an. »Recht haben S', Herr Kommissar. Sechsundvierzig ist gerade das richtige Alter für einen Mann – alle jüngeren sind nur *Schnellspritzer.*«

»Ich bin kein Kommissar«, brummte Wasenegger, »nur Gruppeninspektor, junge Frau.«

»... und ich kein *Schnellspritzer*«, sagte Berger zur Sageder. »Ich hab' was drauf im Bett. Da können S' meine Frau fragen.«

Nach diesem Geplänkel verließen Wasenegger und Berger IV. die Schlosserei und fuhren zu der Bank Austria-Filiale, in der die Firma Doppler ihr Konto hatte.

Tamandl hatte ganze Arbeit geleistet. Der Filialleiter war bereits durch den Untersuchungsrichter vom Eintreffen zweier Kriminalbeamter unterrichtet worden. Er ließ sich die Dienstausweise zeigen und bat Wasenegger und Berger IV. zu seinem Tisch.

Die Dopplers hatten drei Konten.

Mit dem Firmenkonto war alles in Ordnung. Es gab keinerlei Unregelmäßigkeiten. Auch alle fälligen Steuern waren prompt überwiesen worden. Auf einem Konto mit höherem Zinssatz lag ein siebenstelliger Schillingbetrag.

Auch das Privatkonto war ziemlich satt. Rudolf Doppler war sichtlich ein Mann gewesen, der sich wegen Schulden in Höhe von zweihunderttausend Schilling keine Haare auszureißen brauchte. Von diesem Konto waren monatlich je zehntausend Schilling an Irene Doppler und deren Bruder Felix Dechant überwiesen worden.

Wasenegger und Berger IV. notierten sich die Kontonummern, bedankten sich und gingen.

Berger wollte eigentlich ins Sicherheitsbüro zurückfahren, aber Wasenegger schlug vor, sich dieses *Sex-Dorado* anzusehen, um vielleicht dahinterzukommen, warum Doppler diese offene Rechnung nicht hatte urgieren wollen.

Das Lokal war eines der vielen unguten Lokale am Sechshauser Gürtel, zwischen Mariahilfer Straße und Gumpendorfer Straße. Die Gegend gehörte zum Rotlichtmilieu, es gab dort alle Augenblicke *Planquadrate* zur Fahndung nach illegalen Osthuren und nach Drogenhändlern.

Die jungen Frauen wurden von Schleppern nach Wien gebracht. Man gaukelte ihnen vor, sie würden

als Models arbeiten können. Tatsächlich nahm man ihnen zunächst die Pässe ab und verabreichte ihnen eine Tracht Prügel. Dann wurden sie vergewaltigt und als nicht registrierte Prostituierte in diversen Lokalen eingesetzt.

Das *Sex-Dorado* war ein für diese Szene typisches Lokal. Es hatte so enge und kleine Logen, daß es drinnen kaum zu richtigem Geschlechtsverkehr, sondern in der Regel nur zum Mundverkehr kam, weshalb diese Lokale im Polizeijargon als *Blashütten* bezeichnet wurden.

Drinnen war es fast finster, aus Lautsprechern drang leise Musik. In zwei Logen waren die Vorhänge zugezogen, in den vier anderen offen. An der Theke saßen drei junge, bloß mit einem Minislip bekleidete Frauen. Hinter der Theke stand ein Mann, daneben lehnte eine ältere Frau, oben ohne und mit Hängebrüsten.

Wasenegger verlangte den Geschäftsführer, und er mußte energisch werden, bis der Mann hinter der Theke wegging und mit einem unguten Typen zurückkam.

Der ungute Typ stellte sich als Dragan Milic und Stellvertreter des Geschäftsführers vor. Er behauptete, daß sein Chef auf einer Auslandsreise sei, er aber alle gewünschten Auskünfte geben wolle.

Auf welche Weise die drei Frauen an der Theke nach Österreich gekommen waren, konnte er nicht erklären. Die Frauen verstanden kein Wort Deutsch, und Milic behauptete, sie wären als Touristinnen eingereist und würden sich hier ein Taschengeld verdienen.

Berger IV. schaute sich um, ging zu den besetzten Logen, zog kurz die Vorhänge auf und sah genau das, was er erwartet hatte.

Dann fragte Wasenegger den stellvertretenden Geschäftsführer, ob er einen Herrn Doppler kenne. »Das ist«, sagte er, »der Chef von der Schlosserei, die euch dieses Jahr irgend etwas gebaut hat, wahrscheinlich im Jänner.«

Micic drückte erst herum, gab aber dann zu, Rudolf Doppler zu kennen. »Mann kommen hierher und gehen mit Frau in Loge. Auch fort mit Auto. Nicht weiß, wohin.«

»Und«, fragte Berger, »zahlt er? Oder geht das so unter Freunden?«

»Nix Freund. Und nix verstehen, was heißt: Geht das so.«

»Wir wollen wissen, ob er gratis vögelt oder dafür zahlt«, fragte Wasenegger.

»Ich nix weiß. Kassieren nix alle Gäst. Nur Laufkundschaft. Herren, was Chefe kennen, zahlen bei Chefe.«

Berger IV. wurde ungeduldig und sagte zu Wasenegger. »Komm, Karli. Gehn wir. Da ist nix zu holen. Die *Blashütten* und die *Tschuschenweiber* gehen uns nichts an.«

Langsam ging ihm dieser Wasenegger auf den Hammer. Der verbohrte sich in was und gab keine Ruh'. Zuerst glotzte er auf unbezahlte Rechnungen, dann verbiß er sich in ein siebzehntklassiges Hurenlokal, in das sowieso nur *Tschuschen* oder tepperte Provinzler gingen – weil es in der Nähe des Westbahnhofes war. Oder Schlossermeister, die einen *Dauerständer* hatten. Gescheiter wäre es gewesen, wenn sich der Wasenegger gemerkt hätte, was die Neubauers über ihre Ankunft bei der Party an der Alten Donau ausgesagt hatten.

Aber auf der anderen Seite war das auch wurscht.

Warum sollte irgendwer von den Neubauers den Doppler umgebracht haben? Das wäre doch witzlos gewesen. Außerdem hatten beide Dopplers genug Geld – der Bankmensch hatte ihnen ja nur das reguläre Konto gezeigt, sicher gab es auch anonyme Konten.

Kein Mensch hatte heutzutage nur ein Namenskonto. Jedes alte *Brunzweib* hatte reihenweise Sparbücher, meist mit Losungsworten. Also mußten die Dopplers auch welche haben. Nur war das absolut uninteressant, weil es in diesem Fall bestimmt nicht um Geld, sondern um was ganz anderes ging.

Der Doppler war aus einem ganz anderen Grund *gemacht worden*. Soviel stand fest. Sie mußten diesen Grund finden, wenn sie weiterkommen wollten. Alles andere war reine Zeitverschwendung.

»Paß auf, Karli«, sagte er zu Wasenegger, »wir fahren jetzt zurück, und die Geschichte hat sich.«

Er drehte sich um und ging, ohne Waseneggers Reaktion abzuwarten, aus dem Lokal.

Er konnte aber nicht verhindern, daß Wasenegger noch rasch beim Designeratelier vorbeifuhr und die Neubauers befragte, wann sie am Sechzehnten an der Alten Donau eingetroffen waren.

Die beiden legten sich auf keine Zeit fest, sondern gaben an, irgendwann am frühen Nachmittag zur Party gekommen zu sein. Vorher seien sie bei einem Kunden, dem Industriellen Horst Fürwalter, gewesen, der sich in Neuwaldegg eine Villa bauen ließ. Sie hatten mit ihm zu Mittag gegessen und waren dann zur Alten Donau gefahren.

Als Wasenegger und Berger IV. ins Sicherheitsbüro kamen, ging Berger auf ein kleines Bier in die Kantine und war stocksauer. Das Hemd klebte ihm am Körper,

und er konnte direkt spüren, wie ihm der Schweiß über Waden und Schienbeine lief.

Wasenegger ging ins Dienstzimmer der Mordgruppe 2 und rief von dort aus den Industriellen Fürwalter in dessen Firma an. Er erfuhr aber nur das, was schon die Neubauers gesagt hatten.

Dann kochte er sich Kaffee, rauchte wie ein Schlot und grübelte, ohne genau zu wissen, worüber.

Wasenegger hatte sich am Fall Doppler festgebissen und ließ sich in ein unentwirrbares Knäuel von Möglichkeiten einspinnen, die vielleicht alle irgendwie weiterführten. Er fühlte sich von der Hitze und dem starken Kaffee wie erschlagen, lehnte sich aus dem Fenster und starrte hinunter auf die Kolonnen von Autos, die sich die Donaukanalländе entlangwälzten.

Er überhörte das Schrillen eines Telefons und drehte sich erst um, als Stern und Berger IV. in das Dienstzimmer kamen und ihn laut anschrien.

18

Otto Hotwagner und Monika Suttner trafen Dr. Felix Dechant in seiner Wohnung an.

Schon im Stiegenhaus hörten sie jemanden Klavier spielen. Als sie vor der Tür Dechants standen, merkten sie, daß die Musik aus dieser Wohnung kam.

Jemand spielte einen langsam und ruhig fließenden, etwas wehmütigen Walzer. Getragen und irgendwie verhüllt perlten die Töne.

»Brahms«, konstatierte Monika Suttner. »Opus 39, Walzer für Klavier, Nr. 15.«

Hotwagner schaute sie von der Seite an und brummte: »Wieso weißt denn das? Spielst du vielleicht auch Klavier?«

»Nicht mehr«, lächelte Monika Suttner. »Als Kind hab' ich's ein bißchen gelernt, aber dann aufgegeben. Jetzt tut es mir leid, aber was soll's.«

Das Klavierspiel wurde unterbrochen, setzte aber nach ein paar Sekunden wieder ein.

»Fis-Moll«, sagte Monika Suttner leise. Und dann: »Jetzt geht es in cis-Moll über. Wunderschön.«

»Kann schon sein«, brummte Hotwagner. »Aber wegen dem Klimpern sind wir nicht da.«

Er wunderte sich nicht mehr über die Moni. Warum sie Polizistin geworden war, würde ihm ewig schleierhaft bleiben. Sie hatte den schwarzen Gürtel im Judo, schoß sicher und nie unter einem Zehner, schrieb auf Bildschirmschreibmaschine und PC als wäre das nichts. Las Bücher – und hatte auch in Musik was drauf.

Brahms. Opus soundso. Walzer der und der. Cis und fis. Unbegreiflich.

Und ein Gespür hatte das Kinderl auch. Die Ge-

schichte mit dem erwürgten Mädchen und deren ebenfalls umgebrachten Eltern hatte ja im Grunde sie auf dem Konto. Weil sie den Detektivroman von irgendeinem Amerikaner gelesen und daraus Schlüsse gezogen hatte.

Hotwagner drückte auf den Klingelknopf und ließ es lange läuten.

Die Klaviermusik hörte auf, dann näherte sich jemand schlurfenden Schrittes. Ein Auge schaute durch das Guckloch an der Tür.

»Ja? Wer sind Sie?«

Monika Suttner hielt ihren Dienstausweis in die Höhe, und Hotwagner brummte: »Polizei. Machen S' auf.«

Dechant öffnete die Tür, wobei er hörbar mehrere Schlösser aufsperrte.

Hotwagner schaute zu dem viel größeren Mann auf und sagte: »Kriminalpolizei. Ich bin der Hotwagner, und das da ist meine Kollegin Suttner.« Und während er sich bereits ins Vorzimmer drängte, trocken: »Wir dürfen reinkommen. Danke.«

Das Vorzimmer war schmal und lang. Von ihm aus führten mehrere Türen irgendwohin. Die Wände waren mit Bildern jeder Größe, meist Genre- oder Landschaftsszenen, behängt.

Dechant schaute so entrückt drein, als hätte er Mühe, sich vom Brahmswalzer freizumachen. Er gab Hotwagner eine schlaffe Hand und deutete bei der Suttner einen Handkuß an, was Hotwagner fast um die Fassung brachte. Dann komplimentierte er seine Besucher in ein großes, helles Wohnzimmer, dessen Fenster trotz der brütenden Hitze geschlossen waren. Im Raum stand ein geöffneter schwarzer Flügel. Auch hier waren die Wände mit Bildern voll.

Dechant deutete auf eine alte Ledersitzgruppe, und alle drei setzten sich, was bei Dechant beinahe zu einem kleinen Ritual wurde. Erst dann fragte er, wie er den Herrschaften behilflich seine könnte.

»Es geht um den Mord an Ihrem Schwager«, sagte Hotwagner. »Oder eigentlich mehr um seine Frau, Ihre Schwester.«

»Unser Chef, Oberstleutnant Stern, hat mit Ihnen deswegen schon ein Gespräch geführt«, setzte Monika Suttner hinzu.

Dechant nickte. Er schaute auf Hotwagner, der eine *Boro*-Packung aus dem Sakko zog, stand auf, holte nach einer gemurmelten Entschuldigung aus einem anderen Raum einen Aschenbecher, setzte sich wieder unter Einhaltung des Rituals und rauchte sich umständlich eine Pfeife an. Erst als beide Männer rauchten, kam es zu einem Gespräch.

»Also«, brummte Hotwagner, während er sich das durchschwitzte Sakko auszog und die schon wieder verrutschte Walther zurechtschob, »wir haben da ein paar Fragen, die sich noch ergeben haben.«

»Bitte gern«, sagte Dechant. »Fragen Sie nur.«

»Es gibt zum Schloß der Wohnungstür in der Pazmanitengasse vier Schlüssel, Herr Doktor«, sagte Monika Suttner. »Je einen davon haben Frau Doppler und der Hausbesorger, und einen hatte Herr Doppler. Wissen Sie, wer den vierten haben könnte?«

Dechant paffte in kurzen Zügen und lächelte leicht. »Um Gottes willen, nein, das weiß ich nicht. Ich bin mit dem Haushalt meiner Schwester weder vertraut noch dort gern gesehen. Das heißt«, verbesserte er sich, »ich habe keinen Kontakt nach dorthin unterhalten, weil ich meinen Schwager nicht für einen mir angemessenen Umgang halte – oder: hielt.«

Hotwagner nickte. »Also nicht. Gut. Aber mit Ihrer Schwester, mit der haben Sie doch Kontakt.«

»Aber sicher. Wenn auch nur lockeren. Wir treffen einander hin und wieder in einem Café und unterhalten uns. Zu mir in die Wohnung kommt sie nicht.« Dechant runzelte die Stirn und legte die Pfeife weg. »In den letzten Tagen seit, nun, sagen wir, nach dem Ereignis, hatte ich nur ein Mal die Gelegenheit, meine Schwester im Spital zu besuchen. Der Arzt bat mich um äußerste Schonung. Ich sollte keinesfalls darüber reden, daß ihr Mann ermordet worden war.«

»Unserem Chef geht's genauso«, brummte Hotwagner. »Die in der Psychiatrischen wollen ihre Patientin ums Verrecken von allem abschirmen.« Er drückte seine Zigarette aus und zündete sich sofort die nächste an. Mußte krampfhaft husten, lief dunkelrot an und setzte dann mit heiserer Stimme fort. »Was anderes: Wissen Sie von Ihrer Schwester, daß sich der Doppler scheiden lassen wollte?«

Dechant schaute überrascht. »Nein.« Er nahm seine Pfeife wieder auf. »Das kann ich mir nicht vorstellen. Doppler hätte doch, falls er sich scheiden ließe, Nachteile gehabt.«

»Und welchc?« fragtc Monika Suttner.

»Nun, vor allem finanzielle. Zunächst ist die Wohnung im Besitz meiner Schwester. Auch das Haus an der Alten Donau. Was die Firma betrifft, so hielten früher meine Schwester und ich die Anteile. Ich habe mich vor einigen Jahren abfinden lassen – welche Vereinbarungen meine Schwester mit ihrem Mann getroffen hat, weiß ich nicht. Genaueres wird Ihnen aber meine Schwester oder deren Anwalt sagen können.«

»Wissen Sie, wie der Anwalt heißt?« fragte Hotwagner.

»Leider, nein. Ich weiß nur, daß sie einen hat. Jenen, der seinerzeit den Vertrag über die Besitzverhältnisse zwischen den Eheleuten Doppler regelte und, wenn ihn meine Schwester nicht geändert hat, noch regelt.«

»Dann wissen Sie wahrscheinlich auch nicht, ob Herr Doppler einen Detektiv engagiert hat, um das Privatleben Ihrer Schwester zu überwachen? Oder doch?« brummte Hotwagner.

»Um Gottes willen – nein. Ich wüßte auch nicht, was es im Privatleben meiner Schwester zu überwachen gäbe.«

Hotwagner schaute ihn blicklos an. »Na, vielleicht läuft bei Ihrer Schwester etwas, das man als eheliche Untreue bezeichnen könnte?«

Dechant legte wütend seine Pfeife weg. »Ich verbitte mir das! Meine Schwester war keinem ihrer beiden Männer untreu!« Und ruhiger: »Schlagen Sie sich das, bitte, aus dem Kopf. Meine Schwester ist eine hochanständige Person und würde an eheliche Untreue nicht einmal denken. Auch dann nicht, wenn ihr Gatte reihenweise alle möglichen obskuren Freundinnen hätte, was bei Doppler ja der Fall war.«

Hotwagner nickte. »So? Na gut!« Er schaute kurz Monika Suttner an. »Merkwürdig. Wir wissen aber, daß es zumindest einen Mann im Leben Ihrer Schwester gibt, mit dem sie bis kurz vor dem Tod Dopplers etwas hatte.«

»Lächerlich«, sagte Dechant. »Absolut lächerlich ...«

»Wir nehmen das aber ernst«, unterbrach ihn Hotwagner. »Wir haben da einen Mann, der von sich behauptet, daß er der Liebhaber Ihrer Schwester war, und eine Zeugin, die das bestätigt.« Dann setzte er hinzu: »Der Liebhaber sagt weiters aus, daß sich Ihre

Schwester in letzter Zeit mit ihm nicht mehr getroffen hat, weil Herr Doppler einen Privatdetektiv engagiert hat, um sie des Ehebruchs zu überführen.«

»Lächerlich«, wiederholte sich Dechant, »einfach grotesk. Der Mann, der sich als ihr Liebhaber ausgibt, lügt. Ich kann mir nicht vorstellen, warum. Vielleicht will er meiner Schwester schaden oder ...« Dechant zündete die erloschene Pfeife wieder an und paffte kurz. »Lächerlich und geradezu absurd! Meine Schwester und Ehebruch?! Auf so etwas kann doch nur ein Unzurechnungsfähiger kommen. Oder einer, der meine Schwester überhaupt nicht kennt.«

»Aha«, brummte Hotwagner. »Da ist also bei Ihnen nichts zu holen.«

Dechant lächelte leicht. »In dieser Hinsicht kaum, Herr Inspektor.« Er paffte jetzt flacher. »Ich bin Wissenschaftler, Herr Inspektor, und war mein Leben lang gewohnt, rational vorzugehen.« Dechant stand auf, ging im Raum hin und her, stellte sich dann hinter den Kriminalbeamten auf und setzte fort: »Ich bin, wie Sie sicher wissen, Sinologe. Kenne daher die chinesischen Philosophen der wichtigsten Denkschulen, natürlich auch Laotse und dessen Irrationalismus, halte es aber persönlich eher mit Konfuzius. Sie wissen, wovon ich spreche?«

»Ungefähr«, sagte Monika Suttner.

Hotwagner schwieg, weil er weder mit Laotse noch mit Konfuzius etwas anfangen konnte. Was er von den Chinesen wußte, war bloß, daß sie Führer wie Tschiangkaischek, Mao Tse-tung und Tschu En-lai gehabt hatten. Und einen kleinen Mann, der über neunzig Jahre alt war und wie seine eigene Mumie aussah, dessen Name ihm aber entfallen war.

Dechant blieb stehen, wo er war. »Dann wissen Sie,

daß ich von rein hypothetischen Spekulationen nichts halte. Mich interessieren logisch begründbare Fakten, aber keine verschwommenen Theorien. Daher sind für mich Geschichten über die eheliche Untreue meiner Schwester oder die Annahme, Doppler könnte einen Privatdetektiv engagiert haben, Mumpitz. Oder böswillige Verleumdungen.« Er stellte sich vor Hotwagner. »Daß sich Doppler scheiden lassen wollte, halte ich für geradezu absurd. Für einen im Grunde besitzlosen Mann mit defekter Moral wäre es doch die Zerstörung seiner Existenz, würde er sich von einer Frau scheiden lassen, die ihm hörig ist und ihn geradezu mit Geld überschüttet. Eine solche Scheidung könnte doch nur wegen böswilligen Verlassens von seiner Seite durchgeführt werden.«

»Ihre Schwester war also ihrem Gatten hörig?« fragte Monika Suttner.

»Wahrscheinlich«, sagte Dechant bekümmert. »Ich muß mir das einfach denken, obgleich es für mich in höchstem Grad degoutant ist. Der Mensch ist doch kein Bündel unkontrollierter Triebe, sondern ... Nun, wie immer. Es ist ja nicht meine Sache.«

»Nein«, brummte Hotwagner und arbeitete sich aus dem tiefen Lederfauteuil hoch. »Mehr die unsere, tät' ich sagen.«

Auch Monika Suttner stand auf.

Als die drei bereits im Vorzimmer waren, deutete Hotwagner auf die Bilder. »Sie haben Bildln gern, was.« Und ohne Dechants Antwort abzuwarten: »Klavier spielen Sie auch.« Er zeigte auf zwei kleinformatige Drucke, die eine Wüstenlandschaft samt einer Gruppe dunkelhäutiger Eingeborener zeigten. »Muß schon lang her sein, das ...«

»Etwas«, lächelte Dechant. »Wenngleich für einen

Mann, der sich mit viel weiter zurückliegenden Dingen befaßt, eher nicht sehr lang. Wie Sie sehen, Kunstkarten von den Nubischen Aquarellen der Brüder Sattler. Hab' ich aus Salzburg.«

»Aha, ja«, brummte Hotwagner. »Nubien. Sie sind ja in Salzburg in dieser Ausstellung gewesen. An dem Tag, an dem Ihr Schwager umgebracht worden ist. Weiß schon.« Und nach einer Pause: »Waren Sie mit der Bahn dort?«

»Nein«, sagte Dechant, während er die Tür aufsperrte. »Mit meinem Auto. Aber das hab' ich Ihrem Oberstleutnant ja schon gesagt.«

Dann gab er Hotwagner die Hand und deutete bei der Suttner wieder einen Handkuß an.

Als die beiden auf dem Gang standen, hörten sie, wie Dechant wieder mehrere Schlösser versperrte.

Kurz darauf perlte wieder langsam und ruhig fließend, etwas wehmütig und getragen der Brahmswalzer op. 39, Nr. 15 aus der Wohnung.

»Gspaßiger Typ, dieser Dechant«, brummte Hotwagner. »Chinafachmann, aber ohne Schlitzaugen. Klavierspieler. Und kommt einem mit Laotse und irgendeinem Fuzius.« Er schob sich die Walther 7,65 zurecht. »Kennst du die zwei Typen wirklich, Kinderl?«

Monika Suttner lächelte. »So ungefähr. Sind aber nichts für dich, Otto. Der Laotse hat eine eigene Philosophie begründet. Vom Tao und vom Te. Und Yin und Yang. Ziemlich schwer zu verstehen. Reine Mystik über den Sinn des Kosmos und das Leben. Der Konfuzius hat eine eher preußische Philosophie über das Zusammenleben der Menschen begründet.«

»Aha«, brummte Hotwagner. »Kommt darin auch etwas vom Umbringen vor?«

»Eigentlich nicht.«

»Mhm. Was ist mit diesem Brahms?«

»Der war ein deutscher Komponist. Hamburger, glaub' ich. Im vorigen Jahrhundert. Er ...«

»Aha«, unterbrach sie Hotwagner. »Na, ist ja wurscht. Es muß auch komponierende *Piefke* geben. Nicht alle können nur Bier saufen und die große Lippe führen.«

Während sie über die Stiege gingen, fragte Hotwagner mit mäßigem Interesse: »Und – Nubien? Wo ist denn das? Ich hab's zwar schon gewußt, aber wieder vergessen.«

»Irgendwo im nordöstlichen Afrika. In Oberägypten. Ungefähr zwischen Assuan und Khartum.«

Hotwagner sagte nichts darauf. Wenn es nach ihm ginge, konnte auf Nubien geschissen werden.

Als sie auf der hitzekochenden Sternwartestraße standen, schaute die alte Frau, die er schon beim Kommen bemerkt hatte, noch immer aus dem Fenster im 1. Stock.

Hotwagner registrierte das und brummte: »So alt, daß ich nur mehr aus dem Fenster schau', möcht' ich nicht werden, Kinderl.« Und dann: »Der Dechant *geht mir nicht unter die Nase*, Moni. Der redet mir zu geschwollen und befaßt sich mit Sachen, die jedem normalen Menschen wurscht sind.«

»Aber er spielt schön Klavier«, sagte Monika Suttner, »und hat Geschmack. Brahmswalzer spielt nicht jeder. Besonders nicht solche, die eigentlich für vier Hände komponiert worden sind.«

Hotwagner zog das Sakko wieder aus und nahm es so über den Arm, daß es die Walther verdeckte. »Ich muß was trinken, Moni, sonst fall' ich um. Diese Hitze hält nicht einmal ein Nubier aus.« Er schaute sich

um. »Da vorn ist ein Kaffeehaus. Dort trinken wir was. Komm.«

Sie gingen in die Richtung des Cafés. Dabei brummte Hotwagner in sich hinein: »Klavier spielen tut er ... Und fährt wegen einer Ausstellung bis nach Salzburg. Nicht koscher, der Typ. Ein Herr Doktor. Interessiert sich für das alte China und weiß von dort alles. Aber daß sich seine heilige Schwester *von einem Badewaschel pudern läßt*, weiß er nicht.« Und als er schon die Tür des Cafés aufstieß: »Wenn der nicht so ein alter ahnungsloser Tepp wär', tät' ich sagen ... Aber: Er hat keinen Funken Kraft – nur Luft in den Muskeln. Die Hand gibt er einem – wie ein *Wichser*.«

19

Um 14.00 Uhr saß die *MG 2* im verrauchten Dienstzimmer und wartete auf ihren Chef.

Tamandl kam erst gegen 14.20 Uhr, weil er, wie er entschuldigend sagte, vom Mittagessen daheim nicht früher weggekommen war. Doch das war eine Lüge.

Denn Tamandl hatte schon um 13.00 Uhr den häuslichen Mittagstisch verlassen, war aber dann in einem gemütlichen kleinen Gasthaus eingekehrt. Der gemischte Salat ohne Öl und nur mit Zitrone, den er zu Hause vorgesetzt bekommen hatte, brachte es einfach nicht. Der war vielleicht das Richtige für eine übergewichtige ältliche Frau, wie die seine, aber nichts für einen hochrangigen Polizeibeamten, der mitten im kräfteraubenden Alltag stand und Morde aufzuklären hatte. Aus diesem Grund hatte er sich in dem Gasthaus eine fette Nudelsuppe und dann ein Pariser Schnitzel mit Reis und Salat und ein kleines, aber eiskaltes Bier gegönnt.

Tamandl ließ sich von seiner Gruppe Kaffee anbieten, schlürfte, verbrannte sich dabei die Zunge und sagte schneidender als er wollte: »Ich bitte um Ihre Berichte, meine Dame und die Herren.« Als alle fertig waren, zeigte er sich kurz von seiner freundlichen Seite: »Sehr schön, Kollegen, sehr schön.« Doch schon im nächsten Augenblick nahm er sich wieder zurück. »Respektive, überhaupt nicht gut. Eher mies. Viel Gerede, aber keinerlei Anhaltspunkte. Lauter ungezielte Schüsse in den Ofen, Herrschaften.«

Er ließ sich Kaffee nachschenken, stolzierte hin und her und dozierte, während er sich ununterbrochen mit einem Taschentuch über die schwitzende Glatze fuhr: »Omnium nihil, wie der Lateiner sagt. Oder, in Herrn

Hotwagners Diktion: Hineingeschissen. Und das, nachdem bereits eine Woche seit dem Mord vergangen ist. Übrigens wird Doppler, hab' ich gehört, übermorgen von der Gerichtsmedizin freigegeben. Erde zu Erde, Staub zu Staub.«

Tamandl blieb vor Stern stehen und reckte drohend den zarten kleinen Zeigefinger seiner rechten Hand gegen dessen Brust. »Was wir haben, Herr Stern, sind offene Fragen und nebuloses Zeug! Eine ältere Frau, die ihren Mann mit einem Strandwärter betrügt, aber sich das Leben nehmen will, als ihr Mann, übrigens ein Sexmolch erster Klasse, tot vor ihr liegt. Ein überpotenter Strandwärter, der kein Alibi hat. Ein schöngeistiger Bruder, der angeblich überhaupt nichts von dem weiß, was um ihn herum vorgeht. Verdächtige, die pfeifen, aber ein hundertprozentiges Alibi haben. Einen vierten Schlüssel, der jedoch nicht zu finden ist. Dann noch als Tupfen auf dem i vielleicht ein Privatdetektiv à la Philippe Marlowe. Aber keine Fakten. Also?«

»Müssen wir von vorn anfangen«, sagte Berger IV.

Tamandl stach ihn mit Blicken nieder. »Danke für die Belehrung, Herr Bezirksinspektor.«

Hotwagner rettete die Situation, indem er brummte: »Der ›Burli‹ meint's ja nicht so, Hofrat. Aber er hat recht. Wir ...«

»... werden uns«, unterbrach ihn Stern, »zunächst um folgendes kümmern, Herr Hofrat: Es ist festzustellen, ob Doppler tatsächlich einen Privatdetektiv auf seine Frau angesetzt hatte. Es sind die genauen Vermögensverhältnisse klarzustellen, wer Doppler beerbt. Dann ist dieser Bademeister Repey auseinanderzunehmen. Denn der ist gelernter Schlosser, hat uns gegenüber behauptet, jeden Schlüssel nachmachen zu

können, und besitzt kein Alibi. Er könnte nicht nur der Beischläfer der Doppler, sondern auch der von ihr gedungene Mörder sein. Ich sage das aber ausdrücklich mit großem Vorbehalt, Herr Hofrat. Es wäre zielführend, diese Fragen zu klären.«

Tamandl nickte. »Das liegt auf der Hand, Stern. Tun Sie das. Denn irgendwie müssen wir in diesem Fall weiterkommen.« Er begann wieder hin und her zu stolzieren und blieb bei jedem hervorgestoßenen Satz mit anklagendem Zeigefinger vor einem Mitglied der *MG 2* stehen. »Sie wissen wie ich, daß die Polizei im Moment nicht das günstigste Image in weiten Kreisen der Bevölkerung hat. Es hat peinliche Pannen und den Skandal im Polizeigefangenenhaus gegeben. Die Briefbombenaffäre ist weiterhin ungeklärt. Ebenso die Morde an den Zigeunern in Oberwart. Ganz abgesehen von der Person des Innenministers, der konstant im Kreuzfeuer der Opposition steht. Wir arbeiten, bildlich gesprochen, derzeit auf schwammigem Grund.«

»Es würde um nichts besser werden, wenn die Presse hinter den Fall Doppler käme«, sagte Stern, »und plakatieren würde, daß unser besoffener Amtsarzt eine falsche Todesursache, nämlich einen lumpigen Gehirnschlag, festgestellt hat.«

»Richtig«, setzte Tamandl geradezu masochistisch hinzu. »Und daß es aus diesem Grund keinerlei erkennungsdienstliche Behandlung gab. Aber jede Menge Polizisten des *Koats Leopoldstadt*, die wie eine Herde wilder Elefanten durch die Tatwohnung getrampelt sind und so gut wie jede mögliche Spur vernichtet haben.«

Hotwagner hustete sich die verschleimte Kehle frei und brummte, eher zu sich: »Außerdem habe ich das Gefühl, daß diese Frau Doppler von uns bis jetzt zu

weich behandelt worden ist. Die müßt' man einmal richtig *auf den Scherm setzen,* damit sie sieht, daß sie es nicht mit Trotteln zu tun hat.«

Tamandl stellte sich vor Hotwagner und reckte seinen Zeigefinger gegen dessen vorquellenden Bauch. »Dann tun Sie das, Hotwagner! Oder wollen Sie dafür von mir eine schriftliche Dienstanweisung?« Er drehte sich von Hotwagner weg und schaute zur Decke, als er dekretierte: »Ich verlange kein brutales Vorgehen gegen eine psychisch kranke Frau, meine Herren und die Dame! Verlange aber, daß meine *MG 2* ordentlich Dampf macht! Der Fall muß aufzuklären sein!« Und mit einem Blick auf Hotwagners Ordner mit der Aufschrift UNERL. F.: »Muß!«

Tamandl nickte abgehackt und stolzierte aus dem Raum. Als er zwischen Tür und Angel war, wischte er sich noch hastig mit dem Taschentuch über die Glatze, dann warf er die Tür ins Schloß.

»*Buttenzwerg*«, knurrte Hotwagner ihm nach. »Haut mit der Tür wie ein Großer. ›... muß aufzuklären sein‹«, äffte er ihn nach. »Glaubt der denn, wir gehen in der Hitze spazieren?!«

»Reg dich nicht auf, Otto«, wiegelte Wasenegger ab. »Der Hofrat meint's ja nicht so. Brauchst deswegen nicht gleich *in die Kiste zu gehen.*«

Hotwagner zündete sich die zweiundvierzigste *Boro* des Tages an und brummte: »Geh' ich eh nicht. Ich sag' ja nur ...«

Stern schaute auf die Uhr. »Vielleicht könnten wir jetzt den Hofrat vergessen und wieder ein bißchen was in der Sache Doppler tun. Einverstanden?«

»Sicher«, sagte Monika Suttner. »Aber tun wir das nicht eh die ganze Zeit?«

20

Berger IV. und Wasenegger nahmen sich das Wiener Telefonbuch her und stellten fest, daß es siebenundzwanzig Detektivbüros auflistete.

Von den ersten fünfzehn bekamen sie von vornherein dezidierte Absagen. Keines dieser Büros hatte einen Kunden namens Rudolf Doppler, und man bedauerte, der Wiener Polizei in diesem Fall nicht behilflich sein zu können.

Das sechzehnte hatte zwar einen Kunden namens Doppler, aber der hieß mit Vornamen Ludwig und besaß keine Schlosserei, sondern ein Friseurgeschäft.

Das zweiundzwanzigste hatte den Schlossermeister Rudolf Doppler, Wien 2, Pazmanitengasse 14, in seiner Kartei, weigerte sich aber, telefonisch über den Klienten Auskunft zu geben.

Die Firma nannte sich *Detektei XYZ* und war in der Gonzagagasse im ersten Bezirk beheimatet, keinen Kilometer vom Sicherheitsbüro entfernt.

Berger IV. und Wasenegger gingen zu Fuß hin und stellten fest, daß diese Detektei auf recht großem Fuße lebte.

Sie hatte in einem riesigen Gründerzeithaus mehrere mit allen Schikanen eingerichtete Räume, und man mußte zwei Sekretärinnen überwinden, ehe man im Allerheiligsten des Chefs landete, der einen unübersehbaren 45er-Revolver im Schulterhalfter trug und zwei riesige und hechelnde schwarz-weiß gefleckte Doggen neben sich sitzen hatte.

Es stellte sich heraus, daß Wasenegger diesen Chef gut kannte. Es handelte sich um einen ehemaligen Kollegen, der kurz vor der Beförderung zum Major den Kriminaldienst quittiert hatte, um mit einem Ex-

kollegen, der es nur bis zum Gruppeninspektor, aber zu einigem Geld gebracht hatte, eine Privatpolizei aufzubauen.

Aber das hatte nicht geklappt. Denn der ehemalige Gruppeninspektor war durch ein Herzversagen aus dem Verkehr gezogen worden, und dessen Familie hatte die ganze Sache fallenlassen.

Daraufhin hatte der ehemalige Hauptmann namens Herbert Neulinger eine eigene Detektei eröffnet und in kurzer Zeit zu einem blühenden Unternehmen gemacht.

Natürlich gab es erst ein großes Hallo bei der Begrüßung und ein gegenseitiges Schulterklopfen. Dann wurde von früheren Zeiten und gemeinsamen Aktionen und Kollegen geredet, Neulinger ließ teuren Kognak und tödlich starken Espresso auffahren, wobei er alle paar Minuten mit Klienten telefonierte.

Berger saß wie vergessen daneben und fühlte sich überflüssig. Er kannte kaum die Hälfte der genannten Namen aus einer Zeit, als er noch in die Mittelschule gegangen war. Als Waffennarr litt er darunter, daß Neulinger eine prachtvoll verchromte King Viper im Halfter hatte, gegen die seine Commander ein kleiner Schas in einem riesigen Urwald war.

Erst nach fast einer Stunde kam Wasenegger zur Sache und verlangte die Unterlagen über Doppler.

Neulinger fiel aus allen Wolken. Denn sein Büro hatte die Ermittlungen über Dopplers Gattin seit rund zwölf Tagen komplett, sie waren aber vom Auftraggeber weder abgeholt noch bezahlt worden. Er wies seine Sekretärin an, auf keinen Fall irgendwelche Telefongespräche durchzustellen, sondern alle an seinen Vertreter Mag. Josef Itzely zu delegieren, und angelte sich eine rosa Mappe aus der Ablage. Er öffnete die Mappe

und breitete die Papiere und Fotos auf dem Schreibtisch aus.

Nach kurzem Überfliegen erkannten Wasenegger und Berger, daß die Ermittlungen von *XYZ* ein echter Hammer waren. Denn es fanden sich nicht nur penible Auflistungen aller Wege, die Frau Doppler entweder zu Fuß oder mit dem Auto gemacht hatte, sondern auch Fotos, die sie mit verschiedenen Personen und zwei Mal sogar in eindeutiger Situation mit dem *Stier vom Gänsehäufel*, dem Strandwärter Repey, zeigten. Alle Fotos waren gestochen scharf, sogar die in der Nacht aufgenommenen Sexszenen am *Kaiserwasser*.

Irene Doppler hatte sich mit bedeutungslosen und unbekannten Personen beiderlei Geschlechts getroffen. Aber auf einem Foto war sie mit einem Mann abgelichtet, der weder unbekannt noch bedeutungslos war. Es handelte sich um den mehrfach vorbestraften Gewalttäter Ignaz *Nazl* Wessely, der eine Verurteilung wegen Totschlags und zwei wegen Notwehrüberschreitung mit tödlichem Ausgang auf dem Gewissen hatte.

Berger IV. kannte Wessely nicht, denn er war zu dessen Glanzzeit noch als Uniformierter dem *Koat Penzing* zugeteilt gewesen. Aber für Wasenegger war Wessely kein Unbekannter.

»Oha«, sagte Wasenegger, als er das Foto sah. Er erklärte Berger kurz, wer der *Nazl* Wessely war, und meinte dann zu Neulinger: »Ich könnt' dich abbusseln, Herbert! Das Foto ist sein Geld wert.«

Es war unter Umständen sogar mehr als sein Geld wert. Denn der *Nazl* war zwar inzwischen ein älterer Mann, aber offensichtlich gut beisammen und anscheinend noch immer im Geschäft. Wie Irene Doppler auf den *Nazl* gekommen war, mußte sich ermitteln

lassen. Es war aber nicht gravierend. Wichtig war, daß sie mit ihm zusammengewesen war. Denn wenn der *Nazl* vielleicht auch nichts mehr selber machte, konnte er der Verbindungsmann zu einem jüngeren Killer gewesen sein, der dem Doppler einen harten zylindrischen Gegenstand mit den Abmessungen 70 zu 2,5 mm durch die Schädeldecke gerammt hatte.

Wasenegger nahm die Akte Rudolf Doppler als Beweisstück an sich und bestätigte Neulinger den Erhalt.

Dann redeten er und Neulinger wieder über die alten Zeiten, während sich Berger IV. langweilte und ins gemütliche Dienstzimmer der *MG 2* zurücksehnte.

Er haßte nichts so sehr, als sich als fünftes Rad am Wagen zu fühlen oder daran erinnert zu werden, daß er als *Kiberer* im Vergleich zu den alten Hunden noch ein junger Bub, eben der »Burli«, war.

Um wenigstens etwas zu tun, ging er aufs WC, unterhielt sich mit der hübscheren der beiden Sekretärinnen und verständigte per Handy seinen Oberstleutnant, daß sie in der *Detektei XYZ* fündig geworden waren und sich jetzt auf die Socken machen würden, um den *Nazl* Wessely auseinanderzunehmen.

21

Gegen 16.00 Uhr wollte sich Stern mit Hotwagner auf den Weg ins Psychiatrische Krankenhaus machen.

Die beiden hatten nach dem Mittagessen mit Monika Suttner den längst aufgeschobenen Papierkram erledigt und währenddessen durch einen Anruf des Gerichtsmediziners Dr. Danzer erfahren, daß die Leiche Dopplers zur Bestattung freigegeben worden war.

Daraufhin rief Stern aufs Geratewohl Dechant an, bekam ihn tatsächlich ans Telefon und teilte ihm mit, daß die Leiche Dopplers der Städtischen Bestattung zur Verfügung stünde.

Dechant sagte zunächst nichts, sondern hüstelte nur. Dann meinte er: »Ich bedanke mich, Herr Oberstleutnant.« Und nach neuerlichem Hüsteln: »Ich werde mich sofort mit der Städtischen Bestattung ins Einvernehmen setzen. Nach Lage der Dinge wird es ja wohl an mir sein, diese ... Sache zu erledigen. Meine Schwester ist ja noch in der Klinik und kaum handlungsfähig. Natürlich wird das Begräbnis in aller Stille und wohl ohne meine Schwester stattfinden. Ich glaube nicht, daß außer mir jemand anwesend sein wird.«

Als Stern darum bat, von Dechant Ort, Tag und Uhrzeit des Begräbnisses zu erfahren, wurde dieser frostig: »Das wird geschehen, Herr Oberstleutnant. Vorläufig kann ich Ihnen nur versichern, daß Doppler keinesfalls in unserem Familiengrab auf dem Gersthofer Friedhof bestattet werden wird. Guten Tag.«

Stern legte auf und schaute Hotwagner an. »Das war also das, Otto. Begeistert ist der Dechant nicht gewesen. Seinem Ton nach zu schließen wird er Doppler wahrscheinlich sang- und klanglos auf dem Zentralfriedhof verscharren lassen.«

Hotwagner grinste freudlos und brummte: »Das kann ich mir vorstellen. Wahrscheinlich wär' dem Dechant überhaupt am liebsten, die Gerichtsmedizin tät den Doppler in den nächsten *Coloniakübel* werfen. Aber das kann uns ja wurscht sein.« Er zog sein Sakko an. »Wir zwei hauen uns jedenfalls über die Häuser, fahren in die Psychiatrische und nehmen die Doppler ein bißl auseinander.«

Als Stern und Hotwagner fast schon aus dem Dienstzimmer waren, schrillte eines der Telefone im Raum.

»Wir sind nimmer da«, brummte Hotwagner und trat auf den Gang.

Monika Suttner hob ab, horchte und sagte: »Ja, er ist da.« Dann hielt sie Stern wortlos den Hörer hin.

Stern ging zum Telefon und meldete sich. Er nahm den Anruf entgegen, sagte trocken: »Danke. Verständigen Sie mich bitte, wenn die Patientin wieder vernehmungsfähig ist.« und legte auf.

Dann ging er zu Hotwagner auf den Gang. »Kommando zurück, Otto. Komm wieder rein. Mit dem Auseinandernehmen der Doppler wird's nichts werden Weißt du, wer gerade angerufen hat?«

»Nein«, brummte Hotwagner. Und sarkastisch: »Vielleicht der Himmelvater?«

»Nein«, sagte Stern, »der Dr. Horak von der Psychiatrie. Die Doppler hat wieder einen Suizidversuch unternommen. Sie hat ihre Teeschale am Nachtkästchen zerschlagen und versucht, sich mit einem Scherben die Pulsadern aufzuschneiden. Wir müssen also warten, bis wir sie *anspitzen können.*« Und nach einer Pause: »Sie weiß jetzt übrigens, daß ihr Mann ermordet worden ist. Der Doktor hat es ihr beizubringen versucht. Und was er dabei für einen Erfolg gehabt

hat, wissen wir ja jetzt. Die Doppler ist die nächsten Tage chemisch niedergeknüppelt und nicht bei Bewußtsein.«

Hotwagner nickte und kam, etwas Unverständliches vor sich hin brummend, ins Dienstzimmer zurück. Er wuchtete sich zur Kaffeemaschine, setzte sie in Gang, zündete sich eine *Boro* an und sagte: »Aha. Na, die Psychiater. Alles volle Arschlöcher, die verboten gehörten.« Und mit schwachem Grinsen: »Dann haben der Dörfler und der Uniformierte vom *Koat Leopoldstadt* doch recht gehabt. Oder? Dann war der versuchte Fenstersprung der Doppler in ihrer Stadtwohnung also doch *keine Linke*, wie gewisse Leute geglaubt haben.«

Gerade diese Bemerkung ließ in Stern leise Zweifel aufkommen, doch ehe er sich artikulieren konnte, sagte Monika Suttner trocken: »Na ja!« Und dann: »Ich weiß nicht, Burschen. Aber irgend etwas paßt mir bei den beiden Selbstmordversuchen nicht zusammen.«

Stern nickte. »Mir auch nicht. Aber red nur weiter, Moni.«

»Beim ersten Versuch der Doppler«, sagte Monika Suttner, »denk' ich mir, der ist passiert, weil sie mit ihrem toten Mann vor Augen unter schwerem Schock gestanden ist. Es kann aber auch sein, daß sie nur coram publico dokumentieren wollte, daß ihr ein Leben ohne Gatten nicht mehr lebenswert war.«

»Papperlapapp«, brummte Hotwagner. »Du und deine Theorien, Kinderl. Logisch. Sein kann alles. Aber ...«

»Moment, Otto«, unterbrach sie ihn. »Soviel zum ersten Selbstmordversuch. Okay. Aber der zweite stinkt mir. Ich denke mir, den könnte sie unternom-

men haben, weil sie erfahren hat, daß wir bereits wissen, daß ihr Mann umgebracht worden ist.«

»Richtig«, sagte Stern. »Sie kann vermuten, daß wir – wenn wir schon so gut drauf sind und wissen, daß ihr Mann umgebracht worden ist – früher oder später dahinterkommen, warum sie sich an keinen vierten Schlüssel erinnern kann, der laut Rechnung aber zweifelsfrei existiert haben muß.«

Hotwagner schaute zu, wie der Kaffee in die Tasse tropfte, und brummte ein »Hm« in sich hinein. Er ging von der Kaffeemaschine weg, warf seine *Boro* aus dem Fenster und zündete sich sofort die nächste, die neunundvierzigste des Tages, an. Was die Moni und Stern da sagten, war zwar weit hergeholt, hatte aber doch irgendwie Hand und Fuß. Möglich war schließlich alles. Die Theorie der beiden wurde sogar immer möglicher, je mehr er drüber nachdachte.

Dann kam der Anruf von Berger IV., daß sich Irene Doppler zweifelsfrei mit dem bekannten Unterweltler *Nazl* Wessely getroffen hatte.

Hotwagner war sofort hellwach: »Das ist ein Hammer, Leute, wenn ich auch nicht glaub', daß der *Nazl* was mit dem Mord zu tun hat. Den kenn' ich wie mich selber und weiß, daß der alte Hund nie so teppert wär', sich mit einer Auftraggeberin für das Wegräumen eines Dritten mitten in ein belebtes Kaffeehaus zu setzen. Zu einem Mann wie *Nazl* kommt man nicht, wenn man nicht aus der Szene ist. Weder direkt noch übers Telefon noch sonstwie. Da muß man schon einige Anlaufstellen überwinden und mit Leuten reden, die ebenfalls keine Trotteln sind. Erst wenn die glauben, daß alles *frank* ist, geht so etwas.«

Er angelte nach dem durch ein Loch der Sakkotasche ins Futter gerutschten Handy und rief Waseneg-

ger an. »Nicht machts ihr zwei allein was mit dem *Nazl,* Karli – ich will dabeisein, wenn ihr mit dem redets. Mit dem bin ich ganz gut, und ich weiß auch, wie man am besten zu ihm kommt. Jedenfalls nicht durch eine Anfrage beim Meldeamt.« Er lauschte kurz. »Nein. Wenn ich sag', ich will mit, dann will ich mit. Also, wir treffen uns in einer halben Stunde im Café Arschloch in der Goldschlagstraße – du weißt schon: das *Café Schlager* ... Servus.«

Dann wählte er eine andere Nummer, zwinkerte dabei der Suttner zu und brummte ins Mikrofon: »Servus, Alter. Ich bin's, der blade Otto. Setz dich in Bewegung und schau, daß du mir in einer halben Stunde den *Nazl* ins Café Arschloch in der Goldschlagstraße bringst, oder ich reiß dir 's *Zumpferl* aus. Ich hab' mit ihm dringend was zu reden. Privat.«

Er wartete die Antwort des Verbindungsmannes ab und sagte dann mit Nachdruck: »Nein. Es ist keine *linke Tour, Schurli.* Ich will nichts vom *Nazl.* Ihn nur was unter *Haberern* fragen. Bei mir gibt's keine Fallen, du kennst mich doch, Alter. Also, in einer halben Stund', *Schurli.* Wennst magst, kannst ruhig wen mitbringen. Ich komm' auch mit wem. Aber es ist alles hundertprozentig sauber. Servus.«

Hotwagner legte das Handy aufs Fensterbrett, zog das Sakko aus und hielt es der Suttner hin. »Wennst ein Engel bist, machst mir im linken Sack ein paar Stich', Kinderl. Ich verlier' ja sonst alles, was im Sack ist.« Und beiläufig: »Das war der Vrana *Schurli.* Ihr kennts ihn nicht. Er macht aber alles für mich, weil ich ihm einmal ein bißl geholfen hab'.«

»Und wie?« fragte Monika Suttner, während sie weißen Zwirn in eine Nadel fädelte und das Taschenfutter nach außen stülpte.

»Ist ja wurscht, Kinderl«, brummte Hotwagner. »'s ist lang her. Damals warst noch nicht auf der Welt, und der Waldi ist noch in die Mittelschul' gegangen. Der *Schurli* ist ein genausoalter Hund wie ich. Nur halt auf der anderen Seite.«

Stern schob sich die gelockerte Krawatte hoch, zog sein federleichtes Sakko an und sagte zu Hotwagner: »Also, dann machst du das mit dem Wessely, Otto. Ich fahr' jetzt in die Psychiatrische, will wissen, wie ernst der Selbstmordversuch der Doppler zu nehmen ist.« Er schaute Monika Suttner an. »Du Moni, erledigst den restlichen Papierkram, damit er uns vom Tisch kommt. Dann wartest du da auf uns. Wir melden uns, wenn's was Besonderes gibt. Wenn der Hofrat reinschaut und was fragt, sag, du weißt nichts. Außer das von dem zweiten Selbstmordversuch der Doppler. Aber kein Wort über den *Nazl* und das Café Arschloch.« Danach ging Stern aus dem Dienstzimmer.

Hotwagner trank den kalt gewordenen Kaffee, rauchte die nächste *Boro* und wartete, bis Monika Suttner das Loch in der Sakkotasche genäht hatte. Dann stopfte er das Handy und eine Reservepackung Zigaretten hinein, bedankte sich und ging ebenfalls.

Monika Suttner machte sich über die unerledigten Papiere her und konnte den Gedanken nicht unterdrücken, daß sie in der *MG 2* das fünfte Rad am Wagen war. Wahrscheinlich wurde den Männern gar nicht bewußt, daß sie sie manchmal links liegen ließen. Gehörte das zum Geschäft, daß man nach vielen Dienstjahren gut Freund mit einem Haufen schwerer Unterweltler war, wie der Otto? Und sich wie selbstverständlich in einem Schattenbereich bewegte, in dem es *Haberer* und *Nichthaberer* gab? In dem alle

Haberer in der gleichen Sprache redeten und der einzige Unterschied zwischen Polizisten und Verbrechern nur eine kleine runde emaillierte Blechmarke war, auf der ein Bundesadler prangte und die Aufschrift BUNDESPOLIZEIDIREKTION WIEN – KRIMINALDIENST zu lesen war?

22

Während Stern zum Psychiatrischen Krankenhaus auf der Baumgartner Höhe fuhr, verstärkte sich sein Zorn über Oberarzt Dr. Horak. Dieser war bei der Doppler sicher mit der Tür ins Haus gefallen, hatte ihr auf die dümmstmögliche Weise beizubringen versucht, daß ihr Mann umgebracht worden war. Jetzt hatte sie die Gelegenheit beim Schopf gepackt und einen weiteren Selbstmordversuch vorgetäuscht.

Dr. Horak sah das freilich ganz anders. »Es grenzt«, sagte er, »beinahe an ein Wunder, daß wir die Patientin noch rechtzeitig erwischt haben. Das Hauptverdienst daran hat Schwester Gertrude, weil sie das Zerbrechen der Tasse gehört hat und sofort nach dem rechten sah.«

Danach ließ sich Dr. Horak in langatmigen Erörterungen darüber aus, welche psychischen Komplikationen durch den Suizidversuch im Befinden der Patientin eingetreten waren. Zumindest für die nächste Woche sei an eine Kontaktnahme seitens der Polizei nicht zu denken.

Stern bedankte sich und ging. Allerdings nicht, wie der Psychiater glaubte, zu seinem Auto, sondern in die Kanzlei der Klinik, wo er sich nach einer Schwester Gertrude erkundigte, die auf der Station Dr. Horaks Dienst mache.

Stern erfuhr, daß Schwester Gertrude Weidinger an diesem Tag keinen Dienst hatte, im 3. Bezirk, in der Geusaugasse, wohnte und die Telefonnummer 545 32 66 hatte. Er bedankte sich für die Auskunft und rief von seinem Wagen aus die Krankenschwester an, um festzustellen, ob sie zuhause ist.

Eine Stunde später wußte er, daß Irene Doppler den

Selbstmordversuch nur gespielt hatte, um die Polizei vom Krankenbett fernzuhalten. Gertrude Weidinger war jene Krankenschwester, die ihn schon vor Tagen auf dem Gang der Psychiatrie angesprochen hatte. Sie lebte allein in einer kleinen Neubauwohnung in der sonst meist aus Gründerzeithäusern bestehenden Geusaugasse und war gern bereit, Auskunft zu geben.

Die großgewachsene, hübsche Frau gab zu, daß sie gegenüber Irene Doppler befangen war, weil diese sich bei Dr. Horak mehrmals ohne Grund über die Pflege beschwert hatte. »Aber trotzdem ist alles, was ich Ihnen jetzt sage, die Wahrheit. Der Suizidversuch der Doppler war ein Komödienstadl. Sie hat die Tasse derart laut zerschlagen, daß ich das durch die zugemachte Tür und gute zwanzig Meter auf dem Gang gehört habe«, sagte Gertrude Weidinger.

Und auf die Frage Sterns, ob Irene Doppler dabei leiser hätte vorgehen können: »Na sicher. Ein Suizid wird immer heimlich ausgeführt. Das weiß ich aus Erfahrung. Jede Lernschwester weiß das.« Darum hätte die Doppler, wenn es ihr wirklich ernst damit gewesen wäre, die Schale erstens in der Nacht und nicht am Tag zerschlagen und sie zweitens zu zwei Dritteln mit der Hand umfaßt, damit es nicht so splittere. Sie hätte sich dabei zwar die Hand verletzt, aber das hätte ihr doch egal sein müssen, wenn sie sowieso sterben wollte. Außerdem hätte sie dann den Scherben an der Pulsader angesetzt. Und weiter: »Die Doppler hat sich vier oder fünf Zentimeter oberhalb und schräg seitlich in den Unterarm geschnitten. Das blutet zwar auch, ist aber harmlos. Verbluten kann man an so einer Verletzung nicht. Täuschen kann man damit wirklich nur eine Niete wie den Dr. Horak.«

Stern bedankte sich und fuhr ins *SB* zurück.

Gleich am Gang lief ihm Tamandl in die Arme und zog ihn ins Büro.

Auf dem Tisch rotierten die Ventilatoren und bliesen so stark, daß Tamandls bescheidener federartiger Haarkranz geradezu flatterte. Auf den Blättern des hinter Stern aufgebauten *Beserlparks* glänzten Wassertropfen.

Tamandl wurde während Sterns Bericht immer hektischer und verstieg sich dabei sogar zur Idee, Irene Doppler trotz ihrer Verletzung in Haft zu nehmen und *auszuwinden wie einen Ausreibefetzen*. Was natürlich ein Unsinn war.

»Abgesehen von den sehr wackeligen rechtlichen Möglichkeiten«, versuchte Stern ihn einzubremsen, »würde ich das nicht machen, Herr Hofrat. Denn das, was wir bis jetzt über die Doppler wissen, reicht nicht für eine Anzeige und würde uns ganz bestimmt bei der Presse in Schwierigkeiten bringen. Denn Dr. Horak würde sofort auf die Barrikaden steigen und alles gegen uns mobilisieren. Außerdem würde ich noch gerne darauf warten, was die Kollegen von einem gewissen Wessely in Erfahrung bringen.«

Stern erklärte Tamandl, was es mit *Nazl* Wessely auf sich habe und daß es ein Foto gebe, das ihn und Irene Doppler im Gespräch zeige. Und daß jetzt der Rest der *MG 2* in dieser Sache unterwegs sei.

Daraufhin beruhigte sich Tamandl und erklärte sich dazu bereit, zuzuwarten, ehe er den Auftrag zur Festnahme der Doppler erteile.

Stern ging ins Dienstzimmer der *MG 2*, in dem Monika Suttner auf der Bildschirmschreibmaschine Berichte schrieb. Er erzählte ihr, was er über Irene Doppler erfahren hatte, ging dann zu Bergers Schreibtisch und wühlte in den Zeitschriften.

Der »Burli« hatte ganze Stöße davon, weil er eine neugierige Nase war und sich für jeden Scheißdreck interessierte. Was gerade in oder out war, mußte er wissen. Jeder Dreck, den die Journalisten über angeblich Prominente zusammenschmierten, interessierte ihn.

Stern griff sich eine ältere Nummer von *News*, in der zufällig ein Bericht über eine Frau stand, die ihre zwei kleinen Kinder aus dem Fenster geworfen hatte und selbst nachgesprungen war. Dieser Wahnsinnstat war ein heftiger Streit mit ihrem Exmann vorausgegangen, bei dem die Frau zwar eine Schußwaffe gebraucht, ihren Exmann aber nicht getroffen hatte. Die beiden Kinder hatten den Sturz aus dem zweiten Stockwerk nicht überlebt, die Frau war auf einen Streifenwagen der Polizei gefallen und hatte dessen Dach und Kühlerhaube eingedrückt. Sie befand sich jetzt in einer geschlossenen Anstalt und wartete auf ihren Prozeß. Der Exmann war weiterhin als Psychiater tätig, weil ihm rechtlich nichts vorzuwerfen war. Zur Zeit, als die Frau die Kinder aus dem Fenster geworfen hatte und selbst nachgesprungen war, war der Exmann nachweisbar bereits im Stiegenhaus und auf der Flucht vor den Pistolenschüssen gewesen.

Stern legte das Heft mit einer gewissen Befriedigung zurück, ging zum Fenster und schaute auf den träge fließenden Donaukanal und die ihn säumenden Straßen.

Er zündete sich eine Zigarette an und fand sich in seiner vorgefaßten Meinung bestätigt, daß Psychiater mit Vorsicht zu genießen waren.

23

Das Treffen der *MG 2* mit *Nazl* Wessely hatte etwas von einer diplomatischen Konferenz an sich. Zwar gab es weder Musikkapelle noch Ehrenformation, aber immerhin hatten die *Buckeln* Wesselys das Café Arschloch in der Goldschlagstraße von den Gästen räumen lassen. Selbst der Cafébesitzer war für die Dauer der Konferenz weggeschickt worden. An dessen Stelle waltete jetzt ein Unterweltler seines Amtes und schenkte Getränke aus. Beim Eingang standen zwei andere Männer, die allfällige Zufallsgäste am Eintritt hindern sollten. Vor dem Café und in dessen Nähe waren ein paar große amerikanische Schlitten geparkt.

In dem kleinen, schäbigen Lokal saßen Hotwagner, Wasenegger und Berger IV. dem *Nazl* gegenüber.

Wessely war ebenso alt wie Hotwagner und hatte die gleiche quadratische Figur, allerdings trug er Brillen und war unauffällig elegant gekleidet. Seine Uhr war eine massiv goldene Rolex, am Hals baumelten mehrere Goldketten und ein emailliertes Medaillon mit der Gottesmutter.

Denn Wessely war nicht nur Unterweltler, sondern auch ein frommer Mann, der jeden zweiten Sonntag das Hochamt in der nicht weit entfernten Kirche Maria vom Siege besuchte. Er hatte auch bei der Überlassung eines nicht mehr ertragreichen Bordells am Gürtel an die katholische Kirche seine Hände im Spiel gehabt. Jetzt gab es dort in Sechshaus keine Huren mehr, sondern eine Handvoll Nonnen, die, wie der damalige Kardinal vorausgesagt hatte, aus dem Haus der Sünde ein Haus des Glaubens gemacht hatten. Leider hatte der Kardinal nicht die Glaubenskraft der Nonnen besessen und war zu Fall gekommen, nach-

dem ein Magazin seine sexuellen Verfehlungen gegenüber Priesterseminaristen aufgedeckt hatte.

Hotwagner eröffnete das Gespräch, indem er Wessely die Hand schüttelte, seine Kollegen vorstellte und dann sagte: »Paß auf, *Nazl.* Damit wir uns recht verstehen. Ich will von dir nichts – und die Polizei auch nicht. Du bist für uns sauber und *frank* wie ein Ministrant. Aber ich muß mit dir über eine tepperte Geschicht' reden, in die du wahrscheinlich rein'kommen bist wie die Jungfrau zum Kind.«

»Was ist das für eine G'schicht'?« fragte *Nazl.* »Ich weiß von gar nichts, Blader. Wie du mich da sitzen siehst, bin ich ein Fürsorgefall, Mindestpensionist, und interessiere mich nur mehr für das Vogerlfüttern im Park.« Er grinste und schob das Medaillon mit der Gottesmutter zurecht. »Da und dort verdien' ich mir ein bißl was dazu, weil ich auf Pferde wette und oft ein Glück dabei hab'.«

Auch Hotwagner grinste. »Haben deine Pferderln vier oder nur zwei Füß'?« fragte er. Denn soviel er wußte, war der *Nazl* noch immer im Geschäft. Allerdings nicht mehr im *Händischen,* für grobe Arbeit. Jetzt war er aufgerückt und hatte einiges in der Rotlichtszene des Gürtels mitzureden.

Berger IV. wollte auch etwas sagen, aber Hotwagner stellte ihn mit einer Handbewegung und einem Blick ab.

»Reden tun nur wir zwei, *Nazl«,* brummte er. »Deine und meine Buben sind nur als Aufputz da und horchen zu.« Hotwagner bestellte sich ein großes Dunkles und zündete sich eine *Boro* an. »Wir haben da ein Bildl, *Nazl,* auf demst mit einem Weib drauf bist.« Er angelte das zerdrückte Foto aus der *Detektei XYZ* heraus und legte es auf den Tisch. »Das da.«

Wessely warf einen Blick darauf und brummte: »Das da ist ein Schas, Blader. Damit machst keinen Stich, weilst *eine Fehlfarbe in der Hand hast.* Die Fut da ist ein Trottelweib. Sie hat einen *Handarbeiter* gesucht, und einer von den Buben, auch ein Trottel, hat sie mir zugeführt. Sie wollten, daß ich ihrem Alten *die Schleife gebe.* Ich hab' ihr aber gleich gesagt, daß ich so etwas nicht mach'.« Und trocken: »Den jungen Trottel hat ein paar Tage darauf einer gestochen. Eh nicht viel. Nur zur Ermahnung und damit er sich's merkt, daß bei uns so etwas nicht geht.«

»Und wer war der junge Trottel?«

»Niemand«, brummte Wessely. »Im Triester Spital müssen s' seinen Namen aufliegen haben, weil er dort eingeliefert worden ist. Aber 's wird dir nichts bringen. Der Bub macht nie mehr seine *Pappen* auf, wenn es sich um G'schichten dreht, die ihn nichts angehen. Also vergiß ihn.«

Hotwagner nickte. Der *Nazl* hatte sicher recht. Wer einmal *ermahnt* worden war und trotzdem redete, konnte *abmarkieren* und sich gleich einen schattigen Platz auf dem Zentralfriedhof suchen. Also würde er nichts erfahren. Er würde den *Nazl* auch nicht als Zeugen gegen Irene Doppler nennen können. Denn dieser würde zu Protokoll geben, daß ihn die Frau, mit der er auf dem Foto zu sehen war, nur nach der Uhrzeit gefragt hatte.

Das machte aber kaum etwas aus. Hotwagner genügte, daß er wußte, was er wußte. Der *Nazl* log einen alten *Haberer* nicht an. Irene Doppler würde schon irgendwann *niederlegen*. Daß sie vergeblich einen Killer gesucht hatte, war nur ein Steinchen in einem Mosaik. Denn schließlich hatte sie ja doch jemanden gefunden, der für sie die Arbeit erledigt hatte.

Fragte sich nur, wen.

Nach kaum einer halben Stunde trennten sich die Gruppen. Zum Zeichen des guten Willens und freundschaftlicher Gesinnung tranken alle vorher noch ein Achtel *G'spritzten*.

Der Cafetier wurde wieder zurückgeholt und nahm seinen angestammten Platz ein. Die kleinen Wagen der Kriminalbeamten und die großen der Unterweltler fuhren ab. Die Goldschlagstraße wurde wieder zur dreckigen und verstopften Straße, die vom Gürtel in die Vorstadt führte.

Als Hotwagner, Wasenegger und Berger IV. ins Sicherheitsbüro zurückkamen, war es gegen 17.30 Uhr.

»Burli« Berger und Monika Suttner kochten Kaffee für alle, und Hotwagner zündete sich, während er Stern über das Kaffeehaustreffen informierte, die siebenundsechzigste *Boro* des Tages an – obgleich seine Bronchien rebellierten und seine Krampfadern dick wie Frankfurter Würstel angeschwollen waren. Aber er hatte das gute Gefühl, wieder einmal so richtig zu Hause gewesen zu sein. Denn das Gespräch mit Wessely hatte ihm gezeigt, daß sie beide zwar alt geworden waren, aber trotzdem noch immer gut im Rennen lagen. Während sie, die alten Hunde, miteinander geredet hatten, hatten die Jungen Pause gehabt. Das zu erleben tat gut und wärmte das Herz.

Während die *MG 2* Kaffee trank, rief der Strandwärter Rudolf Repey an.

Er hatte sich an diesem Tag frei genommen und war wieder in die Wachau und in alle Lokale gefahren, in denen er am Sechzehnten gewesen war. Dabei hatte er eine Kellnerin und einen Kellner aufgetrieben, die bezeugen konnten, daß er am fraglichen Tag um

14.00 beziehungsweise 16.30 Uhr dagewesen war. Repey gab auch die Namen der jeweiligen Bedienung und des Lokals durch und hatte eine vor Erleichterung ganz helle Stimme.

Berger IV. dachte kurz daran, daß Repey seine Zeugen gekauft haben konnte, aber Stern schüttelte den Kopf. »Du siehst Gespenster, ›Burli‹. Du kannst dir zwar aus der Führerscheinkartei oder vom Paßamt ein Foto vom Repey besorgen und das morgen zur Sicherheit an Ort und Stelle überprüfen, aber es werden leere Kilometer sein.«

Beim Abendessen in der Kantine waren Hotwagner und Monika Suttner allein. Die anderen waren zu ihren Familien gefahren, um sich einen schönen Abend zu machen.

Wie immer aß Monika Suttner eine Spatzenportion, Hotwagner stopfte Unmengen Reisfleisch mit grünem Salat in sich hinein.

Als Hotwagner fertig war, zündete er sich eine *Boro* an und schaute, was bei ihm selten war, seiner Kollegin Monika Suttner mit viel Wärme in die Augen. »Nicht bös' sein, Kinderl, daß wir dich zum Wessely-*Nazl* nicht mitgenommen haben. Hast aber nichts verpaßt. Der Karli und der ›Burli‹ waren auch nur Staffage.«

Monika Suttner wandte ein, daß es ihr gar nichts ausgemacht hätte. Irgend jemand hätte ja den Papierkram erledigen müssen.

Trotzdem redete Hotwagner weiter, und während er zu Boden blickte, brummte er: »Für den Wessely sind Frauen *nur zum Füßeaufstellen und Abkassieren* da. Ich wollt' dich keinen frauenfeindlichen Bemerkungen aussetzen.«

Als Monika Suttner ebenfalls weg war, vergönnte sich Hotwagner noch ein großes Dunkles, rauchte ein paar *Boros* und verließ das Sicherheitsbüro.

Zu Hause legte sich Hotwagner angezogen aufs Bett und grübelte vor sich hin. Manchmal kam er bei diesem Grübeln auf eine brauchbare Idee.

Gegen 23.00 Uhr kochte er Kaffee, schaltete den Fernseher ein, schaute sich ein paar Minuten einen blöden amerikanischen Krimi an, schaltete wieder aus, streifte die Schuhe ab, zog sich bis auf die Unterhose aus und legte sich wieder aufs zerwühlte Bett.

Er wußte, daß er kaum vor zwei einschlafen würde und grübelte weiter. Vor allem beschäftigte ihn die Frage, welche Bedeutung dem mysteriösen Telefonanruf zukam, der Doppler dazu veranlaßt hatte, am frühen Nachmittag des Sechzehnten *stante pede* seinen Betrieb zu verlassen und in die Stadtwohnung zu fahren.

Wer konnte Doppler da angerufen haben? Nach allem, was sie bisher über Doppler wußten, war er ein Mann, der gewohnt war, seinen Willen durchzusetzen. Es mußte daher irgendwer von Bedeutung angerufen haben. Warum fuhr er sonst sofort in die Wohnung? Er hätte den Anrufer auch später und anderswo treffen können. Oder? Sicher war nur, daß Doppler in die Wohnung gelockt worden war, wo der Mörder bereits auf ihn wartete. Und daß der Mörder ziemlich intelligent sein mußte. Dafür sprach die ausgeklügelte Tathandlung mit dem stählernen, mindestens 70 Millimeter langen und 2,5 Millimeter starken Gegenstand, der nach der Tat einige Zeit in der Wunde belassen worden war, um den Blutaustritt zu verhindern und einen Gehirnschlag als Todesursache vorzutäuschen.

Andererseits hätte sich der Täter sagen müssen, daß der Körper Dopplers auf jeden Fall obduziert werden würde. Oder hatte er auf eine Nachlässigkeit des Gerichtsmediziners gesetzt und geglaubt, der Mord würde unentdeckt bleiben?

Es war zum Verrücktwerden. Bald würde der Fall in einem der drei Ordner mit der Aufschrift UNERL. F. landen.

Wenn nicht noch ein Wunder passierte.

24

Schon am frühen Vormittag des nächsten Tages wußte »Burli« Berger, daß er mit dem Paßfoto Repeys vergebens in die Wachau gefahren war.

Denn Annemarie Stöckl, die achtundzwanzigjährige Kellnerin des *Weißen Hirschen* in Krems, war schon aufgrund ihres Alters und ihrer äußeren Erscheinung kaum in einen Zusammenhang mit dem Strandwärter Repey zu bringen. Sie war außergewöhnlich hübsch und würde keinesfalls den Verführungskünsten eines alten Mannes, wie es Repey war, erliegen.

»Der Alte«, sagte sie zu Berger IV., »war gestern da und hat mich gefragt, ob ich mich dran erinnere, daß er vorige Woche in unserem Lokal war. Und wenn ja, ob ich das auch der Polizei sagen würde.« Die Stöckl lachte auf. »Ich hab' ihm gesagt: Ja! und sag's jetzt auch Ihnen. Wie soll ich mich nicht an einen alten Teppen erinnern, der sich um zwei ein Mittagessen bestellt und dann auch noch glaubt, er kann mich mit seinem Schmäh aus der Steinzeit anmachen. Wenn der nicht so lächerlich gewesen wär', hätt' mir ja direkt gegraust vor ihm.«

»Ist ja auch zum Grausen«, lächelte Berger sein schönstes Lächeln. »So ein unappetitlicher alter Mann und eine fesche junge Frau wie Sie? Direkt pervers!«

»Genau. Der alte Trottel hat geglaubt, mir graust vor gar nichts. Ich hab' schon gedacht, wie er gestern im Lokal aufgetaucht ist, daß er wieder anbandeln möcht'. Aber dann hat er mir erzählt, daß er mich als Zeugin braucht, weil die Polizei glaubt, er hätt' jemanden umgebracht. Wenn Sie heut nicht gekommen wären, hätt' ich glatt angenommen, das ist wieder so ein knieweicher Schmäh von dem.«

»Das stimmt schon, allerdings glauben wir vorläufig gar nichts, sondern überprüfen nur alle Leute, die als Täter in Frage kommen.«

Er bestellte sich ein Bier, kam aber nicht dazu, es mit Genuß zu trinken.

Denn die fesche Kellnerin näherte sich mit einer Zeitung in der Hand, legte sie aufgeschlagen auf den Tisch und fragte: »Stimmt das wirklich?«

»Was soll denn stimmen?« fragte Berger und strahlte sie an.

Die Kellnerin deutete auf einen Zeitungsartikel, der sich darüber ausließ, daß die Übergriffe seitens gewalttätiger Polizeibeamter um 27 Prozent gegenüber dem Jahr 1993 angestiegen waren. 1994 waren 318 Fälle bekannt und davon 182 gerichtsanhängig geworden. Verurteilt wurden allerdings nur zwei Polizisten, alle anderen konnten nachweisen, daß die Anklage zu Unrecht erfolgt war, weil die Opfer zum Beispiel ausgerutscht waren und sich im Stolpern an einem Türstock angeschlagen hatten.

»Warum zeigen S' das mir?« fragte Berger. »Hab' ich Sie vielleicht verprügelt?« Er ließ das Bier stehen, zahlte und ging wütend aus dem Lokal. Konnte *er* etwas dafür, daß es prügelnde Kollegen gab? Außerdem gab es genug Festgenommene, die sich derart aufführten, daß man ihnen eine runterhauen mußte, damit sie wieder zu sich kamen.

Er fuhr weiter nach Dürnstein, wo ihm im überfüllten *Ufer-Restaurant zur Schönen Aussicht* vom Kellner Josef Gstrein bestätigt wurde, daß er sich an den Gast auf Bergers Foto erinnern konnte.

»Der ist am Tag nach dem Feiertag in der vorigen Woche, irgendwann am Nachmittag, bei uns gewesen. Gestern auch«, brummte Gstrein. »Aber jetzt lassen S'

mich in Ruh', weil ich vor lauter Arbeit drei Paar Hände haben müßt'«

Als Berger IV. verschwitzt und wütend wegen der unnötigen Fahrt ins Sicherheitsbüro zurückkam, traf er nur Monika Suttner an.

»Die anderen sind unterwegs«, sagte sie. »Ich bin auch erst vor einer halben Stunde gekommen. Hab' mir im *Gänsehäufelbad* die Urlaubslisten angeschaut und festgestellt, daß Repey in der Vorwoche nur am Sechzehnten frei hatte. Sonst war er immer von 7.00 bis 21.00 Uhr im Bad.«

»Na fein«, sagte Berger und stellte sich mit offenem Hemd ans Fenster, wo es etwas kühler war. »Ich hab' festgestellt, daß der Repey am Sechzehnten tatsächlich in der Wachau war.« Er fischte das schweißfeuchte und zerknitterte Paßfoto Repeys aus der Hemdtasche und warf es in den Papierkorb. »So. Das Arschloch können wir vergessen. Der kann's nicht gewesen sein. Ein Scheißberuf ist das! Ich fahr' in der ärgsten Hitze fast zweihundert Kilometer und komm' mir wie ein Trottel vor«, maulte er. »Die Wachau geht fast über von Touristen. Dabei ist dort nichts zu sehen außer der Donau, den Bergerln und Milliarden von Weinstöcken.«

Berger IV. kochte sich einen Kaffee, rauchte und sah auf Sterns Schreibtisch die gleiche Ausgabe der Zeitung »Die Presse« liegen, die ihm die Kellnerin auf den Tisch geknallt hatte. Er murrte: »Scheißzeitung«, zerknüllte sie und warf sie ebenfalls in den Papierkorb. »*Wir reißen uns ab* vor lauter Ermitteln, und die Zeitungen schreiben, daß wir Prügler sind. Sollen wir unsere Kunden vielleicht abbusseln?«

»Reg dich nicht auf«, besänftigte ihn Monika Sutt-

ner. »Die Zeitungen müssen halt irgend etwas schreiben, ›Burli‹. Wir wissen ja, daß unsere Gruppe damit nicht gemeint ist.«

Berger versetzte dem Papierkorb mit der »Presse« einen Fußtritt. »Ja, wir, Moni. Aber die anderen glauben der Zeitung! Und ...« Er brach ab und fragte: »Apropos – wo sind denn unsere anderen?«

»Der Chef ist wegen der Doppler beim U-Richter und dann in der Psychiatrischen Klinik. Der Otto und der Karli klappern die Leute, die am Mordtag schon nach Mittag bei der Doppler an der Alten Donau waren, ab. Wollen herausfinden, ob die etwas von einem Telefonat bemerkt haben.«

»Von was für einem Telefonat?« fragte Berger geistesabwesend.

»Na das, mit dem der Doppler in die Stadtwohnung gelockt worden ist!«

25

»Wie stellen Sie sich das eigentlich vor, Stern«, fragte U-Richter Christian Maglock. »Sie haben gegen die Doppler kaum was in der Hand. Als unmittelbare Täterin kommt sie nicht in Frage. Dafür hat sie zu viele Entlastungszeugen. Und als mittelbare ...« Er ließ diese Möglichkeit durch eine Handbewegung in der Luft zerflattern. »Die versuchte Anstiftung zum Mord hält nicht, weil sich euer Verbindungsmann weigert, eine Aussage zu machen. Was bleibt also? Nichts. Oder sehen Sie das anders? Ganz abgesehen davon, daß das Psychiatrische Krankenhaus Feuer speien würde, wenn wir uns die Doppler einfach herausholten.«

Stern wußte, daß der U-Richter im großen und ganzen recht hatte. Er bemühte sich gar nicht, ihn umzustimmen, sondern verabschiedete sich und fuhr auf die Baumgartner Höhe.

Dort ließ ihn Dr. Horak *auf die Seife steigen.* Er durfte die Patientin nicht sehen, und Dr. Horak verwahrte sich gegen die, wie er sagte, fast an Sadismus und Amtsmißbrauch grenzende Vorgangsweise der Polizei, über die er sich sofort an geeigneter Stelle beschweren würde.

Hotwagner ermittelte inzwischen bei der Nichte Dopplers, Sabine Werner, die am Sechzehnten angeblich schon seit Mittag im Sommerhaus gewesen war.

»Sie sind doch schon früh da gewesen«, brummte er. »Haben S' vielleicht bemerkt, ob die Frau Doppler telefoniert hat?«

»Aber ja«, antwortete die Werner. »Sie ist zwei oder drei Mal angerufen worden. Ich hab' aber nicht zugehört und nicht mitgekriegt, wer das gewesen ist.«

»Wer angerufen hat, ist mir wurscht. Mich interessiert, ob die Frau Doppler jemanden angerufen hat.«

»Ich war zwar nicht die ganze Zeit beim Sommerhaus«, gab die Werner zu, »weil der Robert und ich ein Stück geschwommen sind – vielleicht eine halbe Stunde lang. Aber in der Zeit, in der wir da waren, hat die Frau Doppler bestimmt niemanden angerufen.«

Hotwagner wollte schon gehen, als der Werner noch etwas einfiel: »Die Frau Doppler ist ein Mal kurz weggewesen – vielleicht zwanzig Minuten oder eine halbe Stunde. Da hat sie aus *Kaisermühlen* Baguettes für die Grillparty geholt.«

Als Hotwagner wenig später zu seinem Wagen ging, schaute er sich ein bißchen in der Herthergasse um. Anscheinend wohnten viele Ausländer in dieser Gegend. Die Gasse war mit parkenden Autos verstellt, obgleich um diese Zeit die meisten Bewohner schon in die Arbeit gefahren waren. Wo die ihre Fahrzeuge abstellten, wenn sie am Abend heimkamen, war ihm schleierhaft.

Er entdeckte drei Gassen weiter ein kleines Gasthaus. Auf dem Gehsteig vor dem Lokal standen mehrere Tische; an einem saßen drei alte Männer, an den anderen junge Ausländer, vermutlich Jugoslawen, die Karten spielten und sich dabei lautstark unterhielten.

Hotwagner setzte sich zu den Alten, bestellte sich ein großes Dunkles und hörte mit halbem Ohr zu. Sie zerrissen sich das Maul über die jüngste Niederlage der Fußballnationalmannschaft, die vor einer Woche gegen Lettland mit 2:3 verloren hatte. Das Spiel war bis zur letzten Minute 2:2 gestanden, doch dann hatte Österreich nach einem krassen Abwehrfehler ein Tor kassiert. Jetzt war der Traum von der Teilnahme an der Europameisterschaft ausgeträumt.

Als das Gespräch der drei Alten immer lauter wurde und auch die Jugoslawen miteinander zu plärren begannen, zahlte Hotwagner das Bier und ging zum Auto. Er kurbelte beide Fenster herunter und dachte nach, ob sich an der Aussage der Werner etwas aufhängen ließ.

Die Doppler konnte schließlich bei ihrem Einkauf von einer öffentlichen Telefonzelle aus ihren Mann angerufen haben, um ihn in die Stadtwohnung zu lokken.

Hotwagner rauchte im Auto drei *Boros* hintereinander und hatte das Gefühl, daß es irgendwo etwas gab, das ihm weiterhelfen würde.

Er stieg wieder aus, ging zum Gasthaus zurück, bestellte sich eine Bohnensuppe, zwei Semmeln und noch ein Dunkles. Die Alten stritten sich jetzt darüber, ob ein junger, talentierter Fußballer, der vom Trainer nicht eingesetzt worden war, den Umschwung gebracht hätte. Die Jugos beendeten ihre Kartenpartie und debattierten lautstark über den Krieg in ihrer Heimat, wobei immer wieder die Namen Karadžić, Milošević und Mladić fielen.

Während Hotwagner die Bohnensuppe auftunkte und gedankenverloren auf das mit Suppe durchtränkte Semmelstück schaute, kam ihm das Gespräch mit Ilse Rothmayer in den Sinn. Diese war vor einiger Zeit von der Frau Doppler gebeten worden, Baguettes auf die Party mitzubringen. Aber die Doppler hatte auf die Abmachung vergessen gehabt und, laut Aussage der Werner, irgendwann am frühen Nachmittag selbst Baguettes besorgt.

Hotwagner versuchte sich das Gespräch mit Ilse Rothmayer zu vergegenwärtigen. Lustig wäre es gewesen, hatte sie ihm vor zwei Tagen gesagt, daß sie jetzt

zwei Ladungen Baguettes für die Grillparty gehabt hätten. Aber in Wirklichkeit, dachte Hotwagner, hatte Irene Doppler nur nach einem Vorwand gesucht, um von einer Telefonzelle aus ihren Mann anzurufen und in die Stadtwohnung zu locken. Um zu verhindern, daß auf der anderen Seite vielleicht die Bürokraft Sageder das Gespräch übernahm, hatte sie ihren Mann über sein Handy angerufen.

Damit hatte sich nach Hotwagners Gefühl das Schleppnetz um Irene Doppler ein Stück enger zusammengezogen. Ohne Rasterfahndung, Lauschangriff und ähnlichen Scheiß. Bei der Aufklärung von Fällen kam es letztlich auf den Menschen an. Wenn der *Kiberer* ein alter Hund war, dann spürte er schon im Urin, was los war.

Darum würde die *MG 2* früher oder später auch auf den unmittelbaren Täter stoßen. Vielleicht hatten sie sich bisher viel zuwenig mit diesem komischen Bruder der Doppler befaßt, der Klavier spielte, sich für China interessierte und sechshundert Kilometer weit fuhr, um sich eine Ausstellung anzuschauen.

Für Hotwagner waren alle Menschen, die sich nicht professionell, sondern hobbymäßig mit etwas befaßten, obskur. Leute, die sich Bilder anschauten, die sonst keinen Hund interessierten, waren besonders verdächtig. Denen war nicht zu trauen.

Hotwagner zahlte und trank sein Bier aus. Er fuhr zum nächsten Postamt, besorgte sich das Telefonbuch von Salzburg, suchte die Nummer des Museums Carolino Augusteum und erhielt die Auskunft, daß die Sonderausstellung über die Brüder Sattler seit drei Wochen täglich von 10.00 bis 18.00 Uhr und donnerstags bis 20.00 Uhr geöffnet war.

Danach fuhr er ins Sicherheitsbüro zurück, wo Wa-

senegger berichtete, daß der Freund der Werner, Michalek, mehr oder weniger die gleiche Aussage wie seine Freundin gemacht hatte.

Auch Michalek hatte sich daran erinnert, daß die Doppler abrupt das Strandhaus verlassen hatte und um Brot gefahren war. Und ebenfalls an das Gelächter, als kurz nach der Rückkehr der Doppler die Rothmayers mit ihrer Ladung Baguettes aufgetaucht waren.

Hotwagner brachte seinen Verdacht gegen Dechant andeutungsweise vor, wurde aber von keinem ernst genommen.

»Es hat wenig Sinn, sich mit Gespenstern abzugeben«, meinte Stern. »Wir haben viel zuwenig Hinweise, daß es zwischen Dechant und seiner Schwester einen klaren Bezugspunkt gibt. Nach allem was wir wissen, hat Dechant die ganze Familie Doppler gemieden, weil ihm Rudolf Doppler so zuwider war. Zweitens war er am Mordtag in Salzburg, um sich diese Aquarelle anzusehen.«

Wasenegger nickte. »Ich seh' das auch so, Otto. Tut mir leid.« Er schaltete die Kaffeemaschine ein. »Aber nehmen wir einmal an, daß der Dechant sowohl in Salzburg war als auch seinen Schwager umgebracht hat.«

»Das brauchen wir gar nicht anzunehmen«, mischte sich Berger IV. ein. »Der Dechant ist ein Typ, der dem möglichen Täterprofil diametral entgegengesetzt ist. Er ist alt und ein bißchen wunderlich, einer wie der *kann sich nicht einmal einen herunterreißen.*«

Monika Suttner schaute ihn kühl an. »Das mit dem *Runterreißen* hättest dir sparen können, ›Burli‹. Ich bin nicht prüde, aber ein bißl zusammennehmen beim Reden könntest dich trotzdem. Außerdem glaub' ich,

daß du einfach unrecht hast.« Sie lächelte Hotwagner an. »Was du sagst, Otto, ist vielleicht gar nicht so falsch. Obwohl ich einrechne, daß du den Dechant nicht leiden kannst.«

Hotwagner schaute zu Wasenegger hinüber und brummte: »Geh, Karli, mach mir auch einen Kaffee.« Dann rauchte er sich die achtundzwanzigste *Boro* des Tages an und sagte zu allen: »Persönlich ist mir der Dechant wurscht. Aber dieser Typ hat für mich etwas Ungutes, wenn ich auch nicht genau sagen kann, was es ist. Da fahrt die Eisenbahn drüber. Und's hat nichts damit zu tun, daß er ein Herr Doktor ist.«

Der Kaffee zischte in die Tassen. Wasenegger goß Milch hinein, gab Zucker dazu und reichte eine davon Hotwagner. »Paß auf, es ist brennheiß.« Und dann: »Ich nehm' jetzt dir zuliebe einmal an, daß der Dechant in Salzburg war und zugleich auch den Doppler *gemacht hat*. Von wann bis wann ist die Ausstellung in Salzburg geöffnet?«

»Von zehn bis sechs«, brummte Hotwagner. »Und am Donnerstag bis acht. Warum?«

Wasenegger schaute ihn voll an. »Dann müßt' der Dechant wie ein Rennfahrer dahingehobelt sein, wenn er zuerst in der Ausstellung war und dann nach Wien zurückgefahren ist. Gut«, räumte er ein, »der Doktor Kammerer war wie immer besoffen und halb zu. Er kann sich mit dem Todeszeitpunkt verschätzt haben. Aber trotzdem ist die Zeit für den Dechant zu kurz. Wenn unsere Theorie stimmt, hätte er sich schon vor halb drei in der Wohnung verstecken müssen. Oder?«

Hotwagner sagte nichts. Er schlürfte hingebungsvoll seinen Kaffee, schien geradezu darauf fixiert zu sein. Aber seine Augen zeigten, daß er Wasenegger sehr wohl zugehört hatte.

»Der Karli hat recht«, konstatierte Berger IV.

»Gut, ein flotter Fahrer braucht für Salzburg–Wien ungefähr drei, sagen wir, zweieinhalb Stunden. Da muß er aber sehr gut drauf sein. Einer wie der Dechant kriegt das nicht hin, und wenn er's versucht, endet er als Totalschaden an der Leitschiene. Daß er vielleicht nach dem Mord nach Salzburg gefahren ist, glaub' ich auch auch nicht. Das hätt' er höchstens an einem Donnerstag machen können, weil die dann länger offen haben. Der Mord geschah aber an einem Mittwoch.«

Hotwagner brummte etwas Unverständliches in sich hinein. Er setzte sich an einen Schreibtisch, zog sein dickes zerfleddertes Notizbuch heraus und begann darin zu blättern. Wie ein Pitbullterrier kurz vor dem Zuschnappen glotzte er in sein Notizbuch, hörte nicht mehr auf das, was die anderen redeten, reagierte weder auf Bergers Vorschlag, die Gruppe sollte doch zusammensteuern und dem Otto ein neues Notizbuch kaufen, noch auf Waseneggers Frage, ob er mit ihnen in die Kantine Mittagessen gehen wolle.

Als Stern zu den anderen sagte, sie müßten jetzt langsam bei der Doppler andere Saiten aufziehen, nickte Hotwagner, zündete sich eine neue *Boro* an und paffte vor sich hin. Er ließ die anderen, ganz gegen seine Natur, allein in die Kantine gehen.

Als die Gruppe zurückkam und sich über das besonders schmackhafte und reichliche Essen verbreitete, hockte Hotwagner noch immer rauchend vor seinem Notizbuch und hob kaum den Kopf. Erst als Berger IV. die Kaffeemaschine in Betrieb setzte, reagierte er.

»Du, Waldi«, brummte er zu Stern, »ich möcht' wegen dem Dechant noch etwas machen.«

»Aha«, sagte Stern. »Was denn?«

Hotwagner schaute weiterhin in sein Notizbuch. »In dem Haus vom Dechant ist mir eine alte Frau aufgefallen, die aus dem Fenster geschaut hat. Als die Moni und ich gekommen sind, war sie da, und als wir gegangen sind, noch immer.«

»Die hat bei mir auch rausgeschaut«, sagte Stern. »Aus einem Fenster im ersten Stock. Sie hatte weiße, schüttere, glatte Haare.«

»Die mein' ich«, brummte Hotwagner.

»Was ist mit der?« fragte Stern.

»Es gibt alte Weiber«, sagte Hotwagner, »die haben nichts mehr zu tun als andere Leute zu beobachten. Die warten aufs Sterben und schauen den ganzen Tag aus dem Fenster, damit sie wenigstens am Leben der anderen ein bißchen teilnehmen können. Und weil s' nicht schlafen können auch die halbe Nacht.«

»Ja«, gab Stern zu. »Und?«

»Die möcht' ich einmal fragen, ob sie am Sechzehnten vielleicht was gesehen hat.« Hotwagner zündete sich am Rest der aufgerauchten *Boro* eine neue an und brummte: »Vielleicht den Dechant, wie der mit seinem Auto entweder weggefahren oder zurückgekommen ist.«

Stern lächelte mit einem Hauch Nachsicht. »Na, wenn dir dadurch leichter wird, dann mach das, Otto. Damit deine arme Seele ihre Ruhe hat.«

26

Kurz nach 15.00 Uhr parkte Hotwagner seinen Wagen in der Nähe von Dechants Wohnhaus und merkte beim Aussteigen, daß die alte Frau wieder aus dem Fenster sah.

Er erkundigte sich bei der Hausmeisterin nach ihr, erfuhr, daß sie Reinhilde Merkl hieß und so menschenscheu war, daß sie ihre Wohnungstür bei vorgehängter Sicherheitskette nur ihr, der Hausmeisterin, und dem Kontaktbeamten der Polizei eine Handbreit öffnete. In die Wohnung ließe sie nur ihre Bedienerin, ihren Arzt und den Zusteller der Meinl-Filiale, wo sie einkaufte.

»Die Merkl«, sagte die Hausmeisterin, »lebt nur mehr von zwei Sachen: ihrer Angst vor einem Frauenmörder und vom Aus-dem-Fenster-Schauen. Sie ist über achtzig und angeblich seit Jahren zum Sterben. Ich glaub' nicht, daß Sie mit ihr reden können.«

Hotwagner grinste schwach und sagte: »Na, vielleicht doch. Alte Frauen fliegen auf mich. Ich bin weder ein Mörder, noch schau ich so aus. Ich hab' was Vertrauenerweckendes an mir. Probieren kann ich's ja.«

Er bewegte sich mit seinem um drei Kilo gestiegenen Übergewicht schwerfällig in den ersten Stock und läutete an der Tür mit dem Messingschild MERKL. Nach mehrmaligem Läuten hörte er schlurfende Schritte und das Öffnen des Türspions, dann sah er ein stark vergrößertes Auge und hörte die Merkl fragen: »Wer sind S' denn? Was wollen S' von mir?«

»Ich bin von der Polizei ...« Hotwagner hielt den Dienstausweis vor den Spion. »... bin der Kontrollor unserer Kontaktinspektoren und möcht' gern ein paar

Worte mit Ihnen reden.« Die Klappe des Spions wurde geschlossen, und Hotwagner hörte, wie mehrere Schlösser aufgesperrt und mehrere Zuhaltungen zurückgeschoben wurden. Erst nach ein paar Minuten ging die Wohnungstür einen Spaltbreit auf, und Hotwagner sah die vorgelegte dickgliedrige Sicherheitskette und den kleinen Kopf der Frau.

Er zeigte der Merkl, von der ein säuerlicher Geruch ausging, erneut den Dienstausweis und zusätzlich die *Kokarde* und bemühte sich um ein vertrauenerweckendes Lächeln. »Sie können mich ruhig hineinlassen, Frau Merkl. Ich bin ein alter Mann, ganz harmlos und wirklich von der Polizei. Ich möcht' mir nur ein Bild davon machen, wie es Ihnen geht und ob sich unsere Kontaktbeamten wirklich um Sie kümmern.«

Die Alte überlegte sichtlich und schob dann die Sicherheitskette zurück. »Putzen Sie sich aber ordentlich die Schuhe ab! Ich will keinen Saustall in meiner Wohnung!«

Hotwagner streifte seine Schuhe bemüht ab und trat dann ins dunkle, peinlich saubere Vorzimmer, in dem es nach allen möglichen Putzmitteln roch. Er brauchte gut fünf Minuten, bis die Alte ihm soweit vertraute, daß sie ihn ins Zimmer bat.

Das Zimmer war genauso rein wie das Vorzimmer und mit einer Unzahl von Nippes gefüllt. Auf dem Tisch, der Anrichte und den anderen Möbelstücken lagen weiße gehäkelte Deckchen. Über der ausladenden Anrichte gab es ein großes Kreuz mit dem Heiland, das eher in eine Sakristei als in ein Wohnzimmer gepaßt hätte.

Hotwagner erkundigte sich zuerst bei der Frau, wie oft der Kontaktbeamte zu ihr komme, ob er auch höflich sei oder ob sie sich beschweren wolle.

Die Merkl konnte nicht klagen. Zu ihr kamen in vierzehntägigem Abstand entweder der junge Inspektor Fuchstaler oder der ältere, der Schumann hieß. Beide waren nett und gefällig und redeten zwischen Tür und Angel mit ihr.

Hotwagner gab sich den Anschein großen Interesses und fragte dann beiläufig, ob die Kontaktbeamten eigentlich auch ab und zu den Dechant besuchten.

»Glaub' ich nicht. Nein«, sagte die Merkl. »Der ist ja noch rüstig und gut zu Fuß. Manchmal fährt er sogar mit seinem großen Auto irgendwohin.«

»Aber!« brummte Hotwagner. Und dann: »Macht er das oft?«

»Nein.« Die Merkl bot ihm erst jetzt, nach einem scharfen Blick auf seine derangierte Kleidung, einen Stuhl an und setzte sich. »Nur hie und da, wenn er wo außerhalb hinfährt. Er hat ja manchmal in Museen zu tun, weil das früher sein Beruf war.« Sie dachte nach. »In der vorigen Woche ist er zum Beispiel weggewesen, der Dechant – sogar ziemlich lang! Er muß recht weit weg gewesen sein ...«

Hotwagner nickte und sagte mit der gleichen Beiläufigkeit wie vorhin: »Manche Leute werden nicht alt. Ich aber schon. Wie Sie mich da sitzen sehen, bin ich zu Tode froh, daß ich nimmer viel Auto fahren muß. Dabei bin ich kaum sechzig. Ich derpack's grad noch, daß ich als Kontrollor Dienst mach'.« Er kritzelte irgend etwas in sein Notizbuch und brummte: »Also, dann sind Sie mit der polizeilichen Betreuung zufrieden. Na fein.« Und scheinbar interesselos: »Lang ist der Herr Dechant weggewesen, sagen S', in der vorigen Woche?«

Die Merkl nickte. »Und wie. Das war am Tag nach Maria Himmelfahrt. Er ist ganz zeitig, gegen zwei in

der Früh, weggefahren und erst sehr spät, um elf in der Nacht, zurückgekommen.«

Hotwagner steckte sein Notizbuch ein. Er stand schwerfällig auf. »Wieso wissen S' denn das so genau, Frau Merkl?«

»Weil ich fast nicht mehr schlafen kann und die meiste Zeit aus dem Fenster schau.« Sie deutete zum Fenster, auf dessen Fensterbrett ein länglicher Polster lag. Vor dem Fenster stand ein Hocker mit einer dikken Sitzauflage. »Ich hab' mir alles bequem eingerichtet, so kann ich alles sehen, was vorgeht. Irgend etwas muß der Mensch ja tun, auch wenn er alt ist.«

Hotwagner gab ihr recht und sagte, er hoffe, daß sie noch viele Jahre aus dem Fenster schauen könne. Dann verabschiedete er sich von der Alten, schärfte ihr ein, weiterhin vorsichtig zu sein und die Wohnungstür immer gut abzusperren.

Als er wieder auf der heißen Sternwartestraße stand, rauchte er wegen der langen Nikotinabsenz gleich zwei *Boros* hintereinander und schlurfte zu seinem Auto. Drinnen zog er die Hosenbeine hoch und schaute auf die blaurot geschwollenen Venen. Er rollte den rechten Socken bis zum Schuhrand hinunter und gleich wieder hoch, weil die Haut bis zum Platzen gespannt war und der Knöchel grauslich aussah. Durch das Bükken rauschte das Blut in den Ohren, und er hatte sekundenlang tanzende rote Kreise vor Augen. Außerdem war es in dem engen Auto heißer als in jeder Sauna.

Trotzdem fühlte er sich so wohl wie schon lange nicht. Weil er, der älteste Hund vom Sicherheitsbüro, wieder einmal recht gehabt hatte. Ein alter Hund lernt zwar keine neuen Kunststücke, aber die alten hat er im kleinen Finger, dachte Hotwagner zufrieden.

So hatte er gleich bemerkt, daß etwas an diesem Dechant nicht koscher war. Trotz Doktorat, Klavierklimpern und Nubien war der Typ *unfrank bis dorthinaus.*

Warum war der am Sechzehnten so lange weg gewesen?

Gut, er hätte während der Rückfahrt irgendwo trödeln können – das war schon drin. Aber wenn er bereits um zwei Uhr früh weggefahren war, obgleich er für die Fahrt maximal vier Stunden gebraucht haben konnte, so war er dann immer noch viel zu früh in Salzburg gewesen, wo die Ausstellung erst um zehn geöffnet hatte.

27

Über Nacht schlug das Wetter um, es kam die von den Meteorologen angekündigte Abkühlung. In den Bundesländern gab es wolkenbruchartige Regenfälle, Überschwemmungen und Vermurungen. In Wien regnete es zwar noch nicht, aber die Temperatur war um fast zwanzig Grad gesunken. Es blies ein starker Wind, der die dunklen Wolkenbänke vor sich her trieb.

Es war Samstag, und die Mitglieder der *MG 2* saßen beim morgendlichen Kaffee, als Tamandl ins Zimmer platzte und die Idylle störte.

Auf den Schreibtischen lagen die Tageszeitungen, die Männer verzehrten frische Leberkäsesemmeln, und Monika Suttner kaute andächtig an einem mit Diätmargarine bestrichenen Kornspitz. Als einzige trank sie ihren Kaffee nicht mit Zucker und Milch, sondern schwarz und bloß mit Kandisin.

Stern überflog im *Standard* den Bericht über ein Fernsehinterview des freiheitlichen Parteiführers Jörg Haider, in dem dieser zugab, am rechten Rand des politischen Spektrums angesiedelt zu sein, aber gleichzeitig der bisherigen Deutschtümelei seiner Partei eine Absage erteilte.

In der Nebenspalte fand sich eine Stellungnahme des sozialdemokratischen Bundeskanzlers Franz Vranitzky, der zum x-ten Mal bekräftigte, daß er nicht bereit sei, eine Koalition mit den Freiheitlichen einzugehen, solange Jörg Haider deren Obmann war.

Tamandl kam geradezu ins Dienstzimmer gekugelt. Er hatte einen hochroten Kopf, und sein sonst sorgfältig gepflegter dünner Haarkranz stand wirr ab. In jedem seiner Händchen hielt er eine Tageszeitung und sagte wütend: »Sie haben das gelesen?!«

»Was denn?« fragte Berger IV. und biß in seine zweite Leberkäsesemmel.

Wasenegger *legte noch ein Schäuferl nach.* »Steht ja eh nur Scheiß in den Zeitungen, Herr Hofrat. Darum lesen wir keine.«

»Diesmal sollten Sie sie aber lesen!« keuchte Tamandl. »Und aufmerksam noch dazu!« Er knallte die beiden Zeitungen auf den Tisch, schlug sie mit zitternden Händen auf und las laut vor. »Ohnehin angeschlagene Polizei unterdrückt Tatsachen! Steht in der ›Krone‹. Also, bitte. Der ›Kurier‹. schreibt: Pressestelle der Wiener Polizei vernebelt Mordfall!«

Monika Suttner, die Tamandl am nächsten stand, schaute in die Zeitungen. »Der Fall Doppler. Sie schreiben, daß die Polizei an den Medien vorbei ermittelt, um die eigene Unfähigkeit zu vertuschen.«

»Trottel«, brummte Hotwagner, »und Arschlöcher. Wer für alles andere zu teppert ist, wird Zeitungsschmierer.«

Tamandl war überhaupt nicht dieser Meinung. »Reden Sie keinen Unsinn«, blaffte er Hotwagner an, »und lassen Sie beiseite, wer und was die Journalisten sind! Ich hatte heute bereits zwei Anrufe, die sich gewaschen hatten, meine Herren und die Dame! Sowohl der Sicherheitsdirektor als auch der Polizeipräsident haben mich *zur umgehendsten Relation* aufgefordert – und das an einem Samstag!«

Stern zündete sich eine Zigarette an. »Regen Sie sich doch nicht auf, Herr Hofrat, und sagen Sie unseren Herren und der Presse, daß wir nichts unterdrükken, sondern im Interesse einer zielführenden Ermittlung eine vorläufige Nachrichtensperre angeordnet haben.«

Hotwagner hatte den letzten Bissen noch im Mund,

zündete sich aber trotzdem schon eine *Boro* an und brummte undeutlich: »Die sollen sich nicht anscheißen, Hofrat. *Wir sind ja eh drauf* – also ...«

Tamandl fixierte ihn wütend. »Ah? *Drauf*, sagen Sie, Hotwagner? *Drauf?*« Und: »*Wo drauf*, wenn ich fragen darf? Beim Essen? Kaffeetrinken? Oder Kettenrauchen?« Er ging zum Fenster und öffnete es. »Übrigens ist hier drinnen eine Luft, die für Nichtraucher den Tatbestand der fahrlässigen Körperverletzung darstellt! Ich bitte Sie, muß denn das sein?!« Dann stellte er sich vor den fast doppelt so schweren Hotwagner und pfauchte: »*Sie sind also drauf?* Wie? Worauf denn?!«

Hotwagner blieb ungerührt. Er machte zwei tiefe Lungenzüge hintereinander und blies den zurückströmenden Rauch auffällig bemüht an Tamandl vorbei. »Auf dem Fall Doppler. Es kann nur mehr eine Frage der Zeit sein, Hofrat, bis wir der Presse die Täter bekanntgeben können.« Er schaute Tamandl schläfrig an. »Ich hab' eine Zeugin dafür, daß der Dechant Dreck am Stecken hat und wahrscheinlich der Mörder ist.«

Dann berichtete er, was ihm die alte Reinhilde Merkl am Vortag über Dechants Autofahrt am Sechzehnten erzählt hatte.

»Der Dechant ist am Mordtag gegen 2.00 Uhr in der Früh mit seinem Auto nach Salzburg in diese Ausstellung gefahren und erst um 23.00 Uhr in der Nacht zurückgekommen?! Frage: Was hat er die ganze Zeit gemacht? Die Ausstellung hat am Sechzehnten um 10.00 Uhr auf- und um 18.00 Uhr zugesperrt. Was hat er so lange vorher und nachher gemacht? Sich Salzburg angeschaut?« Er zündete sich die nächste *Boro* an, trank seinen Kaffee aus und brummte: »Oder ist er

so früh in die Pazmanitengasse gefahren, damit ihn im Haus niemand sieht, hat das Haustor und die Wohnung aufgesperrt und sich versteckt?«

»Mit dem vierten Schlüssel!« sagte Wasenegger. »Den es angeblich nicht gegeben hat.«

Hotwagner nickte. »Ja. Der vierte Schlüssel. Und dann«, fuhr er fort, »hat die Doppler ihren Mann gegen 14.30 Uhr mit einem Telefonanruf in die Wohnung gelockt, damit er ... was weiß ich ... irgend etwas für die Party holt. Oder sie hat ihm gesagt, es gibt einen Rohrbruch, damit er nur ja sofort hingeht. So ist das g'rennt, Hofrat!«

»Und dann hat ihn der Dr. Dechant *nach allen Regeln der Kunst gemacht*«, warf Berger ein.

Hotwagner nickte. »Richtig, ›Burli‹. Danach hat der Dr. Dechant in aller Ruhe gewartet, bis es Nacht wurde, so daß er Wohnung und Haus unbeobachtet verlassen konnte.« Er schaute Tamandl beinahe nachsichtig an und brummte: »So ist das gewesen, Hofrat. Das hab' ich mit *drauf sein* gemeint. Die Doppler und ihr Bruder waren's. Die haben auf ja und nein *einen handfesten 75er am Buckel* – oder ich laß' mich da in den Hals stechen. Gleich morgen können S' den Zeitungen das als Fressen hinhauen.«

Unmittelbar danach stellte Berger IV. in der Computerauflistung der Kfz-Zulassungen fest, daß auf den Namen Dechant, Dr. Felix, ein alter Citroen DS, zweifarbig, schwarz und creme, mit dem gleichfalls alten schwarzen, weißbeschrifteten Kennzeichen W 7.816 angemeldet war. Von diesem auffälligen stromlinienförmigen Modell gab es nur mehr zwei Stück in den Farben Schwarz und Creme in Wien.

»Da müßt' es schon mit dem Teufel zugehen, wenn der Wagen – für den Fall, daß Dechant dumm genug war, ihn im Viertel um die Pazmanitengasse zu parken – niemandem aufgefallen ist«, sagte Stern. Er schaute in die Runde und ordnete an: »Die ganze Gruppe macht sich auf die Socken und ermittelt weiträumig, ob und wann irgendwer diesen Citroen gesehen hat. Ich fahr' wieder auf die Baumgartner Höhe und schau, was mit der Doppler los ist.«

»Mir fällt noch was ein, Chef«, sagte Monika Suttner zu Stern. Sie ging zum Telefon, rief die Auskunft an und ließ sich die Nummer des Carolino Augusteum geben. Deklarierte sich und fragte, ob die Sonderausstellung über die Brüder Sattler am 16. August tatsächlich von zehn bis achtzehn Uhr geöffnet gewesen war. Hörte eine Weile zu, bedankte sich und legte lächelnd auf.

»Die Ausstellung war am Sechzehnten und auch am Siebzehnten nicht geöffnet, Burschen. Denn in der Nacht davor hat es im Museum einen Wasserrohrbruch gegeben. Es mußten einige Exponate der Brüder Sattler abgehängt werden, damit der Schaden behoben werden konnte. Die Sonderausstellung war erst wieder am Achtzehnten zugänglich.«

Hotwagner lief rot an und brummte wütend: »Ich bin ein saudummer Trottel.«

»Das wissen wir eh«, witzelte Berger IV., »aber wieso kommst erst jetzt drauf?«

»Weil ich gestern auch in Salzburg angerufen, aber nicht so genau gefragt hab' wie die Moni.« Und nach einer Pause: »Oder ich hab' wen Falschen erwischt. Irgendeinen Arsch, der vom Rohrbruch nichts gewußt hat.«

»Aber deswegen bist doch kein Trottel, Otto«, sagte Monika Suttner milde.

»Oh ja, Kinderl«, brummte Hotwagner. »So etwas hätt' einem alten Hund wie mir nicht passieren dürfen. Noch ein paar derartige Fehler, und ich zieh' mich aus dem Verkehr.«

Keiner sagte etwas darauf. Denn was dem Otto passiert war, war auch allen anderen oft genug passiert. Kriminalbeamte waren eben nur Menschen und keine Wundermaschinen. Außerdem war die Tatsache, daß die Ausstellung am Sechzehnten geschlossen gewesen war sowieso nur mehr ein Steinchen im bereits klar erkennbaren Mosaik.

Hotwagner, Wasenegger, Berger IV. und Monika Suttner fuhren in den zweiten Bezirk und schwärmten zu Fuß aus, um das Viertel Praterstraße–Taborstraße–Nordwestbahnstraße zu durchkämmen, in dem sich die Pazmanitengasse zwischen der Großen Stadtgutgasse und der Alliiertenstraße hinzieht. Doch keiner der Befragten konnte sich daran erinnern, in der Vorwoche einen geparkten schwarz-cremefarbenen Citroen gesehen zu haben.

In dem Viertel gibt es viele kleine Geschäfte für alle möglichen Waren, Gasthäuser, Cafés und Nachtloka-

le. Die Straßen und Gassen sind derart von Stoßstange an Stoßstange abgestellten Autos überfüllt, daß höchstens ein auf längere Zeit freistehender Parkplatz, aber kein geparktes Auto auffällt.

Hotwagner, Wasenegger, Berger IV. und Monika Suttner wollten schon essen gehen und später ihre Suche auf ein größeres Gebiet ausdehnen, als Wasenegger auf eine Gruppe von Rollerskatern aufmerksam wurde. Die zehn- oder zwölfjährigen Buben, durchwegs Ausländer, genossen die letzten Tage der Schulferien und kurvten mit atemberaubender Geschwindigkeit auf dem Gehsteig umher. Sie waren ziemlich erschrocken, als sich Berger IV. einen von ihnen griff, am Weiterfahren hinderte und ihm seine *Kokarde* unter die Nase hielt. Erst als sie erfuhren, daß die Polizisten nur eine Auskunft wollten, wurden sie zutraulicher.

Ihr Anführer, Srboljub Marianovic, sagte – nachdem ihm Hotwagner versichert hatte, es gehe um eine möglicherweise wichtige Beobachtung –, daß ihnen ein alter schwarz-cremefarbener Citroen aufgefallen war. »Großes Auto – ist gestanden Ecke Zirkusgasse/Schmelzgasse. War schwarz-weiß, altes Schrotthaufen. Stehen Vormittag schon da und Abend auch. Nächstes Tag nicht mehr.«

»Brav«, lobte Hotwagner und drückte dem Buben einen Zwanziger in die Hand.

Monika Suttner fragte: »Ist das auch wirklich wahr?« Und als Srboljub nickte: »Wieso erinnerst du dich so genau an den Citroen, wo es doch überall einen Haufen Autos gibt?«

»Weil Auto anders als die anderen«, sagte Srboljub. »*Alter Kübel.* Schrotthaufen.« Und mit einem breiten Grinsen: »Wenn jetzt was sagen – nix mit auf Polizei?«

»Nein« brummte Hotwagner.

»Ehrenwort?« fragte Srboljub. Und als Hotwagner nickte, mit breitem Grinsen: »Ich mich erinnern, weil teppate Drago zu schnell dran. Nix kriegt Kurve. Fahrt gegen Auto. Trottl, teppate. Bumm! Macht dabei bißl drücken ein. Vorne rechts. Nix viel!« Er zeigte auf einen anderen Buben: »Das dort – teppate Drago.« Und ängstlich: »Nix jetzt Polizei wegen drücken ein? Auch nix, weil ich mit Finger auf dreckige Kühler schreiben ›Orschloch‹? Nix Straf kriegen? Nix mit auf Polizei?«

»Nein«, sagte Wasenegger. »Du braver Bub. Du nix mit uns auf Polizei. Nix Straf. Im Gegenteil. Wenn ihr das vor Gericht aussagts, kriegts eine Belohnung!«

Monika Suttner schrieb sich die Namen Srboljub Marianovic und Drago Veselinovic sowie deren Adressen auf. Berger IV. fragte über das Handy im Kommissariat Leopoldstadt nach, ob Familien dieses Namens tatsächlich im zweiten Bezirk gemeldet waren. Als sich herausstellte, daß das stimmte, ließen sie die Buben auf ihren Rollerskatern weiterfahren und gingen zufrieden in ein Gasthaus gegenüber dem Karmelitermarkt. Diesmal ließ sich sogar die schlankheitsbewußte Monika Suttner zu einem Riesenschnitzel mit Gurkensalat verleiten. Hotwagner bestellte sich zusätzlich einen großen Teller Petersilerdäpfel, damit er nicht, wie er brummte, kurz vor der Aufklärung *wie ein toter Kanarie vom Sprießel fiele.*

Als er keinen Bissen mehr runterbrachte und sich ein zweites Krügel dunkles Bier bestellt hatte, rief er Stern an und berichtete vom Erfolg der Ermittlungen.

Stern erhielt den Anruf, als er gerade in der Psychiatrie bei Dr. Horak war, der nach wie vor die Meinung

vertrat, die Patientin Doppler dürfe auf keinen Fall Besuch empfangen. Er steckte das Handy ein und schaute den Arzt ruhig an. »Sie, Herr Doktor, können sich von jetzt an darauf vorbereiten, daß die Frau Doppler nicht mehr lange Ihre Patientin sein wird. Ich werde heute noch die erforderlichen Papiere fertigmachen lassen und dafür sorgen, daß Frau Doppler morgen zu unserer ausschließlichen Verwendung ins Inquisitenspital überführt wird. Es bestehen jetzt ausreichende Gründe für einen richterlichen Haftbefehl nach § 75 des Strafgesetzbuches – wegen gemeinschaftlich begangenen Mordes an ihrem Gatten.«

Während Dr. Horak nach Luft rang, stand Stern auf, zog sich sein Leinensakko glatt und zündete sich eine Zigarette an. Er paffte ein paar Wölkchen in den sterilen Raum, deutete eine knappe Verbeugung an und ging zur Tür.

Dort blieb er stehen. »In der nächsten halben Stunde wird ein Sicherheitswachebeamter vor der Tür zum Krankenzimmer der Frau Doppler Posten beziehen. Ich werde das veranlassen und ersuche Sie nachdrücklich, ihm nichts in den Weg zu legen. Auf Wiedersehen, Herr Doktor Horak.«

Dann fuhr Stern ins *Koat Penzing* und veranlaßte die sofortige Abstellung eines Postens ins Psychiatrische Krankenhaus. Anschließend fuhr er ins Landesgericht und informierte U-Richter Christian Maglock. Dieser traf umgehend die Veranlassung, daß Irene Doppler von einem Polizeiarzt untersucht werde, um festzustellen, ob sie nicht doch simulierte.

29

Nach dem Mittagessen war die Temperatur auf lächerliche elf Grad gefallen, und es regnete ziemlich stark.

Wasenegger und Berger IV. fuhren ins Sicherheitsbüro zurück, Hotwagner und Monika Suttner in die Sternwartestraße.

Die beiden hörten schon im Hausflur, daß Dechant wieder am Klavier saß. Nur, daß er diesmal nicht den Brahmswalzer, sondern, wie Monika Suttner feststellte, einen berühmten Chopinwalzer in Es-Dur spielte.

»Die Vorschläge kommen etwas holprig«, sagte Monika Suttner. »Den Brahmswalzer hat er besser gekonnt.«

Hotwagner blieb ein paar Sekunden keuchend stehen. »Das ist jetzt wurscht, Kinderl. Bald kann er das Klavier vergessen *und sich im Häfen mit dem Zumpferl spielen*. Aber über dich wundere ich mich: Du kennst einen Haufen Bücheln und jeden Walzer – trotzdem gehst zur Kiberei und gibst dich mit dem letzten Dreck ab.« Er hustete sich die verschleimte Kehle frei, atmete tief durch und wuchtete seine Masse weiter über die Stiege hinauf.

Monika Suttner ging leichtfüßig hinter ihm her. Sie gab keine Antwort, weil sie eigentlich selbst nicht wußte, was sie auf die Idee gebracht hatte, Polizistin zu werden. Sie hatte in ihr Aufnahmegesuch geschrieben: »... weil ich für Recht und Ordnung bin«, aber das hatte so nicht ganz gestimmt. Wahrscheinlich hatte sie sich beworben, weil sie nicht wie andere Frauen ein Leben lang vor dem PC sitzen und etwas in die Tastatur hämmern wollte, das jemand anderer diktierte.

Vor Dechants Wohnungstür schnaufte Hotwagner ein paarmal, weil ihm das Stiegensteigen so zugesetzt hatte, daß er glaubte, gleich umzufallen. Dann läutete er einige Male, und als drinnen weiter Klavier gespielt wurde, hämmerte er mit der Faust gegen die Tür.

Daraufhin brach der Es-Dur-Walzer ab, und es waren schlurfende Schritte zu hören. Kurz danach öffnete sich die Tür, und der korrekt mit Anzug und Krawatte gekleidete Dechant schrie wütend: »Sind Sie denn wahnsinnig, so zu hämmern? Wo glauben Sie denn, daß Sie sind?!«

»In der Sternwartestraße«, sagte Hotwagner ruhig. Dann, fast gelangweilt: »Laß uns herein, Dechant.«

Dechant trat zurück, protestierte aber: »Für Sie bin ich immer noch der Herr Doktor Dechant, Sie Büttel! Ich verbitte mir Ihr unqualifiziertes Benehmen!«

»Komm rein und mach die Tür zu, Kinderl«, brummte Hotwagner zur Suttner.« Und zu Dechant: »Ein Herr und Doktor bist du für mich gewesen, Dechant. Ich nehm' dich im Namen des Gesetzes fest, weil der dringende Verdacht besteht, daß du gemeinsam mit deiner Schwester den Rudolf Doppler umgebracht hast.«

Dechants Gesicht veränderte sich nicht. »Lächerlich! Sie müssen Ihrer Sinne nicht mächtig sein, Herr Inspektor.«

Hotwagner tappte wie ein Tanzbär auf Dechant zu. »Ist schon recht. Das sagen alle, wenn s' derwischt werden, Dechant.« Und dann fast gemütlich: »Komm, mach dich fertig. Du gehst jetzt mit. Mach deinen *Klimperkasten* zu, damit's nicht hineinstaubt. Du wirst wahrscheinlich lang nicht zurückkommen.«

Dechant ging, gefolgt von Hotwagner und Monika Suttner, ins Zimmer und zum Bösendorfer-Flügel. Er

schaltete das noch immer tickende Metronom ab, nahm die aufgeschlagenen Noten vom Ständer, klappte sie zu und legte sie zu den auf dem Tisch gestapelten Noten. Dann schloß er behutsam das Klavier, schob den Hocker zurecht und sagte: »Ich bin fertig. Mitnehmen tu ich nichts, weil sich meine Festnahme bald als Irrtum herausstellen wird. Ich möchte allerdings noch die Toilette aufsuchen, wenn Sie gestatten.«

»Wiest glaubst«, brummte Hotwagner. »Geh nur aufs Häusl, ist schon okay.«

Er ging mit Dechant zum WC, stellte sich in die offene Tür und schaute zu, wie der sich sichtlich genierende Dechant sein Wasser ließ. Dann begleitete er ihn zum Bad, beobachtete, wie sich Dechant die Hände wusch, und griff sofort zu, als dieser aus einer über dem Waschbecken aufgebauten Kollektion von Medikamentenröhrchen eines nehmen wollte.

»Nichts da«, sagte er streng. »Ab jetzt kriegst die Tabletten von uns, wennst sie brauchst. Vor dem alten Hotwagner *machst du mir keinen Abgang.*«

»Ich bitte Sie«, wandte Dechant ein. »Ich will doch keinen Selbstmord begehen! Warum denn? Weil mich ein übereifriger Polizist falsch beschuldigt?«

»Sicher ist sicher«, brummte Hotwagner und zündete sich eine *Boro* an. »Wennst willst, kannst noch deinen Anwalt anrufen. Das geht aber auch vom Sicherheitsbüro.«

»Ich brauche keinen Anwalt. Ich wüßte nicht, wofür.«

»Bald genug wirst du's wissen«, brummte Hotwagner. Und zur Suttner: »Zuerst sind s' alle *bamstig* und spielen den Unschuldigen. Aber nach den ersten zehn Minuten des Verhörs täten s' am liebsten alle Anwälte Wiens zugleich anrufen.«

Er packte Dechant am Arm und zog ihn sanft, aber mit der Gewalt einer langsam laufenden Maschine aus dem Raum und durchs Vorzimmer. Dann gingen sie die Stiegen hinunter, Monika Suttner voran, Dechant in der Mitte und Hotwagner hinterdrein, wobei er die rechte Hand immer in der Nähe seiner Walther 7,65 hielt.

»Wo haben Sie denn Ihren Wagen stehen, Herr Dechant?« fragte Monika Suttner über die Schulter.

»Warum? In meiner Garage natürlich – zwei Gassen weiter.«

»Brav, Kinderl«, brummte Hotwagner. »Das wollt' ich auch grad fragen.« Und zu Dechant: »Da schauen wir jetzt auf einen Sprung vorbei. Ich möcht' das Auto sehen.«

In der großen Privatgarage sahen sie Dechants Citroen neben einem der Stützpfeiler stehen und gingen sofort hin. Der Garagenmeister kam gerade aus seinem Glasverschlag. Er grüßte Dechant höflich, streifte Hotwagner und Monika Suttner mit einem Blick und fragte, ob er irgendwie helfen könne.

»Nein, *Haberer*«, sagte Hotwagner. »Wir schauen uns nur den alten Citroen an.« Er ging um den sauber gewaschenen Wagen herum und brummte: »Aha, gewaschen. ›Arschloch‹ steht nimmer auf der Kühlerhaube.« Dann beugte er sich hinunter, schaute sich die rechte Vorderseite des Wagens an, konnte aber nirgends die kleinste Delle entdecken. »Hat die *Kraxen* nicht rechts vorne einen *Depscher* g'habt?« fragte er den Garagenmeister.

»Ja, schon«, sagte der. »Ich hab' es beim Waschen bemerkt, und weil der *Depscher* so klein war, hab' ich ihn gleich mit dem Gummihammer ausgeklopft. Bei den alten Wagen geht das ganz leicht. Die haben noch

eine Superlackierung.« Er wandte sich an Dechant: »Es ist Ihnen doch recht, Herr Doktor? Oder? Es war ja wirklich nur ein *Depscherl*, Herr Doktor. Nicht der Rede wert, daß ich Sie deswegen anruf'.«

Dechant lächelte den Garagenmeister an und sagte leise: »Schon recht, Herr Burggraf. Das geht schon in Ordnung. Danke.« Er zog seine Brieftasche heraus, entnahm ihr einen Geldschein und gab ihn dem Garagenmeister. »Für Ihre Aufmerksamkeit.«

Hotwagner nahm Dechant beim Arm und brummte: »Na, dann gehen wir, Dr. Dechant.« Er schaute den Garagenmeister an und ließ seine *Kokarde* baumeln. »Polizei. Das Auto ist beschlagnahmt. Es bleibt da stehen, bis wir uns melden.« Dann zu Monika Suttner: »Hast ein *Pickerl* dabei, Kinderl?« Und als sie bejahte: »Gib über jede Tür eins drauf.«

Monika Suttner kramte in ihrer Handtasche, zog einen Streifen Aufkleber mit dem Bundesadler und dem Aufdruck BUNDESPOLIZEI heraus und plazierte je einen Aufkleber über dem kleinen Spalt zwischen Tür und Karosserie.

Dann gingen die drei zum Ausgang und ließen den Garagenmeister verwirrt zurück.

Bei ihrem Auto angekommen, sagte Hotwagner zur Suttner: »Du fährst, Moni.« Dann zwängte er sich mit Dechant auf die Rücksitze, zündete sich die zweiundvierzigste Zigarette des Tages an und brummte nach vorn: »Geht schon, Moni. Fahr.«

Monika Suttner startete den Motor, legte den ersten Gang ein, rührte ein bißchen im ausgeleierten Getriebe von Hotwagners Wagen herum, vergewisserte sich durch einen Blick in den verschmutzten Seitenspiegel, daß die herankommenden Fahrzeuge genügend weit entfernt waren, schaltete den Blinker ein und fuhr los.

Im Dienstzimmer der *MG 2* wurde Dr. Felix Dechant im Beisein von Tamandl und der ganzen Gruppe einvernommen.

Monika Suttner saß vor der Bildschirmschreibmaschine und holte sich eine Maske auf den Monitor.

Dechant saß Stern gegenüber.

Hotwagner hantierte hustend und seine fünfzigste *Boro* paffend an der Kaffeemaschine herum.

Wasenegger und Berger IV. standen mit dem Rükken zum weit offenen Fenster.

Tamandl ging nervös hin und her, wobei er Dechant immer wieder schräg von der Seite ansah.

»Herr Dr. Dechant«, begann Stern, »mein Kollege hat Ihnen den Grund Ihrer Festnahme bereits bekanntgegeben. Sie werden beschuldigt, in Zusammenwirken mit Ihrer Schwester, Irene Doppler, Ihren Schwager Rudolf Doppler ermordet zu haben.« Dann stellte er Dechant die routinemäßigen Fragen *für das Nationale,* wartete, bis Monika Suttner fertiggeschrieben und den Passus »Zur Wahrheit ermahnt, gibt der Obengenannte an ...« eingefügt hatte.

Dann sagte Stern zu Dechant: »Wir beschuldigen Sie, am 16. August 1995 Ihren Schwager ermordet zu haben, indem Sie ihm in seiner Wohnung auflauerten und ihn anschließend durch einen Stoß mit einem stählernen Gegenstand, der durch die Schädeldecke ins Gehirn geführt wurde, ermordeten. Sie wurden bei dieser Tathandlung durch Ihre Schwester unterstützt, die ihren nichtsahnenden Mann durch einen Telefonanruf in die Stadtwohnung in der Pazmanitengasse lockte.«

Dechant schaute Stern arrogant an, doch in seinen

Augen flackerte eine gewisse Unruhe, und auch seine Stimme war nicht ganz fest, als er sagte: »Lächerlich. Sie wissen wie ich, daß ich am Sechzehnten in Salzburg war und die Ausstellung über die Brüder Sattler besucht habe.«

Hotwagner wandte sich von der Kaffeemaschine ab. Er ging zum Schreibtisch, stellte sich hinter Stern. »Lüg nicht, Dechant. Du stiehlst nur dir und uns die Zeit. *Leg nieder!* Dann hast du's hinter dir, und wir auch. Gemma!« Er ging um den Schreibtisch herum, stellte sich seitlich von Dechant auf, zündete sich eine neue *Boro* an und sagte: »Wir wissen alles, also streng dich nicht mit Lügereien an.«

Dann zählte Hotwagner auf: »Du kannst dir am Sechzehnten die Ausstellung nicht angeschaut haben, weil die an diesem Tag wegen eines Gebrechens geschlossen war – Nummer eins. Das hast du aber nicht gewußt, sonst hättest uns nicht so einen Blödsinn als Alibi serviert. Nummer zwei: Wir haben einen Zeugen dafür, daß du am Sechzehnten um 2.00 Uhr früh mit deinem Auto von deiner Wohnung weggefahren und erst um 23.00 Uhr nachts zurückgekommen bist. Nummer drei: Das Auto war den ganzen Tag und bis in die Nacht an der Ecke Zirkusgasse/Schmelzgasse geparkt. Dafür gibt es mehrere Zeugen. Ein Rollerskater ist gegen dein Auto gefahren und hat dir rechts vorne einen *Depscher* gemacht – den *Depscher*, den der *Garagenschurl* mit dem Gummihammer ausgeklopft hat. Außerdem haben s' dir ›Arschloch‹ auf die Kühlerhaube geschrieben. Du hast beides nicht bemerkt. Aber wir wissen's. Nummer vier: Warum hast du uns den Schmäh von der Ausstellung erzählt, und warum hattest du deinen *Kübel* ganztägig im zweiten Bezirk, nahe der Pazmanitengasse, geparkt? Weilst in der

Wohnung vom Doppler warst und ihn, als er wegen des Anrufs seiner Frau gekommen ist, *von hinten gemacht hast.* Dann hast gewartet, bis es Nacht wird, hast das Haus verlassen, bist in deinen *Kübel* gestiegen und nach Hause gefahren. Und bist wieder gesehen worden, wie du zur Garage gefahren und zurückgekommen bist.« Hotwagner drückte die Zigarette aus, blinzelte Tamandl zu und ging wieder schwerfällig zur Kaffeemaschine zurück.

Stern schaute Dechant an und fragte: »Was sagen Sie zu diesen Beschuldigungen, Herr Dr. Dechant?«

Dechant war jetzt gar nicht mehr arrogant, sondern sichtlich angeschlagen. Er schaute Stern nicht an, als er sagte: »Diese apodiktischen Beschuldigungen sind größtenteils unrichtig.«

Stern nickte. »So. Und was stimmt?«

»Daß ich nicht in Salzburg war. Es stimmt nicht, daß ich mit dem Wagen im zweiten Bezirk war. Die von mir nicht bemerkte Delle werde ich mir anderswo zugezogen haben. Möglicherweise auf dem Parkplatz vor dem Duty-free-Shop in Klein-Haugsdorf.«

»Aha. Sie waren am Sechzehnten also in Klein-Haugsdorf?« fragte Berger IV.

»Ja«, bestätigte Dechant. »Genaugenommen im Zollfreiladen über der Grenze nach Tschechien. Ich fahre dort manchmal hin, um mich mit Rauchwaren zu versorgen.« Er zeigte sein linkes Handgelenk vor. »Auch diese Uhr habe ich mir dort gekauft. Allerdings schon vor längerer Zeit.«

Stern dachte kurz nach. »Gut. Wir nehmen das zur Kenntnis. Sie waren also am Mordtag in Klein-Haugsdorf. Dazu haben Sie rund einundzwanzig Stunden gebraucht, obgleich dieser Ort nur etwa siebzig Kilometer von Wien entfernt ist?«

»Ja«, meinte Dechant, »es war ein großer Stau an der Grenze. Jedenfalls habe ich meinen Schwager nicht umgebracht. Das müssen Sie mir erst beweisen.«

»Genau das werden wir, mein lieber Herr Dr. Dechant«, sagte Tamandl, »und zwar exakt.«

Dechant nickte abgehackt. »Also, bitte.«

»Riskier keine solche Lippe, Dechant«, brummte Hotwagner von der Kaffeemaschine her. »Bald wirst du *das G'schissene auswendig haben.*«

Stern schaute Monika Suttner an. »Druck die Rechtfertigung des Dr. Dechant aus, laß sie von ihm unterschreiben, und nimm ein Haftprotokoll auf.« Dann sagte er zu Dechant: »Sie werden in Haft genommen. Beim nächsten Verhör werden wir Sie nicht mehr, wie Sie sagen, mit Behauptungen, sondern mit erwiesenen Fakten konfrontieren. Wollen Sie sich vielleicht jetzt mit einem Anwalt Ihres Vertrauens in Verbindung setzen?«

»Nein«, sagte Dechant.

Berger IV. hob den Telefonhörer ab und wählte die Nummer des Gefangenenhauses. »Ich bin's. Der ›Burli‹. *MG 2.* Ihr könnts euch einen abholen.« Dann legte er auf und sagte zu Dechant. »Das ist's gewesen.«

Hotwagner wandte sich wieder Dechant zu und brummte beiläufig: »Schad, daß du *nicht niedergelegt hast,* Alter. Jetzt müssen wir deine Schwester *nach allen Regeln der Kunst auseinandernehmen* ...«

Monika Suttner legte das Protokoll vor Dechant hin und gab ihm einen Kugelschreiber.

Dechant nahm ihn, nickte dankend und begann zu lesen. Aber schon nach wenigen Zeilen hob er den Kopf, schaute Stern an und sagte leise: »Entschuldigen Sie mich für die Mühe, die ich Ihnen mache. Aber ich möchte ein Geständnis ablegen.«

»Ach. Warum jetzt auf einmal?«

»Weil ich nicht möchte, daß meine Schwester über Gebühr angestrengt wird. Sie trägt die geringste Schuld – wenn überhaupt von einer solchen gesprochen werden kann.« Und nach einem Blick auf Hotwagner, der zusah, wie sich an der Kaffeemaschine die untergestellten Tassen zischend füllten: »Ich möchte sie nicht dem aussetzen, was Ihr Kollege *Nach-allen-Regeln-der-Kunst-Auseinandernehmen* nennt.«

Hotwagner nickte. »G'scheit, Dechant.« Dann fragte er fast gemütlich: »Magst auch einen Kaffee?«

Dechant bat darum. Dann öffnete sich die Tür, und ein Uniformierter schaute herein.

»Kannst gleich wieder gehen«, sagte Berger IV. zu ihm. »Es war blinder Alarm. Wir brauchen dich erst später.«

Der Uniformierte schaute ihn mürrisch an und fragte: »Wißts ihr überhaupt noch, was ihr wollts, *ihr Kiberer?* Oder wollts uns schikanieren?«

»Beides nicht, Herr Kollege«, sagte Tamandl ungewohnt freundlich. »Aber unser Klient hat es sich anders überlegt. Also gehen Sie. Danke.«

Der Uniformierte ging und machte die Tür unsanft hinter sich zu.

Hotwagner brachte Dechant den Kaffee und brummte: »Da hast. Zucker und Milch ist alles schon drin.« Und dann zur Suttner: »Hau wieder drauf, Kinderl. Es geht gleich los.«

31

»Die Idee, den Doppler umzubringen«, gab Dechant zu Protokoll, »stammt zur Gänze von mir. Meine Schwester hat damit nur am Rande zu tun, weil sie von Doppler seit Jahren zu einem unselbständigen Wesen degradiert worden ist. Leider neigte sie dazu, ihre Männer für Halbgötter zu halten und anzuhimmeln. Das ist bei ihrem ersten Mann gutgegangen, der war ein feiner Mensch und hat meine Schwester nie ausgenützt. Dafür aber der zweite: Doppler. Er machte meine arme Schwester zu einem willenlosen Wesen. Zuerst ließ er sich die Hälfte der Firma überschreiben, die früher meiner Schwester und mir zu gleichen Teilen gehört hatte. Wir waren so dumm, dem zuzustimmen, weil er uns eine monatliche Garantiesumme zugesagt hatte. Doch die Überweisungen sind immer kleiner geworden, zuletzt waren es nur mehr Brosamen in Höhe von zehntausend Schilling im Monat. Ich glaube, er hat die meisten Aufträge schwarz übernommen, das heißt an der Finanz und an uns vorbeigeschwindelt, und das Geld auf einem seiner Privatkonten gehortet.«

Hotwagner warf ihm ein Päckchen *Boro* hin und brummte: »Da – rauch, Alter. Ich hab' noch genug.« Dann gab er Dechant Feuer und sagte: »Trag uns nichts nach, Doktor. Wir sind ja keine Viecher. Aber unsere Arbeit müssen wir halt tun.«

»Hinzu kam noch, daß meine Schwester einen Mann kennengelernt hat, den sie mir gegenüber als Mann für Leben bezeichnet hat.«

»Diesen Mann kennen wir«, warf Stern ein. »Er ist *Badewaschel* im *Gänsehäufel*, man nennt ihn den Stier vom *Gänsehäufel.*«

Dechant fuhr in die Höhe. »Nein!«

»Warum nicht?« brummte Hotwagner. »Manche Frauen sind halt so.«

Dechant setzte sich wieder, schaute betreten drein und fuhr schließlich ruhig fort. »Plötzlich kam Doppler mit der Idee zu Irene, sich scheiden zu lassen – weil er von ihr, wie er grinsend sagte, beweisbar betrogen worden war und weil sie ihm die ehelichen Pflichten verweigert hatte. Einmal läuft auch das größte Faß über. Kurzum: Meine Schwester kam zu mir und weinte sich aus. Wußte, verzweifelt wie sie war, keinen Ausweg, war völlig gebrochen und sprach von Selbstmord. Ich konnte ihr das ausreden. Denn wenn hier einer zu Tode kommen würde, durfte das nicht sie, die Unschuldige, sein. In Frage kam wohl nur er, Doppler.«

Dechant fragte Monika Suttner wieder, ob sie mitkomme, und setzte dann fort. »Meine Schwester und ich kamen überein, daß Doppler weg mußte. Denn mit gütlichen Mitteln war ein rücksichtsloser Mensch wie er nicht umzustimmen. Irgendwann mußte er, wenn schon nicht vom Schicksal, dann eben von uns, zur Kasse gebeten werden. Die Zeiten des menschlichen Kreditgebens waren vorbei. Ich entwarf daher einen Plan, wie wir am besten zum Ziel kommen konnten. An einen Angriff von vorne, von Angesicht zu Angesicht, war für mich nicht zu denken. Dazu war ich trotz allen Hasses auf ihn und trotz der Liebe zu meiner Schwester nicht fähig. Ich mußte also Doppler auf eine andere Art unschädlich machen. Denn unser läppischer Versuch, über einen mir flüchtig bekannten Unterweltler, dessen Namen ich Ihnen jedoch nicht nennen werde, einen Mörder zu mieten, war fehlgeschlagen. Vielleicht wissen Sie das auch.«

»Aber sicher«, sagte Stern.

»Also mußte ich es tun. Daher wählte ich einen anderen Weg – welchen, das wissen Sie ja. So weit gekommen, setzte ich nach langem Überlegen den Zahltag für den Sechzehnten fest. Denn an diesem Tag wollte meine Schwester, wie Sie wissen, für ihre Freunde eine Grillparty geben. Alle oder zumindest die meisten Gäste würden annehmen, daß Doppler nicht kommen würde, weil sie ja Freunde meiner Schwester und nicht die seinen waren. Nun gut. Ich verließ also am Sechzehnten, wie Sie wissen, schon um zwei Uhr früh meine Wohnung und fuhr in den zweiten Bezirk. Parkte irgendwo und ging in die Pazmanitengasse, um mich dort in der Wohnung zu verstecken. Den Schlüssel dazu hatte ich ja. Es war dieser vierte, den Sie suchten, aber nicht fanden. Und natürlich hatte ich auch den Haustorschlüssel. Daß Doppler nicht daheim, sondern bei seiner Geliebten, dieser Büroangestellten Sageder, schlafen würde, nahm ich als sicher an. Er hatte das in letzter Zeit fast immer getan und war nur zum Wäschewechseln in die Wohnung gekommen. Trotzdem betrat ich die Wohnung ganz leise, für den Fall, daß er wider Erwarten doch da gewesen wäre. Natürlich war Doppler nicht da – genau wie ich angenommen hatte. Ich mußte also warten, bis meine Schwester ihn am frühen Nachmittag über sein Handy anrief und ihm sagte, sie sei benachrichtigt worden, daß in der Wohnung ein Wasserrohrbruch aufgetreten wäre und das Wasser bereits durch die Decke in das Speisezimmer dringen würde. Also solle er sich sofort darum kümmern, weil sie ja wegen der Party nicht von der Alten Donau weg könne. Das funktionierte. Genau so, wie ich es geplant hatte. Doppler kam gegen halb drei oder ein wenig

später. Er rannte durch die Wohnung und natürlich sofort ins Speisezimmer, in dem ich hinter der Tür wartete. Während er zur Decke schaute, habe ich von hinten zugestoßen.«

»Und womit?« fragte Stern.

»Mit einem Gegenstand«, sagte Dechant, »von dem ich nicht weiß, wie er heißt und wofür er bestimmt ist. Ich habe ihn«, erklärte er, »durch einen Zufall in einem kleinen Kaffeehaus in Niederösterreich gefunden.«

Tamandl lief rot an. »Was heißt durch Zufall und in einem Kaffeehaus? Soll das ein Scherz sein?!«

Dechant lächelte leicht, nahm sich, dankend zu Hotwagner nickend, noch eine *Boro* aus der vor ihm liegenden Packung und ließ sich Feuer geben. »Ich habe darüber nachgedacht, auf welche Weise man Doppler aus dem Weg schaffen könnte, fand aber keine gute Lösung. Dann kam mir die Idee, seinen Tod als Gehirnschlag zu inszenieren. Ich hatte vor Jahren gesehen, wie eine Frau im Türkenschanzpark durch einen Gehirnschlag ums Leben gekommen war, und hatte ihr gespanntes Gesicht und die krampfhaft verzogenen Lippen noch lebhaft in Erinnerung. Ich wußte, daß Doppler schon längere Zeit wegen seines Bluthochdrucks in Behandlung war. Es war also denkbar, daß man einen Tod infolge Gehirnschlags annehmen und der Sache nicht weiter nachgehen würde. Denn infolge seines außergewöhnlich dichten Haarwuchses würde das kleine Loch in der Schädeldecke eventuell übersehen werden. Aus diesem Grund suchte ich in Gedanken ständig nach einem geeigneten Gegenstand zur Ausführung der Tat, las deswegen sogar Fachbücher aus der Gerichtsmedizin. Die Idee, eine starke Bratengabel zu verwenden, verwarf ich, weil ich be-

fürchtete, die Zinken könnten sich auseinanderbiegen und schiefe Einstichstellen hinterlassen, aus denen Blut dringen würde. Einen starken Nagel wollte ich deshalb nicht nehmen, weil ich mich bei dem Stoß leicht hätte an der Hand verletzen können. Dann war ich, etwa Anfang des Monats, wieder einmal beim Grenzübergang Klein-Haugsdorf, um mir aus Tschechien Rauchwaren zu besorgen. Auf der Rückfahrt machte ich einen Umweg und hielt in Groß Siegharts, einem kleinen Ort im Waldviertel, und trank in einem Café namens *Bandlkramer* einen großen Braunen. Ich saß in einer Art Veranda, in der alte Gegenstände ausgestellt waren, die mit dem Weben in Verbindung standen, das früher in dieser Gegend ein wichtiger Erwerbszweig war oder vielleicht auch noch ist. Unter anderem gab es da ein Stück eines alten hölzernen Webstuhls, das sechs kleine Handgriffe hatte. Und auf der Oberseite eine Halterung für einen Gegenstand, von dem ich sofort wußte, daß das meiner sein würde. Es handelte sich um einen unter zwei Ösen geschobenen durchwegs zylindrischen Stahl- oder Eisenstift, als Nichtmetallurg weiß ich das nicht so genau, aber jedenfals war er vermessingt, was ich an der abblätternden Oberfläche sah. Der Stift war etwa zehn Zentimer lang und mit dem Durchmesser einer starken Bratengabelzinke. Zwei oder drei Zentimetern von dem einem Ende entfernt gab es an dem Stift eine Art Plättchen.«

Dechant bat um noch einen Kaffee und fuhr fort: »Ich wußte, daß dieser Stift die ganze Zeit auf mich gewartet hatte. Seine zylindrische Form würde ein gerades Loch in der Schädeldecke hinterlassen und das Plättchen ein etwaiges Austreten von Blut verhindern. Aus diesem Grund habe ich diesen Stift an mich ge-

nommen, das Kaffeehaus verlassen und danach mit meiner Schwester den Sechzehnten als Zahltag festgesetzt. Denn jetzt hatte ich ja das geeignete Werkzeug.« Er schaute Stern an. »Diesen Stift hatte ich zwischen Zeige- und Mittelfinger der rechten Hand eingeklemmt, so daß das Plättchen direkt unter meinen Fingern lag. Um mich nicht zu verletzen, trug ich dikke Arbeitshandschuhe. Als Doppler das Wohnzimmer betrat, stand ich hinter der Tür und rammte ihm den Stift in die Schädeldecke. Da Dechant sehr klein war, hatte ich kein Problem, ihn gut zu treffen. Er stürzte zu Boden, und ich hielt den Stift noch einige Zeit gegen sein Schädeldach gepreßt. Als ich den Stift herausgezogen und das dichte Haar Dopplers zur Seite geschoben hatte, konnte ich feststellen, daß es außer dem kleinen Loch nichts zu sehen gab: Kein Tropfen Blut war aus der Wunde gedrungen. Danach mußte ich nur noch warten, bis es Nacht wurde. Denn untertags wollte ich nicht aus der Wohnung gehen. Es hätte mich ja jemand sehen können. Erst gegen 22.30 Uhr verließ ich die Wohnung, ging zu meinem Wagen und fuhr nach Hause in die Garage. Den Stift und die Schlüssel habe ich in einen *Coloniakübel* geworfen. Alles andere wissen Sie ja. Was jetzt weiter mit mir geschieht, interessiert mich im Grunde nicht. Ich bin zuckerkrank und leide unter starken, meist abrupt auftretenden Herzrhythmusstörungen.«

Dechant lächelte leicht. »Ich bin ein alter Mann, habe mein Leben gelebt, und es wird sicher nicht mehr lange währen. Im Grunde kann ich jetzt ruhig auf das Sterben warten. Ob ich in meiner Wohnung oder in einem Gefängnis sterbe, ist im Grunde irrelevant.«

Er hüstelte, nahm sich noch eine *Boro* aus Hotwag-

ners Packung und ließ sich Feuer geben. »Ich bitte Sie, ausdrücklich festzuhalten, daß die Tötungsidee von mir ausging, und zwar ausschließlich. Meine Schwester mußte ich erst mühsam dazu überreden.«

Dechant stand auf. »Wenn ich sie nicht für den Anruf gebraucht hätte, wäre sie überhaupt nicht involviert gewesen. Aber das ließ sich nicht vermeiden, es gab keine andere Möglichkeit, Doppler in die Wohnung zu locken.«

»Der Anruf«, fragte Stern, »war der nicht ein großes Risiko für Ihren Plan? Doppler hätte seiner Angestellten doch sagen können, daß er eben von seiner Frau in die Wohnung geschickt worden war?«

Dechant lächelte leicht. «Das hätte der nie gemacht. Es war nicht seine Art. Er schaute andere nicht als Menschen an. Alle waren für ihn Werkzeuge. Meine Schwester, seine Weiber ... Was und mit wem Doppler telefonierte, ging nur ihn etwas an.« Und nach einer Nachdenkpause setzte er fort: »Doppler hat viele Feinde gehabt. Mir war also klar, daß ich nur einer von vielen sein würde, auf den der Verdacht fällt. Deshalb bin ich schon einige Tage vor der Tat nach Salzburg gefahren, um mir die Ausstellung anzusehen und dort Drucke der Brüder Sattler zu erwerben. Ich war ziemlich sicher, daß mein Alibi nicht genau überprüft werden würde, und diese Einschätzung hat sich als richtig erwiesen. Daß nun doch alles anders gekommen ist, war nicht meine Schuld. Das Schicksal hat mir diese Wendung beschert.«

»Schicksal hin, Schicksal her«, brummte Hotwagner. »Wenn uns die Moni nicht rausg'rissen hätt', wär' das auch durchgegangen.«

Man hörte noch einige Sekunden das leise Klicken der Bildschirmschreibmaschine, dann war es still im

Raum, nur der Verkehrslärm drang von der Straße herauf.

Hotwagner zündete sich seine zweiundsechzigste *Boro* des Tages an, hustete krachend und brummte dann heiser zu Dechant: »Setz dich wieder nieder, Doktor. Jetzt hast es ja hinter dir. Magst noch einen Kaffee?«

32

Irene Doppler wurde am folgenden Tag vom Primar des Psychiatrischen Krankenhauses und von einem Polizeipsychiater untersucht. Nach Eintreffen des richterlichen Haftbefehls brachten sie Wasenegger und Berger IV. mit einem Krankenwagen ins Sicherheitsbüro auf der Rossauer Lände. Zu dieser Zeit war Tamandl bereits gemeinsam mit dem Wiener Polizeipräsidenten auf einer Pressekonferenz.

Der kleine Hofrat war voll in seinem Element und schaute mit funkelnden Augen in die Fernsehkameras. »Wir haben ganz bewußt die Tatsache verschwiegen, daß Rudolf Doppler nicht eines natürlichen Todes gestorben ist. Dadurch haben sich die Täter in Sicherheit gewiegt, und sie glaubten, das vollkommene Verbrechen begangen zu haben. Aber wo die Wiener Polizei ermittelt, gibt es kein vollkommenes Verbrechen.« Und mit feinem Lächeln: »Nichts, meine Damen und Herren von der Presse, ist so fein gesponnen, es kommt alles an die Sonnen. Dieses Sprichwort hat sich wieder einmal bewahrheitet, und auch die Presse konnte mit ihrem Übereifer die Aufklärung des Falls letztendlich nicht verhindern. Zum Zeitpunkt des Erscheinens dieses ... nun Blattes hatten wir den Fall so gut wie aufgeklärt. Ich bitte Sie festzuhalten, daß meine Mordgruppe 2 für die Aufklärung exakt sechs Tage benötigt hat. Von einer Unfähigkeit der Wiener Polizei, insbesondere des Sicherheitsbüros, kann keine Rede sein.«

ENDE

GLOSSAR

einen Abgang machen: sterben, Selbstmord verüben

jemanden abgreifen: jemanden sexuell belästigen, betatschen

abkratzen: sterben

abmarkieren: abrechnen, aufgeben, sterben; weil früher der Markeur (=Oberkellner) auf einer Tafel mit Kreide die Zeche aufschrieb, die beim Zahlen dann gelöscht wurde

sich abreißen: sich übermäßig bemühen, sich verausgaben

anspitzen: jemanden beiläufig ausfragen

ausgschamt: schamlos

auskeilen: befragen, verhören (Polizeijargon)

jemanden auswinden wie einen Ausreibefetzen: ein Geständnis erpressen (Polizeijargon)

der Badewaschel: Bademeister, Strandwärter

bamstig sein: unwirsch reagieren

der Bandlkramer: Straßenhändler, der Stoffe und ähnliches zum Verkauf anbietet (heute ausgestorben, hier der Name eines Kaffeehauses)

der Bankert: uneheliches oder ungezogenes Kind

der Beserlpark: kleiner Park mit wenig Grün

der Betrug: Abteilung des Sicherheitsbüros für betrügerische Delikte

die Blashütten: kleines Lokal mit Prostituierten – so klein, daß nur Mundverkehr möglich ist (Gaunersprache/Polizeijargon)

der Blechtrottel: Personalcomputer

die Boro: eine Zigarette der Marke *Marlboro*

das Brunzweib: alte verpißte Frau; brunzen = pissen

der Buckel: Leibwächter, also jemand der den Buckel = Rücken für jemand anderen hinhält (Gaunersprache)

einen 75er am Buckel haben: einen Mord begangen haben (nach § 75 des Österreichischen Strafgesetzbuches; Buckel = Rücken)

der Buttenzwerg: Gartenzwerg; weil die meisten Gartenzwerge am Rücken eine Butten (= faßförmiges hölzernes Gefäß) tragen

der Coloniakübel: Mülltonne der städtischen Müllentsorgung Wiens (von Köln, lat. Colonia)

der Dauerständer: lang anhaltende Erektion ohne Erguß

der Dampfschiffhaufen: Halbinsel südlich des Gänsehäufels

der Depscher: Delle (eines Autos)

das Depscherl: kleine Delle

drauf sein: hinter einer Sache sein

der Erdapfel: Kartoffel

jemanden ermahnen: jemandem eine Abreibung verpassen (Gaunersprache)

Espresso mit Auffrischung: Espresso mit Rum

eine Fehlfarbe in der Hand haben: nichts ausrichten (im Kartenspiel: nicht stechen können)

einen Fisch drehen: einen Fehler machen

frank: anständig, ehrlich, untadelig, (Gaunersprache/Polizeijargon)

der Frischgflachte: Anfänger, jemand, der in eine Stellung neu ernannt worden ist

Frauen sind zum Füßeaufstellen und Abkassieren da: Frauen sind dazu da, um als Prostituierte zu arbeiten und an einen Zuhälter Schutzgeld abzuliefern (Gaunersprache)

das Gänsehäufel: Erholungsgebiet mit Strandbad an der Alten Donau bei Wien (früher waren in der noch unregulierten Donau zahlreiche Inseln, und auf dieser wurden Gänse gezüchtet)

der Garagenschurl: Garagenmeister

die Gelse: Stechmücke

gnä' Frau hin, gnä' Frau her: gnädige Frau hin, gnädige Frau her (Phrase des Hofierens)

der Grammelknödel: mit Grieben gefüllte Klöße

das G'schissene auswendig haben: vor Angst die Hose voll haben; eigentlich: das Geschissene auf der Außenseite der Hose haben

der G'schwinde: Spitzname eines Wiener Verbrechers, der schnell zum Messer griff

der G'spritzte: Wein mit Sodawasser

der Haberer: Freund (oft in der Anrede: guter Freund ...)

der Häfen: Gefängnis, Strafanstalt

ein (übergehendes) Häferl sein: leicht aufbrausend sein, vor einem Tränen-, Wutausbruch stehen

das Hakl: Hakennase

der Handarbeiter: Schläger, Killer (Gaunersprache)

das Händische: Schlägerei, Mord (Gaunersprache)

jemanden heimdrehen: jemanden umbringen

sich heimdrehen: sich umbringen

sich einen herunterreißen: onanieren

sich in eine Firma hineinvögeln: durch ein sexuelles Verhältnis bzw. Heirat (Mit-)Besitzer einer Firma werden

ich bin dir nicht über den Hintern heruntergerutscht: mit mir kannst du nicht alles machen

er behandelt sie, wie wenn sie ihm über den Hintern heruntergerutscht wären: er behandelt sie wie den letzten Dreck

jedem Hosentürl nachrennen/auf jedes Hosentürl scharf sein: mannstoll sein

der Hundsbankert: Abschaum, Bankert = uneheliches Kind, das vorangestellte Wort »Hund« dient der Verstärkung

Kaisermühlen: Gebiet des Wiener Bezirks Donaustadt; hier standen früher Mühlen, die dem Kaiserhaus gehörten

Kaiserwasser: kleiner Nebenarm der Alten Donau in Kaisermühlen

wie ein toter Kanarie vom Sprießel fallen: plötzlich sterben (Kanarie = Kanarienvogel)

der Kiberer: Kriminalbeamter in Zivil, auch Polizist im allgemeinen

in die Kiste gehen: sich aufregen

die Klappe: Nummer der Durchwahl

die Klesch'n: Frauensperson, Dirne

der Klimperkasten: Klavier

ein patschertes Knödel: ein einziger Kloß (patschert = uninteressant, miekrig, sonst: unbeholfen; das Knödel = Kloß; im Wienerischen meist sächlich statt männlich)

einen Knödel im Hals haben: vor Schrecken/ Schluchzen/Ärger nicht reden können; (das Knödel = Kloß)

das Koat: Kommissariat (Polizeijargon)

die Kokarde: bei uniformierten Polizisten: Wappen auf der Schirmkappe; bei Kriminalbeamten: kleine emaillierte Erkennungsmarke, die an einer Kette in der Hosentasche getragen wird

kollationieren: zwei Dokumente miteinander inhaltlich vergleichen, den Stand der Ermittlungen zusammenfassen (Polizeijargon/Amtsdeutsch)

das Krauthäupl: Krautkopf

die Kraxen: altes, schlechtes Auto,
auch: Traggestell, Rückenkorb, Maschine, Apparat, Gekritzel,
Paraphe, Unterschrift

der Kübel: Eimer; altes, schlechtes Auto

ein Lercherlschas: Bagatelle

linke Tour: Unredlichkeit

jemanden machen: einen Mord begehen
(Gaunersprache/Polizeijargon)

MG 2: Mordgruppe 2, eine Abteilung des Sicherheitsbüros

müllisieren: verhaften (Gaunersprache und Polizeijargon)

jemand geht mir nicht unter die Nase: jemanden nicht riechen
können

das Nationale: Angaben zur Person

Nazl: Kurzform von Ignaz

einen Neunundsechziger machen: mit einer anderen Person
gleichzeitig und gegenseitig Oralverkehr praktizieren

niederlegen: ein Geständnis ablegen

der Niederreißer: bedachtlos und brutal vorgehender Mann

die Pappen: der Mund

eine Partie Leberkäsesemmeln: eine größere Menge
Leberkäsesemmeln (Partie = Kaufmannssprache)

die Patschen beuteln/aufstellen/(aus)strecken: sterben; Patschen =
Hausschuhe

das Pickerl: KFZ-Sicherheitsplakette; Klebestreifen oder Vignette
der Polizei zur Versiegelung einer Tür

der Piefke: (Nord-)Deutscher (Schimpfwort)

das Planquadrat: abgegrenztes Gebiet, in dem eine systematische
Polizeikontrolle durchgeführt wird; auch die Kontrolle selbst

pofeln: rauchen

der Privatkiberer: Privatdetektiv (scherzhafte Bezeichnung)

der Puderant: ein sexuell Besessener

pudern: koitieren

überschnell pudern nur die Hasen: nicht so schnell; gemach, gemach

die Puffen: Schußwaffe, Revolver

der Raub: eine Abteilung des Sicherheitsbüros (Polizeijargon)

jemanden nach allen Regeln der Kunst auseinandernehmen: jemanden mit allen (zulässigen und unzulässigen) Mitteln verhören

die Relation: Berichterstattung (Polizeijargon)

bis zum Sankt Nimmerleinstag: immer und ewig

SB: Sicherheitsbüro (Polizeijargon)

ein Schäuferl nachlegen: noch etwas zulegen, Öl ins Feuer gießen

Scheiß in Folio: große Scheiße (vom Buchformat Folio)

am Scherm sitzen: auf dem Nachttopf sitzen; gegen etwas Unangenehmes nichts tun können

die Schlampen: Dirne

jemandem die Schleife geben/sich die Schleife geben: jemanden oder sich selbst töten; sterben (gemeint ist die Schleife eines Kranzes)

der Schmarren: in Fett geschmorte Speisen (Kartoffeln, Gries, Semmeln etc.); Plunder, wertloses Zeug

der Schmieranski: Zeitungsschreiber, Journalist (abwertend)

der Schnellspritzer: junger Tutter; eigentlich: ein Mann, der vorzeitig zum Orgasmus kommt

Schurli: Kurzform für Georg

der Schwammerlbrocker: harmloser Mensch;
eigentlich: Pilzesammler,

die Schwuchtel: ein Schwuler mit weiblicher Tendenz

auf die Seife steigen: einen peinlichen Fehler begehen, jemandem aufsitzen

spechteln: heimlich Nackte beobachten

das Sprießel: kleine Sprosse, Querholz, z. B. Sitzstange in einem Vogelkäfig

stante pede: sofort, umgehend

Staubzucker in den Hintern blasen: jemanden zu tolerant oder bevorzugt behandeln

die Stelze: Schweinshaxe, Eisbein

linke Tour: Unredlichkeit

der Tschusch: Schimpfwort für Ausländer aus Ex-Jugoslawien oder den ehemaligen Ostblockländern

unfrank: unanständig, unehrlich (Gaunersprache und Polizeijargon)

Vogerlsalat: Rapunzel- oder Feldsalat; war früher ein beliebtes Vogelfutter

der Vollkoffer: Vollidiot

der Vorkriegskavalier: Kavalier der alten Schule

das Waserl: Weichling

der Wichser: jemand, der onaniert; männliche Person, deren Verhaltensweise oder Meinung abgelehnt wird (Schimpfwort)

winig: geil, lüstern

er gehört in die Würst': er sollte verschwinden, ist nichts wert, ist zu bestrafen

Zores: Ärger (jidd.)

das Zumpferl: männliches Geschlecht, (abwertend)

Ernst Hinterberger im Deuticke Verlag

MUNDL
Ein echter Wiener geht nicht unter
288 Seiten, Broschur
ISBN 3-216-30134-6
öS 248,–, DM 34,–, sfr 31,50

Die Originalfassung des »Mundl-Romans« – eine lebensechte Arbeitersaga aus den sechziger Jahren.

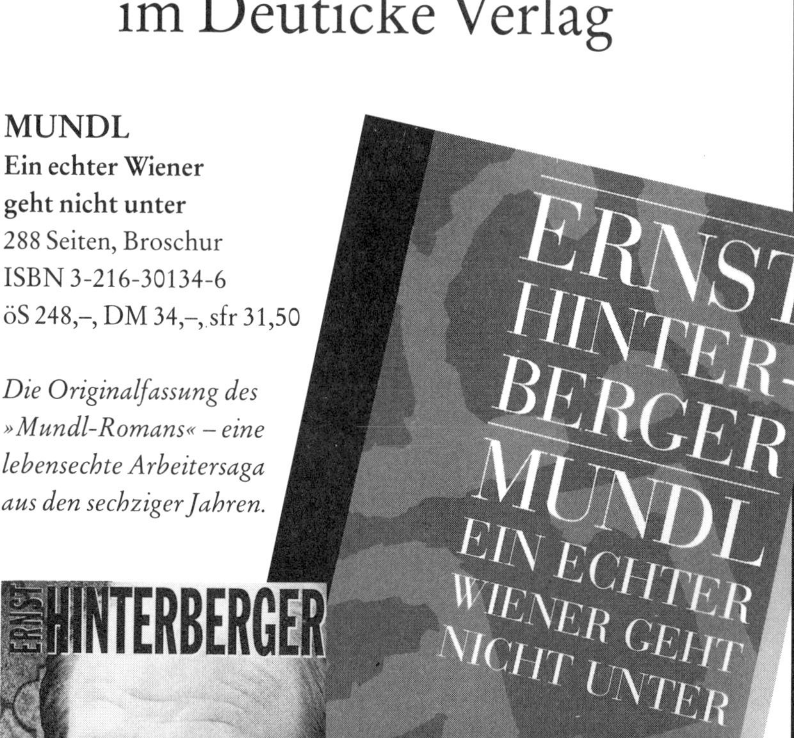

Mundlsprüche
96 Seiten, Broschur
ISBN 3-216-30275-X
öS 35,–, DM 4,80, sfr 4,80

Die besten Mundlsprüche im Taschenformat – das Kultbuch für alle Mundl-Fans.

Deuticke

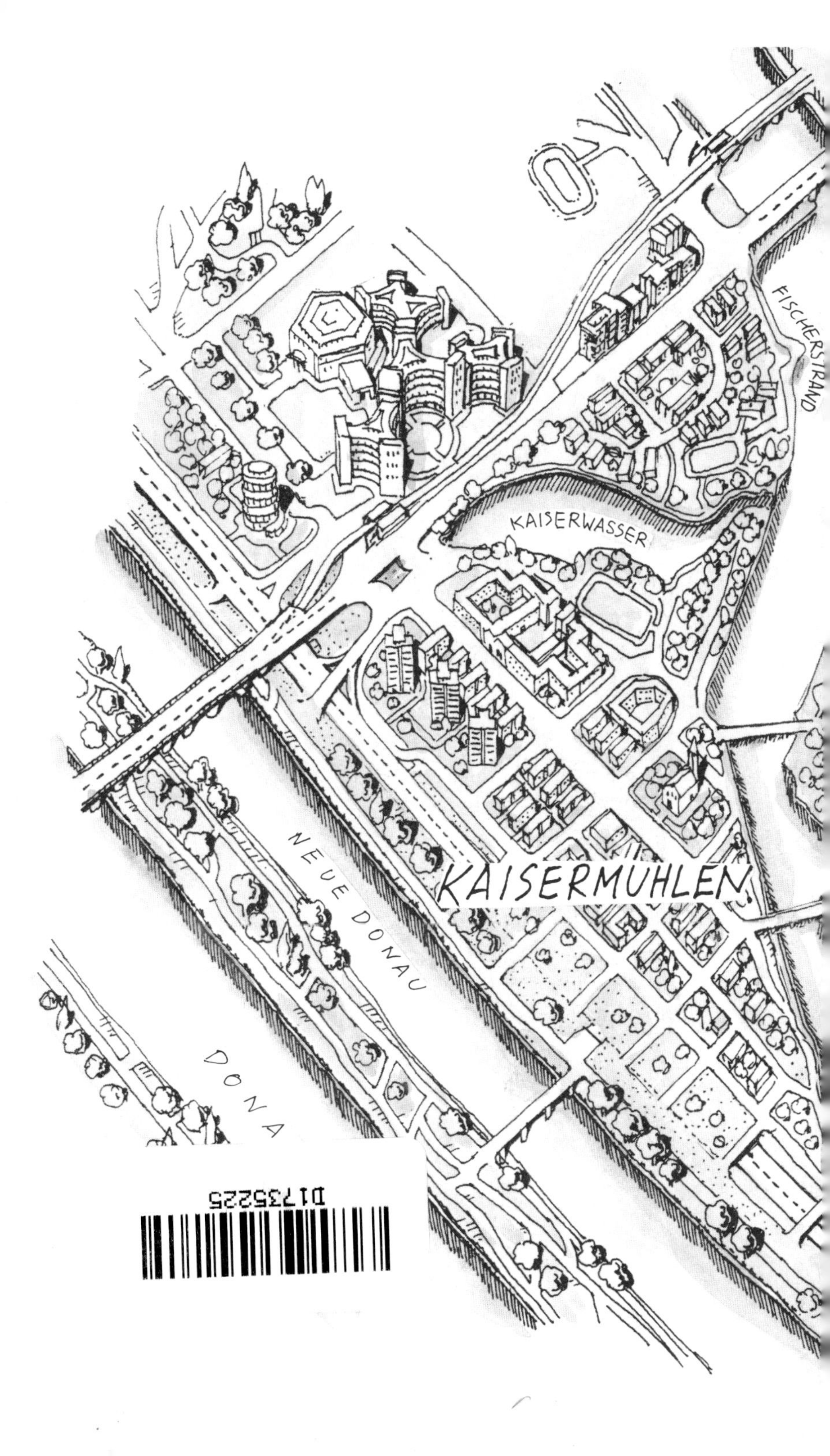
FISCHERSTRAND
KAISERWASSER
KAISERMUHLEN
NEUE DONAU
DONA
D1735225